JAMES PATTERSON

FOGO CRUZADO

ARQUEIRO

Título original: *Cross Fire*

tradução: Alves Calado

preparo de originais: Taís Monteiro

revisão: José Tedin e Natália Klussmann

projeto gráfico e diagramação: Valéria Teixeira

capa: Raul Fernandes

imagem de capa: Valentino Sani / Trevillion Images

impressão e acabamento: Yangraf Gráfica e Editora Ltda.

CIP-BRASIL. CATALOGAÇÃO NA PUBLICAÇÃO
SINDICATO NACIONAL DOS EDITORES DE LIVROS, RJ

P597f Patterson, James, 1947-
Fogo cruzado / James Patterson; tradução de Alves Calado. São Paulo: Arqueiro, 2014.
176p.; 14x21 cm; ed. popular

Tradução de: Cross fire
ISBN 978-85-8041-318-2

1. Ficção americana. I. Calado, Alves. II. Título.

CDD 813
14-14535 CDU 821.111(73)-3

Rua Funchal, 538 – conjuntos 52 e 54 – Vila Olímpia
04551-060 – São Paulo – SP
Tel.: (11) 3868-4492 – Fax: (11) 3862-5818
E-mail: atendimento@editoraarqueiro.com.br
www.editoraarqueiro.com.br

Para Scott Cowen, reitor da Universidade Tulane e herói de Nova Orleans. Sua liderança inspiradora e seus esforços extraordinários ajudaram a garantir um futuro mais brilhante para a instituição e para a cidade depois da devastação causada pelo furacão Katrina.

PRÓLOGO
ACHADO NÃO É ROUBADO

Um

FAZIA MESES QUE KYLE CRAIG matara pela última vez. Antes ele era do tipo que precisava de tudo para ontem, mas agora não. Se os anos de solidão infernal na penitenciária de segurança máxima de Florence, no Colorado, haviam lhe ensinado alguma coisa, era a esperar pelo que queria.

Sentou-se pacientemente no saguão do apartamento de sua vítima, em Miami, com a arma aninhada no colo, olhando as luzes do porto e aguardando. Não tinha pressa. Desfrutava a paisagem, talvez enfim aprendendo a curtir a vida. Sem dúvida parecia à vontade: jeans desbotados, chinelos, uma camiseta que dizia NÃO DIGA QUE NÃO AVISEI.

Às 2h12 da madrugada uma chave soou na fechadura. Kyle se levantou de imediato e apoiou as costas na parede, permanecendo tão silencioso quanto uma estátua.

O homem da vez, Max Siegel, entrou assobiando. Kyle reconheceu a melodia, uma velha recordação de infância. Era a seção de cordas de *Pedro e o lobo*: o tema da caçada de Pedro. Bastante irônico.

Esperou que o Sr. Siegel fechasse a porta e desse mais alguns passos no apartamento ainda escuro. Então mirou com o ponto vermelho do laser e apertou o gatilho.

– Olá, Sr. Siegel. Prazer em conhecê-lo.

Um jato de solução salina carregada de eletricidade acertou-o nas costas, liberando uma descarga de 50 mil volts. Ele trincou os dentes e grunhiu. Seus ombros se levantaram, em seguida seu corpo ficou totalmente rígido e ele tombou como uma árvore.

Kyle não hesitou nem por um segundo. Passou uma corda de náilon pelo pescoço de Siegel, enrolou-a três vezes e começou a arrastá-lo pelo chão para que se encharcasse com a solução salina que estava no piso. Depois puxou-o pelo apartamento na direção do banheiro principal, nos fundos. O homem estava fraco demais para lutar. Todos os seus esforços se concentravam na própria corda, enquanto tentava não ser estrangulado.

– Não lute comigo – disse Kyle por fim. – Não adianta.

Ele colocou Siegel na enorme banheira e amarrou as pontas da corda numa torneira cromada. Isso mantinha a cabeça da vítima levantada numa posição que permitia a Kyle ver seu rosto.

– Você não deve nem saber que essas coisas existem, não é? – perguntou, levantando a estranha arma que havia levado. – Sei que você andou fora de circulação por um tempo, mas acredite: daqui a algum tempo elas vão fazer o maior sucesso.

Aquilo parecia uma enorme pistola d'água. E era, de certa forma. As armas de choque comuns funcionavam por 30 segundos de cada vez, no máximo. Aquela belezinha era capaz de atirar ininterruptamente, graças a um tambor de 7,5 litros de líquido preso às costas de Kyle.

– O que... você quer? – conseguiu dizer Siegel, engasgado, em resposta àquela loucura.

Kyle sacou do bolso uma pequena câmera digital e começou a tirar fotos. De frente, perfil esquerdo, perfil direito.

– Sei quem você é, agente Siegel. Vamos começar, certo?

O rosto do homem assumiu uma expressão confusa. Depois, amedrontada.

– Ah, meu Deus, isso é algum tipo de engano horrível. Meu nome é Ivan Schimmel!

– Não – disse Kyle, ainda fotografando: testa, nariz, queixo. – Você é Max Siegel, do FBI. Está trabalhando disfarçado há 26 meses. Foi conquistando a confiança do cartel de Buenez até ser autorizado a lidar com os carregamentos. Agora, enquanto todo mundo vigia a Colômbia, você está trazendo heroína de Phuket e Bangcoc para Miami.

Ele baixou a máquina fotográfica e olhou Siegel nos olhos.

– O relativismo moral não tem a menor importância, não é? É tudo em nome do grande objetivo final. Não é, agente Siegel?

– Não sei de quem você está falando! – gritou ele. – Por favor! Olhe minha carteira!

Ele havia começado a lutar de novo, mas outra descarga elétrica logo o imobilizou. A eletricidade ia de imediato até os nervos motores e sensores. A tolerância de Siegel à dor era irrelevante. E a munição, por assim dizer, escorria direto pelo ralo até a baía Biscayne.

– Acho que não posso culpá-lo por não me reconhecer – continuou Kyle. – O nome "Kyle Craig" significa alguma coisa para você? Ou talvez o *Estrategista*? É assim que me chamam na Agência de Segurança Nacional, em Washington. Na verdade, trabalhei lá. Há muito tempo.

Um clarão de reconhecimento surgiu nos olhos de Siegel e desapareceu em seguida. Não que Kyle precisasse de qualquer confirmação. Sua capacidade de reunir informações continuava infalível.

Mas esse tal Max Siegel também era profissional. Não pararia com o jogo agora, *especialmente* agora.

– Por favor – balbuciou ele quando recobrou a voz. – O que é isto? Quem é você? Não sei o que você quer.

– Tudo, Max. Absolutamente tudo.

Kyle tirou mais meia dúzia de fotos e voltou a guardar a câmera no bolso.

– Na verdade você é vítima da qualidade de seu próprio trabalho, se é que isso serve de consolo. Ninguém sabe que você está aqui, nem o escritório local do FBI. Por isso o escolhi. Selecionei-o entre todos os agentes que trabalham nos Estados Unidos. *Você*, Max. Adivinhe por quê.

Sua voz havia mudado. Agora estava mais nasalada, com as mesmas nuances do sotaque do Brooklyn que temperavam o verdadeiro modo de falar de Max Siegel.

– Isso nunca vai dar certo! Você é louco! – gritou Siegel. – Você é louco, porra!

– Segundo alguns padrões, acho que posso ser. Mas também sou o filho da puta mais brilhante que você terá o prazer de conhecer. – Então Kyle puxou o gatilho de novo e simplesmente deixou *rolar*.

Siegel ficou mudo e se retorceu no fundo da banheira. Por fim, começou a engasgar com a própria língua. Kyle assistia, observando com atenção cada detalhe até o fim, estudando sua cobaia até não restar nada para aprender.

– Espero que isso funcione – disse. – Não gostaria que o senhor morresse a troco de nada, Sr. Siegel.

Dois

VINTE E DOIS DIAS DEPOIS, um homem espantosamente parecido com Max Siegel fechou a conta no Hotel Meliá Habana, no luxuoso bairro de Miramar, em Havana, Cuba. Ali, os turistas em busca de atendimento médico fora de seu país eram tão comuns quanto os batedores de carteira. Ninguém olhou duas vezes para o homem de ombros largos que passava pelo saguão usando um terno de linho, com hematomas em volta dos olhos e gaze sobre o nariz e as orelhas.

Ele pagou sua estada com o novíssimo cartão American Express de Max Siegel, imitando com perfeição sua assinatura. As cirurgias, no entanto, tinham sido acertadas em dinheiro.

Ao sair do hotel, o sujeito pegou um táxi e atravessou a cidade até o consultório do Dr. Cruz, discretamente localizado numa das incontáveis arcadas neoclássicas da cidade. Lá dentro havia uma clínica moderna, com equipe e serviço completos, capazes de dar orgulho a qualquer cirurgião plástico caro de Miami ou Palm Beach.

– Devo dizer, *señor* Siegel, que estou bastante satisfeito – afirmou o médico, baixinho, enquanto removia a última bandagem. – É um dos melhores trabalhos que já fiz, se me permite dizer. – Seus gestos eram gentis, porém rápidos e eficientes, muito profissionais. Ninguém diria que ele estava disposto a aparar tantas arestas éticas junto com a pele e os ossos do rosto dos clientes.

O Dr. Cruz havia feito sete procedimentos diferentes, algo que poderia demorar meses ou até mesmo um ano em outro lugar: uma blefaroplastia; uma rinoplastia com elevação completa da pele e do tecido mole na pirâmide nasal; novos implantes de polietileno para obter malares e queixo mais salientes; uma genioplastia para tornar o maxilar mais proeminente; um ligeiro aumento da testa com silicone; e, como toque final, uma pequena covinha no queixo – exatamente igual à de Max Siegel.

A pedido do paciente, nenhuma imagem eletrônica fora feita antes ou depois das intervenções cirúrgicas. Em troca do pagamento justo, o Dr. Cruz estivera mais do que disposto a trabalhar a partir de uma série de ampliações digitais impressas, sem fazer perguntas, sem interesse em qualquer detalhe.

Agora, ao segurar o grande espelho de mão para Kyle ver seu reflexo, o efeito foi espantoso. Os implantes, em especial, eram como uma transformação milagrosa.

O reflexo de *Max* – não o de Kyle – no espelho sorria. Ele sentiu uma ligeira ardência nos cantos da boca, que não se movia exatamente como antes. De fato, ele não se reconhecia de forma alguma. Usara outros disfarces no passado, inclusive algumas próteses muito caras que o tiraram da prisão. Mas nada que se comparasse a isso.

– Em quanto tempo os hematomas vão sumir? – perguntou. – E esse inchaço em volta dos olhos?

Cruz entregou-lhe uma pasta com informações sobre o pós-operatório.

– Com o descanso apropriado, o senhor deverá parecer completamente normal dentro de sete a 10 dias.

As mudanças que faltavam ele poderia fazer sozinho: barbear-se, escurecer o cabelo e cortá-lo à escovinha, colocar um simples par de lentes de contato coloridas. Se havia alguma decepção, devia-se ao fato de que Kyle Craig havia sido muito mais bonito do que Max Siegel.

Mas paciência. Ele precisava pensar no quadro geral. Da próxima vez poderia ser Brad Pitt, se quisesse.

Saiu da clínica de muito bom humor e pegou outro táxi direto para o Aeroporto Internacional José Martí. De lá, voou de volta a Miami, com conexão para Washington naquela mesma tarde. Para o evento principal.

Seus pensamentos já haviam começado a girar em torno de uma ideia: encontrar seu velho amigo e ocasional parceiro Alex Cross. Será que Alex havia esquecido as promessas que Kyle lhe fizera ao longo dos anos? Não parecia possível. Mas será que Cross teria ficado só um pouquinho mais complacente nesse meio-tempo? Talvez. De qualquer modo, o "grande" Alex Cross ia morrer, e ia morrer feio. Haveria dor, porém, mais do que isso, haveria arrependimento. Seria um final digno da espera, sem dúvida.

E, enquanto isso, Kyle se divertiria um pouco. Afinal de contas, como o novo e melhorado Max Siegel, ele sabia melhor do que ninguém que havia mais de um modo de tomar a vida de outro homem.

PARTE UM

ATIRADOR A POSTOS

capítulo 1

OUTRO BUEIRO HAVIA EXPLODIDO em Georgetown, fazendo a tampa voar a uma altura de quase 12 metros. Era uma epidemiazinha estranha, como se a velha infraestrutura da cidade tivesse chegado a uma espécie de saturação crítica.

Com o passar do tempo, as tubulações subterrâneas haviam se corroído, preenchendo o espaço sob as ruas com gás inflamável. No fim – e com mais frequência nos últimos dias – os fios expostos criavam um curto-circuito, acendendo uma bola de fogo no esgoto e lançando pelo ar mais uma tampa de ferro de 130 quilos.

Eram essas notícias estranhas e apavorantes que sustentavam Denny e Mitch. Toda tarde eles juntavam seus jornais para vender e iam até a biblioteca acessar o site do Departamento Municipal de Transporte para saber onde o tráfego estaria pior. Os engarrafamentos faziam seus lucros aumentarem.

Mesmo num dia comum, a Key Bridge estava à altura de seu apelido: Ponte Estrangulada. Mas hoje a chegada pela Rua M era uma mistura de estacionamento e circo. Denny seguiu pelo meio do tráfego e Mitch pegou a lateral.

– *True Press*, só 1 dólar. Ajude os sem-teto.

– Jesus te ama. Ajude os sem-teto.

Formavam uma dupla estranha: Denny, um cara branco de mais de 1,80 metro de altura, com dentes podres e uma barba por fazer que jamais escondia totalmente o queixo fundo, e Mitch, um negro com rosto de menino, corpo robusto que chegava no máximo a 1,67 metro e trancinhas afro no cabelo.

– Isto aqui é uma metáfora perfeita, não é? – dizia Denny.

Os dois conversavam por cima do teto dos carros. Ou melhor, Denny falava e Mitch bancava uma espécie de coadjuvante.

– A pressão vai crescendo lá embaixo, onde ninguém vê, porque tudo o que existe lá são ratos e merda, e quem se importa com isso, não é? Até que um dia... – Denny encheu as bochechas e fez um som parecido com uma explosão nuclear. – Agora você *tem* que prestar atenção, porque os ratos e a merda estão por toda parte e todo mundo quer saber por que *ninguém* fez nada para impedir. Se isso não é a descrição perfeita de Washington, não sei o que é.

– Perfeita, malandro – concordou Mitch, rindo. Em sua camiseta desbotada estava escrito: IRAQUE: SE VOCÊ NÃO ESTEVE LÁ, CALE A BOCA! A calça era de camuflagem, larga como a de Denny, só que cortada na altura do tornozelo.

Denny carregava sua camisa dobrada sobre o ombro, em vez de vesti-la, para exibir seu projeto de tanquinho no abdômen. Nunca fazia mal mostrar algo agradável aos olhos, e o rosto não era exatamente seu ponto forte.

– É o estilo americano – continuou ele, alto o bastante para que qualquer um que estivesse com a janela aberta ouvisse. – Continuar fazendo o que sempre fez e continuar ganhando o que sempre ganhou. Estou certo ou não? – perguntou ele a uma bela mulher de tailleur dentro de um BMW. Ela chegou a sorrir e comprou um jornal. – Deus te abençoe, moça. Senhoras e senhores, é *assim* que a gente faz as coisas!

Continuou a perturbar a multidão, conseguindo que mais e mais motoristas estendessem a mão com dinheiro para fora das janelas.

– Ei, Denny! – Mitch esticou o queixo para mostrar uma dupla de policiais que vinham da Rua 34 na direção deles. – Acho que aqueles dois não estão gostando muito da gente.

Denny gritou antes que os policiais pudessem falar:

– Pedir não é contra a lei, senhores policiais. Pelo menos fora dos parques federais, e da última vez que verifiquei a Rua M não era um parque!

Um deles gesticulou para o emaranhado de carros, caminhões de empresas de energia e veículos do Departamento de Trânsito.

– Vocês estão brincando comigo, né? Vamos lá, saiam daí!

– Qual é, cara, vai negar a dois *veteranos sem-teto* o direito de ganhar a vida honestamente?

– Você já foi ao Iraque, cara? – acrescentou Mitch. As pessoas começavam a olhar com curiosidade.

– Vocês ouviram – disse o segundo tira. – Vão embora. *Agora.*

– Ei, cara, só porque você tem um bundão não significa que precise *ser* um – provocou Denny, arrancando algumas risadas dos motoristas e passageiros. Podia sentir a plateia passando para o seu lado.

De repente houve alguns empurrões. Mitch não gostava muito de ser tocado e o policial que tentou fazer isso caiu sentado entre os carros. O outro pôs a mão no ombro de Denny, que, rápido como um raio, a empurrou para longe.

Hora de dar o fora.

Ele deslizou por cima do capô de um táxi e começou a ir na direção da Prospect, com Mitch em seu encalço.

– Parem aí mesmo! – gritou um dos policiais.

Mitch continuou correndo, mas Denny se virou. Vários carros estavam entre ele e os oficiais agora.

– O que você vai fazer? Atirar num veterano sem-teto no meio do trânsito?

– Em seguida abriu os braços. – Vá em frente, cara. Me apague. Economize uns trocados para o governo.

As pessoas estavam buzinando e algumas gritavam de dentro dos carros:

– Deixe-o em paz!

– Apoiem as tropas!

Denny sorriu, mostrou o dedo médio para o policial e correu para alcançar Mitch. Um segundo depois seguiram pela Rua 33 e logo sumiram de vista.

capítulo 2

AINDA ESTAVAM RINDO QUANDO chegaram ao Suburban velho de Denny, parado no Estacionamento 9, perto da Biblioteca Lauinger, no campus de Georgetown.

– Aquilo foi irado! – O rosto flácido de Mitch brilhava de suor, mas ele não estava nem um pouco sem fôlego. Era do tipo cujos músculos se pareciam muito com gordura. – *O que você vai fazer?* – zombou. – *Atirar num veterano sem-teto no meio do trânsito?*

– *True Press*, 1 dólar – disse Denny. – Almoço no Taco Bell, 3 dólares. A cara do tira quando percebe que você venceu? Não tem preço. Queria ter batido uma foto.

Tirou um envelope laranja de baixo do limpador de para-brisa e acomodou-se no banco do motorista. O carro ainda fedia aos cigarros que ele fumara um atrás do outro e aos burritos que comera na noite anterior. Travesseiros e cobertores estavam embolados no banco de trás, perto de uma sacola de compras cheia de latas.

Atrás deles, sob uma pilha desmoronada de caixas de papelão, alguns restos de tapete velho e um fundo falso de compensado, havia duas pistolas Walther PPS 9mm, um M21 semiautomático e um fuzil de atirador de elite M110 de uso restrito das Forças Armadas. E também uma mira telescópica térmica de longo alcance, uma luneta, um kit de limpeza para os fuzis e várias caixas de munição, tudo enrolado numa grande lona de plástico presa com várias cordas elásticas.

– Você mandou bem lá, Mitchie – disse Denny. – Muito bem. Não perdeu a calma nem um segundo.

– Isso – respondeu Mitch, esvaziando os bolsos na bandeja plástica de lanchonete que estava entre os dois. – Não vou perder a calma, Denny. Eu sempre fico frio que nem... como é que se diz, mesmo? Que nem um picolé.

Denny contou a féria do dia. Quarenta e cinco dólares – nada mau para um turno curto. Deu a Mitch 10 notas de 1 dólar e um punhado de moedas de 25 centavos.

– E aí, o que você acha, Denny? Estou pronto ou não? Acho que sim.

Denny se recostou no banco e acendeu uma guimba que estava no cinzeiro.

Entregou-a a Mitch e acendeu outra. Em seguida, pôs fogo no envelope laranja que tinha a multa de estacionamento e largou-o aceso no chão do lado de fora.

– É, Mitch, acho que você talvez esteja pronto. A questão é: *eles* estão prontos para nós?

Os joelhos de Mitch começaram a pular como uma britadeira.

– Quando a gente começa? Hoje à noite? Que tal hoje à noite? Que tal, hein, Denny?

Denny deu de ombros e se reclinou.

– Aproveite a paz e o silêncio enquanto pode, porque logo, logo você vai ser famoso pra cacete. – Ele soltou um círculo de fumaça, depois outro, que passou bem no meio do primeiro. – Está preparado para ser famoso?

Mitch estava olhando pela janela para duas estudantes bonitas, de saia curta, que atravessavam o estacionamento. Seus joelhos ainda estavam balançando.

– Estou pronto para começar, é isso aí.

– Muito bem, garoto. E qual é a missão, Mitchie?

– Limpar essa bagunça de Washington, como os políticos sempre dizem.

– Isso mesmo. Eles ficam falando...

– Mas a gente vai *fazer* alguma coisa. É isso aí. É isso aí.

Denny levantou a mão para que Mitch batesse nela, depois ligou o carro. Deu ré pelo caminho mais longo, para dar uma boa olhada nas garotas por trás.

– E aí, onde você quer comer? A gente tem uma grana para torrar hoje.

– No Taco Bell, cara – respondeu Mitch sem nem precisar pensar.

Denny empurrou a alavanca de câmbio com força e partiu.

– Por que não estou surpreso?

capítulo 3

O ASSUNTO PRINCIPAL NA MINHA vida nesses dias era Bree – Brianna Stone, conhecida na Polícia Metropolitana como a Rocha. Sim, ela era tudo isto: firme, intensa, linda. Havia se tornado parte da minha vida a ponto de eu não conseguir mais me imaginar sem ela. Fazia anos que as coisas não atingiam esse ponto de equilíbrio para mim.

Claro, o fato de o Departamento de Homicídios estar tão calmo ultimamente também ajudava. Como policial, você não consegue deixar de se perguntar quando o mundo vai cair de novo na sua cabeça, mas enquanto isso Bree e eu tínhamos inéditas duas horas de almoço naquela tarde de quinta-feira. Em geral, o único modo de nos vermos durante o dia era trabalhando no mesmo caso de homicídio.

Nós nos sentamos a uma mesa dos fundos no Ben's Chili Bowl, sob todas aquelas fotos autografadas de celebridades. O Ben's não é exatamente o lugar mais romântico do mundo, mas é uma instituição em Washington. Só as salsichas semidefumadas já valiam a visita.

– Sabe como as pessoas estão nos chamando no trabalho? – perguntou Bree, terminando sua bebida. – Breelex.

– Breelex? Tipo Brangelina, de Brad Pitt e Angelina Jolie? Isso é *horroroso*.

Ela gargalhou. Não conseguia ficar séria diante disso.

– Estou dizendo, os tiras não têm imaginação.

– Hummm. – Pus a mão de leve na perna dela, por baixo da mesa. – Há exceções, claro.

– Claro.

Qualquer coisa além disso teria que esperar, mas não somente porque os banheiros do Ben's nem de longe eram uma opção. Na verdade nós precisávamos ir a um lugar importante naquele dia.

Depois do almoço caminhamos de mãos dadas pela Rua U até a joalheria de Sharita Williams. Sharita era uma velha amiga do ensino médio e por acaso também fazia um trabalho fantástico com peças antigas.

Uma dúzia de sininhos minúsculos tilintou sobre nossa cabeça quando passamos pela porta.

– Ora, vejam se vocês não parecem apaixonados! – Sharita sorriu de trás do balcão.

– É porque estamos, Sharita – respondi. – E eu recomendo fortemente.

– Se você achar um bom homem para mim, estou dentro.

Ela sabia por que estávamos ali e tirou uma caixinha de veludo preto de baixo do balcão.

– Ficou lindo – falou. – Adorei esta peça.

O anel pertencera à minha avó, Nana Mama, que tinha mãos incrivelmente pequenas. Precisamos mandar alargá-lo para Bree. A peça tinha uma base de platina em estilo art déco, com três diamantes incrustados, o que me pareceu perfeito: um para cada filho. Talvez seja brega, mas era como se aquela joia representasse tudo com que Bree e eu estávamos nos comprometendo. Afinal de contas, era um pacote completo, e eu me sentia o homem mais sortudo do mundo.

– Ficou bom? – perguntou Sharita quando Bree o colocou.

Bree não conseguia tirar os olhos do anel e eu não conseguia tirar os olhos dela.

– É, ficou bom – respondeu, pegando minha mão. – É a coisa mais linda que já vi.

capítulo 4

APARECI NO FIM DA TARDE no Daly Building. Era uma ótima hora para colocar em dia a papelada que vivia brotando na minha mesa.

No entanto, quando cheguei à sala da Divisão de Casos Especiais, o chefe Perkins estava saindo para o corredor com alguém que não reconheci.

– Alex – disse ele. – Que bom! Você vai me economizar outra viagem. Pode nos acompanhar?

Obviamente, algo estava acontecendo, e não era bom. Quando o chefe quer fazer uma reunião, é você que vai até ele, não o contrário. Dei meia-volta e os segui na direção dos elevadores.

– Alex, este é Jim Heekin, o novo encarregado da Diretoria de Informações no FBI.

Trocamos um aperto de mãos. Heekin disse:

– Ouvi falar bastante de você, detetive Cross. Embora para o FBI tenha sido uma perda, foi um grande ganho para a Polícia Metropolitana você ter voltado para cá.

– Xi... – reagi. – Elogios nunca são bom sinal.

Todos rimos, mas era verdade. Muitos dos novos administradores no Bureau gostam de mostrar serviço quando assumem o cargo só para as pessoas saberem a que vieram. A questão era: o que a nova função de Heekin tinha a ver comigo?

Assim que nos acomodamos na grande sala de Perkins, Heekin foi muito mais específico.

– Imagino que você conheça os nossos GIV – disse ele.

– Grupos de Informações de Campo – falei. – Nunca trabalhei diretamente com eles, mas é claro que os conheço.

Os GIV tinham sido criados para reunir e compartilhar informações com as agências da lei em suas respectivas jurisdições. Na teoria, parecia uma boa ideia, mas alguns críticos viam isso como parte do costume que o Bureau tinha de passar adiante a responsabilidade pelas investigações criminais no país depois do 11 de Setembro.

– Como você deve saber – prosseguiu Heekin –, o grupo de Washington tem contato com todos os Departamentos de Polícia da nossa área, inclusive a Polícia Metropolitana. E também a Agência de Segurança Nacional, o Escritório de Álcool, Tabaco, Armas de Fogo e Explosivos, o Serviço Secreto... Temos teleconferências mensais e nos encontramos pessoalmente quando necessário, dependendo de onde seja a ação.

Aquilo começava a parecer papo de vendedor, e eu já tinha quase certeza do que ele vendia.

– Em geral, os chefes de polícia representam seus departamentos junto aos GIV – continuou ele com seu discurso firme, bem ritmado –, mas gostaríamos que você assumisse essa função na Polícia Metropolitana.

Olhei para Perkins e ele deu de ombros.

– O que posso dizer, Alex? Estou ocupado demais.

– Não deixe que ele o engane – disse Heekin. – Eu falei com o chefe aqui e, antes disso, com o diretor Burns, no Bureau. Seu nome foi *o único* citado nas duas reuniões.

– Obrigado – respondi. – Isso é muito gentil, mas estou satisfeito com o meu departamento.

– Sim, exatamente. A Divisão de Casos Especiais é perfeita para essa função. No mínimo, vai tornar o seu trabalho mais fácil.

Percebi que aquilo não era uma oferta, e sim uma nomeação. Quando voltei para a polícia, Perkins me dera praticamente tudo o que eu havia pedido. Agora eu lhe devia uma. Nós dois estávamos cientes disso e *ele* sabia que eu gostava de jogar limpo.

– Sem mudança de cargo – falei. – Em primeiro lugar, sou investigador, não administrador.

Perkins riu do outro lado da mesa. Ele também parecia aliviado.

– Por mim está ótimo. Mantém você no mesmo nível salarial.

– E meus casos terão prioridade sobre todas as outras tarefas?

– Não creio que isso vá ser um problema – respondeu Heekin, já se levantando para sair. Ele apertou minha mão de novo junto à porta. – Parabéns, detetive. Você está subindo na vida.

É, pensei. *Querendo ou não.*

capítulo 5

DENNY FOI NA FRENTE e Mitch o seguiu como uma criança.

– É aqui em cima, meu chapa. Vamos indo.

O 10º andar era o último do prédio. Pedaços de plástico pendiam sobre partes da estrutura de caibro das paredes e o chão era de compensado. Uma pilha de estrados perto das janelas que davam para a Rua 18 serviam como um bom ponto de observação.

Denny desenrolou a lona plástica e abriu-a no chão. Os dois largaram as mochilas. Ele pôs a mão nas costas de Mitch e apontou para o lugar por onde haviam acabado de subir.

– Saída principal – disse, depois se virou noventa graus na direção de outra porta. – Saída alternativa.

Mitch assentiu nas duas vezes.

– E se nós nos separarmos? – continuou Denny.

– Eu limpo as impressões digitais da arma, abandono em algum lugar e encontro você no carro.

– Esse é o cara.

Tinham repassado isso umas cinquenta vezes, do começo ao fim. O treinamento era a chave. Mitch possuía todo tipo de talentos brutos, mas Denny pensava pelos dois.

– Alguma dúvida? – questionou Denny. – Esta é a hora de fazer perguntas. Mais tarde não vai adiantar nada.

– Não – respondeu Mitch. Sua voz tinha ficado monocórdia e distante, como sempre acontecia quando ele estava se concentrando em outra coisa. Já havia posicionado o fuzil M110 no suporte, com um abafador de som, e estava apontando-o, calibrando a mira.

Denny montou seu M21 e pendurou-o às costas. Se tudo corresse de acordo com o plano, ele jamais teria de usá-lo, mas era bom ter uma arma reserva. A Walther também estava no coldre da coxa.

Usou um compasso de corte com lâmina de diamante para riscar um círculo perfeito de 5 centímetros na janela, depois puxou o disco cortado com uma pequena ventosa. As luzes das ruas lá embaixo enviavam uma claridade que fazia a janela, vista de baixo, parecer um espelho.

Enquanto Mitch se posicionava, Denny passou o dedo no vidro e desenhou outro círculo, através do qual podia olhar por cima do ombro de Mitch e ao longo do cano do fuzil. Até a diferença de altura entre os dois ajudava.

Tirou sua luneta da embalagem. Dali tinham uma vista livre até a porta da Taberna del Alabardero. Com a ampliação de cem vezes da luneta, Denny praticamente conseguia ver os poros no rosto das pessoas que entravam e saíam do restaurante metido a besta.

– Aqui, porquinho, porquinho, porquinho – sussurrou. – Ei, Mitch, sabe como um porco descobre que já comeu o suficiente?

– Não.

– Quando vira comida.

– Essa é boa – disse Mitch, com a mesma voz distante de antes. Agora estava na posição: uma pose meio esquisita, com a bunda arrebitada e os cotovelos dobrados, mas isso funcionava para ele. Agora que tinha acertado a postura, não iria se mover nem desviar os olhos até tudo acabar.

Danny fez a verificação final. Olhou para o vapor que saía de uma abertura de ventilação do outro lado da rua, o modo como ele subia direto. A temperatura do ar era de aproximadamente 15 graus. Tudo perfeito.

Agora só precisavam de um alvo, que chegaria logo, logo.

– Está pronto para abrir essa caixa de Pandora, Mitchie? – perguntou ele.

– Quem é Pandora, Denny?

Ele deu um riso baixo. Mitch era realmente uma figuraça.

– É só a garota dos seus sonhos, cara. A garota da porra dos seus sonhos *mais loucos*.

capítulo 6

POR VOLTA DAS SETE E MEIA UM Lincoln Navigator preto parou na frente da Taberna del Alabardero, um restaurante chique frequentado pelas estrelas de Washington.

Dois homens saíram pelas portas de trás, um de cada lado, e outro emergiu da frente, enquanto o motorista permaneceu no carro. Os três usavam ternos pretos, com gravatas praticamente iguais.

Gravata de banqueiro, pensou Denny. *Eu não usaria uma dessas nem no meu enterro.*

– Os dois do banco de trás. Está vendo?

– Estou, Denny.

Tudo estava encaixado. A compensação da mira daria conta das duas principais forças que alteravam a direção de qualquer bala: o vento, se houvesse, e a gravidade. Daquele ângulo o cano podia estar alto, mas a cruz da mira colocaria o olho de Mitch exatamente onde era necessário.

Denny viu os alvos através de sua própria luneta. Aquele era o melhor lugar. *Pelo menos o segundo melhor.*

– Atirador pronto? – perguntou ele.

– Pronto.

– Manda ver.

Mitch expirou devagar, depois disparou dois tiros em dois segundos.

Trilhas de vapor surgiram no ar. Os dois homens caíram – um na calçada e o outro chapado contra a porta da frente do restaurante. Em termos visuais, foi espetacular: dois tiros perfeitos na base de dois crânios.

Todo mundo na rua já estava surtando. O terceiro homem literalmente mergulhou de volta no carro, enquanto todas as outras pessoas corriam ou se abaixavam e cobriam a cabeça.

Não precisavam se preocupar. A missão estava terminada. Mitch já começara a desmontar tudo – o sujeito era rápido como um mecânico de Fórmula 1.

Denny tirou o M21 das costas, puxou o pente e começou a guardá-lo. Quarenta segundos depois, ambos estavam na escada, em disparada para o térreo.

– Ei, Mitch, você não estava planejando se candidatar a nada, estava?

Mitch gargalhou.

– Talvez a presidente, algum dia.

– Você foi perfeito lá em cima. Devia se orgulhar.

– Estou orgulhoso, Denny. Aqueles dois sanguessugas não vão prejudicar mais ninguém.

– Dois porquinhos mortos na rua!

Mitch guinchou – na verdade foi uma imitação bem fiel de um suíno – e Denny o acompanhou até suas vozes ecoarem na escada vazia. Os dois estavam embriagados com o sucesso da empreitada. *Que barato!*

– E você sabe quem é o herói desta história, não sabe, Mitchie?

– Ninguém além de nós, cara.

– É isso aí. Nós fizemos tudo sozinhos. Dois verdadeiros heróis americanos!

capítulo 7

O CENÁRIO NA FRENTE DA Taberna del Alabardero era um verdadeiro zoológico quando chegamos. Aquele não tinha sido um atentado ou um assassinato comum. Não precisei nem sair do carro para ver isso. O rádio estava alardeando um atentado cometido a longa distância, por um atirador que *ninguém tinha visto*, efetuando disparos que *ninguém tinha escutado.*

E havia as vítimas. O congressista Victor Vinton estava morto, assim como Craig Pilkey, um conhecido lobista dos bancos que recentemente havia levado os dois às manchetes. Aqueles assassinatos eram um escândalo envolto em outro escândalo. A tranquilidade no Departamento de Homicídios já era.

As duas vítimas eram alvo de um inquérito federal sobre tráfico de influência a favor de instituições financeiras. Havia alegações de acordos por baixo dos panos, de financiamento de campanhas e de pessoas ficando ricas – ou mais ricas – de forma ilícita enquanto o número de cidadãos de classe média que perdiam suas casas aumentava como nunca se vira antes. Não era difícil imaginar alguém desejando a morte de Vinton e Pilkey. Muita gente devia desejar.

Mesmo assim, a motivação não era a primeira pergunta na minha mente nesse momento, e sim o método. Por que a arma de longa distância, e como alguém havia feito isso com tanta facilidade numa rua apinhada?

Os dois corpos estavam cobertos na calçada quando meu colega John Sampson e eu chegamos à frente do restaurante. A polícia do Capitólio já havia chegado, e o FBI estava a caminho. Em Washington, "alto nível" também significava "alta pressão", e seria possível praticamente cortar com uma faca a tensão que crescia dentro daquele perímetro de fita amarela.

Encontramos outro dos nossos, Mark Grieco, do Terceiro Distrito, e ele nos colocou a par dos fatos. Com todo o barulho na rua, precisávamos gritar para ouvirmos uns aos outros.

– Temos quantas testemunhas? – perguntou Sampson.

– Pelo menos uma dúzia – disse Grieco. – Colocamos todas para dentro, cada uma mais surtada que a outra. Mas ninguém viu o atirador.

– E os tiros? – falei no ouvido de Grieco. – Sabemos de onde eles vieram?

Ele apontou por cima do meu ombro para a Rua 18.

– Bem de lá, acredite se quiser. O prédio está sendo isolado agora.

Na esquina norte da Rua K, a dois quarteirões de distância, havia um prédio que passava por algum tipo de reforma. Todos os andares estavam escuros, a não ser o último, onde eu podia vislumbrar pessoas se movendo.

– Você só pode estar brincando – disse eu. – A que distância fica aquilo?

– Duzentos e cinquenta metros, talvez mais – supôs Grieco. Nós três começamos a correr naquela direção.

– Você disse que foram tiros na cabeça? – perguntei enquanto estávamos a caminho. – Verdade?

– É – respondeu Grieco, sombrio. – Na mosca. Alguém sabia muito bem o que estava fazendo. Espero que não esteja mais por aí, vigiando a gente.

– Alguém com o equipamento certo também – falei. – Considerando a distância. Com um silenciador, o atirador podia ter passado totalmente despercebido.

Ouvi Sampson dizer baixinho:

– Droga, já estou odiando isto.

Olhei de volta por cima do ombro. Àquela altura, não podia nem mais ver o restaurante, a não ser pelo reflexo das luzes vermelhas e azuis piscando nos prédios ao redor.

Aquele *modus operandi* – a distância do tiro, o ângulo impossível, os assassinatos em si (não somente um tiro perfeito, mas dois, num ambiente apinhado) – era muito audacioso. Acho que era para nos impressionar – em termos estritamente profissionais, eu me sentia meio perplexo.

Mas também sentia um pavor profundo na boca do estômago. Aquela sensação de que o mundo a qualquer momento poderia cair na minha cabeça... tinha acabado de virar realidade.

capítulo 8

JÁ EM CASA, PULEI POR CIMA do segundo e do terceiro degraus da varanda, evitando o rangido deles com minhas pernas compridas. Era pouco mais de uma e meia da madrugada, mas a cozinha ainda cheirava a biscoitos de chocolate quando entrei. Eram para Jannie, que teria algum tipo de atividade na escola. Ganhei alguns pontos como pai por saber que ela teria a atividade, mas perdi outros por não saber qual era.

Roubei um biscoito – delicioso, com um leve toque de canela – e tirei os sapatos antes de subir de mansinho.

No corredor, constatei que a luz de Ali ainda estava acesa. Quando olhei para dentro do quarto, vi Bree dormindo ao lado da cama. Ele estivera com um pouco de febre e ela havia arrastado para lá a antiga poltrona de couro de nosso quarto, usada como cabide de roupa suja.

Um exemplar de *O ratinho e a motocicleta* estava aberto no colo dela.

A testa de Ali estava fresca, mas ele havia chutado a coberta durante a noite. Truck, seu urso de pelúcia, estava de cabeça para baixo no chão. Acomodei os dois de volta na cama.

Quando tentei tirar o livro de Bree, a mão dela se apertou em volta dele.

– E eles viveram felizes para sempre – sussurrei no ouvido dela.

Ela sorriu, mas não acordou, enquanto eu abria caminho até seu sonho. Era um bom lugar para estar, por isso a peguei no colo e a carreguei de volta para a cama.

Era tentador ajudá-la a tirar a calça de pijama, a camiseta e todo o resto, já que eu estava com a mão na massa, mas ela estava tão linda e em paz daquele jeito que não tive coragem de mudar nada. Em vez disso, deitei-me e fiquei só olhando-a dormir um pouco. Muito bom.

Porém, meus pensamentos retornaram inevitavelmente ao caso, ao que eu tinha acabado de ver.

Era impossível não pensar naqueles dias sombrios de 2002, a última vez que havíamos testemunhado algo assim, quando o "franco-atirador de Washington", junto com seu cúmplice de 17 anos, matou 10 pessoas. A expressão "atirador de elite" provocava ainda hoje uma reação péssima em muita gente em Washington, inclusive em mim. Ao mesmo tempo, havia algumas diferenças apavorantes neste caso, considerando a habilidade do atirador. Além disso, tudo me parecia mais calculado. E então, graças a Deus, eu estava dormindo. Mas contando corpos, em vez de carneirinhos.

capítulo 9

NANA MAMA JÁ ESTAVA com o *Washington Post* aberto na mesa da cozinha quando desci, às cinco e meia da manhã. O caso estava bem ali, na primeira página: "Atirador de elite deixa dois mortos no centro da cidade".

Ela bateu duas vezes na manchete com um dedo ossudo, como se fosse necessário chamar minha atenção.

– Não estou dizendo que ninguém, por mais ganancioso que seja, mereça morrer – disparou ela. – Isso é absolutamente horrível. Mas aqueles dois não eram anjos, Alex. As pessoas vão sentir certa satisfação, e *você* terá de enfrentar isso.

– Bom dia para você também.

Inclinei-me para beijar seu rosto e, por instinto, pus a mão na xícara de chá diante dela. Uma xícara fria significaria que ela estava acordada há muito tempo, e esta estava fresca. Não gosto de pegar no pé dela, mas tento garantir que descanse o suficiente, em especial desde seu ataque cardíaco. Nana parece estar forte, mas tem mais de 90 anos.

Servi um pouco de café numa caneca e sentei-me para dar uma olhada rápida no jornal. Sempre quero saber o que um assassino pode estar lendo sobre si mesmo. A matéria era opinativa e estava errada em alguns pontos importantes. Nunca presto atenção quando pessoas que se supõe serem inteligentes escrevem coisas idiotas – ali estava outro exemplo de uma reportagem que precisava ser ignorada.

– De qualquer modo, é só um grande jogo de escamoteação – continuou Nana, engrenando em seu discurso. – Alguém é pego com a boca na botija e todos fingimos que ele é o único que fez alguma coisa errada. Você acha que esse congressista foi o primeiro e o último a aceitar propina aqui em Washington?

Abri o jornal para ver a continuação na página 20.

– Seu otimismo chega a ser contagiante, Nana – falei.

– Não venha com gracinhas para cima de mim a esta hora da manhã – disse ela. Além disso, ainda sou otimista, só que uma otimista de olhos abertos.

– E eles ficaram abertos a noite toda também? – perguntei meio desajeitadamente. Querer saber sobre a saúde de Nana é o mesmo que tentar colocar verduras no cheeseburger das crianças. Você precisa ser ardiloso, senão o truque não funciona, e em geral acaba não dando certo mesmo.

Ela levantou a voz, sem dúvida para deixar claro que eu fora ouvido e seria ignorado.

– Aqui vai outra pérola de sabedoria para você. Por que, quando ouvimos falar de pessoas assassinadas nesta cidade, elas são sempre pobres e negras ou ricas e brancas? Por que, Alex?

– Infelizmente, esta é uma conversa longa e eu não estou com tempo hoje – respondi, empurrando a cadeira para trás a fim de me levantar.

Ela esticou a mão na minha direção.

– Aonde você vai tão cedo? Deixe-me fazer uns ovos. E aonde você está levando esse jornal?

– Quero fazer umas pesquisas na minha sala antes da primeira entrevista. E por que você não se distrai com o caderno de entretenimento por um tempo?

– Ah, sim, porque não existe racismo em Hollywood, não é? Caia na real.

Gargalhei, dei-lhe um beijo de despedida e roubei mais um biscoito de chocolate da mesa, tudo ao mesmo tempo.

– Essa é a minha garota. Tenha um bom dia, Nana. Eu te amo!

– Não seja condescendente, Alex. Também te amo.

capítulo 10

NO MEIO DA MANHÃ, eu estava tendo uma conversa com Sid Dammler. Ele era um dos dois principais sócios da empresa de lobby Dammler-Mickelson, na Rua K. Craig Pilkey fora um dos seus profissionais mais talentosos, tendo angariado lucros no valor de 11 milhões de dólares no ano anterior. De um modo ou de outro, aquelas pessoas iriam sentir sua falta.

Até agora, o comentário oficial da empresa era que eles "não tinham conhecimento" de qualquer delito por parte de seus funcionários. Em Washington, essa declaração geralmente é o código para encobrir alguém sem ser encurralado pela lei.

No início, eu não tinha qualquer preconceito contra Dammler. Isso veio após 40 minutos esperando na recepção, e depois mais 20 ouvindo respostas monossilábicas e descomprometidas da parte dele, com uma cara de quem preferia estar fazendo um tratamento de canal - ou de quem realmente *estava* fazendo um tratamento de canal.

Pelo menos isso eu já havia sacado sozinho: antes de ser funcionário da D-M, Craig Pilkey, nascido em Topeka, Kansas, havia passado três períodos de dois anos cada no Congresso, onde ganhou a reputação de porta-voz do ramo bancário no Capitólio. Havia patrocinado ou copatrocinado nada menos do que 15 leis destinadas a aumentar os direitos dos concessores de empréstimos.

Segundo o site da D-M, a especialidade de Pilkey era ajudar empresas de serviços financeiros a "navegar através do governo federal". Na ocasião de sua morte, seu maior cliente, de longe, era uma aliança de 12 bancos de porte médio de vários lugares do país, representando mais de 70 bilhões em ativos totais. Esses mesmos bancos fizeram as contribuições para a campanha do congressista Vinton, o outro morto, que haviam provocado o inquérito federal em curso.

- Por que está me dizendo tudo isso sobre Craig e a Dammler-Mickelson? - perguntou Sid Dammler. Até agora o sujeito não havia deixado claro se qualquer dessas informações era ou não novidade para ele.

- Porque, com o devido respeito, sou obrigado a imaginar que algumas pessoas lá fora vão ficar felizes com a morte de Pilkey - respondi.

Dammler pareceu profundamente ofendido.

- Esta é uma coisa horrível de dizer.

- Quem poderia querer matá-lo? O senhor faz alguma ideia? Sei que houve ameaças.

- *Ninguém*. Pelo amor de Deus!

- Acho difícil acreditar. O senhor não está nos ajudando a encontrar o assassino dele.

Dammler ficou de pé. O vermelho em seu rosto e no pescoço se destacava em contraste com o colarinho branco.

– Esta reunião está encerrada – decretou ele.

– Sente-se – respondi. – *Por favor.*

Esperei até que ele obedecesse.

– Sei que o senhor não quer dar mais espaço na mídia para os seus críticos do que eles já têm – continuei. – Esta é uma empresa de relações públicas, eu entendo. Mas não sou repórter do *Post*, Sid. Preciso saber quem eram os inimigos de Craig Pilkey. E não venha me dizer que ele não tinha nenhum.

Dammler se recostou na cadeira com as mãos na nuca. Parecia que estava esperando para ser algemado.

– Acho que você pode começar com algumas associações nacionais de proprietários de imóveis – disse, enfim. – Elas não eram exatamente fãs de Craig. – Ele suspirou e olhou para o relógio. – Além disso, há todo o grupo dos consumidores, os blogueiros malucos, o pessoal que vive mandando correspondências de ódio anônimas. É só escolher. Fale com Ralph Nader, já que está com a mão na massa.

Ignorei o sarcasmo.

– Alguma dessas informações é rastreada e guardada em algum lugar?

– Até onde dizem respeito aos nossos clientes, claro. Mas você precisaria de um mandado para que eu ao menos pensasse em colocá-lo na mesma sala com qualquer coisa dessas. É tudo particular, confidencial.

– Já esperava que o senhor dissesse isso – falei, e pus duas pilhas de documentos na mesa entre nós. – Um mandado para os arquivos, um para os e-mails. Gostaria de começar pela sala do Pilkey. O senhor pode me mostrar o caminho, ou eu posso achar sozinho.

capítulo 11

Caro Filho da Puta,

ESPERO QUE VOCÊ esteja satisfeito. Talvez um dia você perca a porra do SEU trabalho e da SUA casa, e então vai ter alguma PORRA DE IDEIA do que está fazendo pessoas inocentes passarem aqui no mundo REAL.

Muitas mensagens, mas não todas, eram bem parecidas com essa. Vou dizer uma coisa: quando as pessoas ficam realmente irritadas, elas *xingam*!

Os remetentes eram indivíduos furiosos, desapontados, ameaçadores, abalados, malucos. Tinha de tudo. Meu mandado expirava às dez da noite, mas eu poderia ter passado a madrugada toda lendo correspondências cheias de ódio na sala de Pilkey.

Depois de um tempo me cansei dos funcionários que passavam devagar pela porta da sala, por isso a fechei e continuei examinando o material.

As cartas vinham de todo o país, mas em especial do Kansas, o estado natal de Pilkey. Havia histórias sobre a perda de casas e de economias de toda uma vida, sobre famílias que não podiam permanecer juntas – todo tipo de gente que havia sofrido com a reviravolta financeira e atribuía uma grande parcela da culpa à Rua K e a Washington.

Os blogs, pelo menos os que a D-M rastreava, eram mais radicais, tendendo para o político em vez do pessoal. Um grupo, o Centro de Responsabilidade Pública, parecia comandar o ataque. Eles – ou, pelo que eu sabia, algum cara num porão em algum lugar – tinham uma coluna regular chamada "Lute Contra o Poder". O último post tinha o título "Roubem Hood: roubando dos pobres para dar aos ricos".

> Usando os princípios do mercado livre para acobertá-los, os membros do Clube dos Garotos e Garotas de Washington, ou seja, os lobistas dos banqueiros e nossas próprias autoridades eleitas, emitiram um cheque em branco depois do outro para seus coleguinhas corporativos. Sim, as mesmas pessoas que derrubaram a economia deste país continuam sendo tratadas como a realeza no Capitólio, e adivinhe quem está pagando a conta? Estou falando dos nossos impostos, do nosso dinheiro. No meu dicionário isso se chama roubo e está acontecendo diante dos nossos olhos.
>
> Clique aqui para ver os endereços e os números de telefone de alguns dos mais ultrajantes barões do crime em Washington. Ligue para eles durante o jantar uma noite dessas e diga como se sente. Melhor ainda, espere até que eles tenham saído, depois invada sua casa e pegue um pouco do dinheiro que eles trabalharam tanto para ganhar. Veja se eles vão gostar.

Em certo sentido, a coisa mais inesperada na sala de Pilkey era a coleção que ele mantinha de matérias relacionando-o ao escândalo. Um artigo recente ainda estava numa pasta sem etiqueta, sobre a mesa. Era do *New York Times.*

> *Tanto Pilkey quanto Vinton são os protagonistas do que sem dúvida irá se tornar mais uma investigação longa e arrastada que não provará nada, não punirá ninguém e não fará nada para proteger os indivíduos que mais importam: as pessoas comuns que simplesmente lutam para pagar as contas.*

Assim, como era de se esperar, Pilkey tinha uma boa cota de inimigos. Isso era quase o oposto de não haver pistas. Tudo o que eu tinha lido era apenas a ponta do iceberg. Não encontrei nada que mencionasse ameaças específicas, mas as informações iam se empilhando e a lista de suspeitos seria infinita.

Uma coisa já estava clara: precisaríamos de uma equipe maior.

capítulo 12

DENNY ODIAVA O ABRIGO da Rua 13 com uma intensidade que chegava às raias do homicídio, em particular esta noite. Ficar em uma fila na calçada para conseguir uma cama era um saco, especialmente quando o resto da cidade estava pirando com os dois tiros perfeitos na Rua 18. Que barato! E que desperdício de uma boa noite em que ele e Mitch deveriam estar comemorando.

Claro, também fazia mais sentido do que nunca eles serem vistos cuidando da própria vida neste momento. Então era isso que estavam fazendo.

Mitch permanecia por perto, como sempre, balançando a cabeça e sacudindo o joelho, o que fazia quando estava agitado. Isso o deixava parecido com qualquer um dos outros malucos que chamavam aquele local de lar, o que era ótimo, desde que ele ficasse de boca fechada.

– Não fale com ninguém – lembrou Denny enquanto eles seguiam como um exército de zumbis para os dormitórios. – Só fique de cabeça baixa e durma um pouco.

– Não vou falar nada, Denny, mas vou lhe dizer uma coisa. Eu preferia estar tomando um uísque agora.

– A festa começa amanhã, Mitchie. Eu prometo.

Denny pôs Mitch na cama de baixo, para variar, e pegou a de cima, de modo a ficar de olho nas coisas a partir daquele ponto de observação elevado.

Como era de se esperar, pouco depois de as luzes se apagarem Mitch estava de pé outra vez. *E agora o quê?*

– Aonde você vai, cara? – sussurrou Denny.

– Preciso mijar. Volto logo.

Denny não estava se sentindo exatamente paranoico, apenas extracauteloso. Sentou-se e esperou um minuto, depois foi atrás de Mitch, só para garantir.

O corredor estava em silêncio. Antes, aquele lugar era uma escola e os armários naquela época serviam para guardar lanches, mochilas e outras coisas das crianças. Agora homens adultos os usavam para proteger tudo o que possuíam no mundo.

E que mundo fodido! Sem dúvida.

Quando Denny chegou ao banheiro, encontrou todos os chuveiros abertos e ninguém neles. Mau sinal. Muito mau sinal.

Virou a esquina e foi para onde ficavam as pias, então viu que dois caras grandões haviam empurrado Mitch contra uma parede. Reconheceu-os de imediato: Tyrone Peters e Cosmo Lantman, o "Coz". Exatamente o tipo de vagabundos que faziam pessoas decentes preferirem dormir na rua para não se arriscarem a conseguir uma cama num daqueles abrigos. Os bolsos de Mitch estavam virados para fora e ainda havia algumas moedas de 25 centavos no chão, perto dos seus pés.

– Qual é o problema aí? – perguntou Denny.

– Nenhum. – Tyrone nem se virou para olhá-lo. – Agora se manda, porra!

– Hum, não estou a fim, não.

Cosmo então o encarou e veio andando em sua direção, pisando firme. Suas mãos pareciam vazias, mas era óbvio que ele segurava alguma coisa.

– Quer participar? Certo, você está dentro. – Ele pôs um polegar e um indicador em volta do pescoço de Denny e segurou uma lâmina em forma de foice logo abaixo do nariz dele. – Vejamos com que você pode contribuir...

A mão de Denny apertou o pulso do idiota numa velocidade relâmpago e torceu-o quase 360 graus, até que Cosmo precisou se dobrar para impedir que seu braço se partisse. A partir daí não houve dificuldade alguma em dar três golpes rápidos na bunda de Coz com sua própria faca, o que foi só uma prévia. Acertar o fígado seria tão fácil quanto isso. Cosmo já estava caído e o sangue se espalhava pelo chão todo.

Enquanto isso, Mitch havia pirado completamente. Passou os braços em volta da cintura de Tyrone, que era muito maior que ele, e carregou-o direto até a parede oposta. Tyrone deu-lhe dois socos rápidos – o nariz de Mitch explodiu em sangue –, mas o babaca deixou o queixo totalmente desprotegido. Mitch viu isso e lhe desferiu um golpe bem aí, de baixo para cima, que fez Tyrone sair girando. Só para garantir, Denny agarrou-o durante o voo e virou-o para a frente, de modo que seu rosto acertasse alguma pia no caminho para o chão. Alguns dentes foram deixados para trás, assim como uma mancha grossa e vermelha na louça suja.

Recuperaram o dinheiro de Mitch e pegaram o que Tyrone e Cosmo tinham. Então Denny empurrou os valentões para dentro de dois cubículos.

– Esses vagabundos não sabem com quem estão mexendo! – grasnou Mitch no corredor. Seus olhos estavam brilhando, mesmo com o sangue escorrendo por cima dos lábios e da camisa.

– É, vamos parar por aqui – disse Denny. Ele queria que os dois fossem vistos no abrigo essa noite, mas a essa altura já haviam cumprido a missão bastante satisfatoriamente. – Quer saber? Vá pegar suas coisas. Vamos arranjar aquela garrafa de uísque para você.

capítulo 13

COMO MUITOS QUE FAZEM parte da irmandade dos homens da lei, o agente do FBI Steven Malinowski era divorciado. Morava sozinho – a não ser quando as duas filhas o visitavam, semana sim, semana não, e durante um mês no verão –

num ranchozinho decente por fora e meio patético por dentro, em Hyattsville, Maryland.

Por isso não havia muita motivação para ir para casa e ele só chegou à entrada de veículos pouco depois das onze e meia daquela noite. Tinha tomado pelo menos algumas cervejas, além de uma ou duas doses de bebida destilada, mas não estava bêbado. Tinha sido mais um pilequinho com a turma.

– Ei, Malinowski – disse uma voz quando ele desceu do Range Rover.

Todo o corpo do agente se contraiu e ele estendeu a mão para o coldre embaixo do paletó.

– Não atire. Sou eu. – Kyle deu a volta pela frente da garagem, passando embaixo da luz do poste de rua por tempo suficiente apenas para um vislumbre de seu rosto. – É o Max Siegel, Steve.

Malinowski franziu os olhos para ele, no escuro.

– Siegel? Pelo amor de Deus, o que... – Deixou a aba do paletó se fechar de novo. – Você quase me fez ter uma porra de um ataque cardíaco. Que diabos está fazendo aqui? E que horas são, afinal?

– Podemos conversar lá dentro? – perguntou Kyle. Devia fazer três anos que Malinowski e Siegel não se falavam. A voz precisava ser boa, mas não perfeita. – Vou dar a volta pelos fundos, certo? Deixe-me entrar.

Malinowski olhou para um lado e para o outro da rua.

– Está bem, está bem. Claro. – Quando Siegel passou pela porta deslizante de vidro da cozinha, o dono da casa havia apagado as luzes da frente e fechado todas as cortinas. Só havia a luz de cima do fogão.

Malinowski guardou sua arma numa gaveta e tirou duas cervejas da geladeira. Ofereceu uma a Max.

– Vamos lá, Siegel. O que está acontecendo? O que está fazendo aqui a esta hora?

Kyle recusou a cerveja. Não queria tocar em nada que não precisasse.

– A operação vazou completamente – disse. – Não sei como, mas eles me descobriram. Não tive escolha a não ser vir para cá.

– Você está péssimo, por sinal. Esses hematomas em volta dos olhos...

– Você deveria ter me visto há uma semana. Dois caras do Arturo Buenez me deram um trato bonito. – Kyle deu um tapinha na mochila verde-oliva às costas. Dentro estavam a arma de choque com a solução salina e o reservatório de água, enrolados num cobertor grosso. – Só consegui sair com isto.

– Por que não mandou o sinal? – perguntou Malinowski, e essa foi a única coisa que Kyle não fora capaz de descobrir: como Max Siegel deveria fazer contato com seu controlador em caso de emergência.

– Tive sorte de ao menos conseguir fugir – respondeu ele. – Fiquei na moita na Flórida, até que pude vir para cá. Fort Myers, Vero Beach, Jacksonville.

Talvez fosse a cerveja, mas Malinowski não pareceu notar que Kyle não havia realmente respondido à pergunta. Como poderia? Ele não sabia a resposta.

– Então, com quem mais eu deveria falar? – perguntou Kyle.

O agente balançou a cabeça.

– Com ninguém.

– Com a Força Administrativa de Narcóticos? Com alguém de Washington?

– Não há ninguém, Siegel. Você estava lá por conta própria. – Ele ergueu os olhos de repente. – Como você não sabe disso?

– Dá um tempo, cara. Estou na pior. Olhe para mim. – Kyle deu um passo mais para perto de Malinowski, que estava encostado no fogão. – Sério, olhe para mim. O que está vendo?

Malinowski sorriu com compaixão.

– Você precisa mesmo descansar, Max. É bom que esteja aqui.

O cara não fazia a mínima ideia, não era? Aquilo era divertido demais para parar.

– Eu vi o Kyle Craig, Steve.

– O quê? Espere aí... *o* Kyle Craig?

Kyle abriu os braços e sorriu.

– *O* Kyle Craig. Em carne e osso.

– Não estou entendendo. Como isso se encaixa no...?

Era como ver os pontos se ligando na mente de Malinowski. E justo quando parecia que ele ia entender, Kyle agiu. Sua Beretta estava na mão pressionando o queixo de Malinowski antes mesmo que o sujeito percebesse o que estava acontecendo.

– É incrível o que se pode fazer com cirurgia plástica hoje em dia – disse.

A cerveja inacabada de Malinowski se espatifou no chão.

– Do que você está falando? Isso é... impossível!

– Tenho 99,99 por cento de certeza de que não é – rebateu Kyle. – A não ser que eu esteja imaginando tudo isto. Considere uma honra, Steve. Você é o primeiro e último a saber qual é a minha aparência. Está honrado? – Malinowski não se mexeu, por isso Kyle apertou a Beretta com mais força no rosto dele. – *Está?*

Agora ele assentiu.

– Diga, por favor.

– Estou... honrado.

– Muito bem. Agora o que vai acontecer é o seguinte: vamos para os fundos da casa e você vai entrar naquela banheira imunda que você nunca limpa. – Kyle bateu na mochila de lona de novo. – Depois eu vou desfazer a mala e nós vamos conversar mais um pouco. Preciso saber umas coisas sobre Max Siegel.

capítulo 14

KYLE ESPEROU MAIS DOIS DIAS, passou algumas noites em Washington, hospedou-se no Hotel Princess. Depois tirou Max Siegel das sombras de uma vez por todas.

Era uma empolgação inacreditável passar com o BMW recém-alugado de Siegel pela familiar cabine da guarda e entrar na garagem do Edifício Hoover. Aquele lugar contava com todas as medidas de segurança do mundo e ali estavam eles cumprimentando o próprio Sr. Mais Procurado, que entrava direto na sede do FBI.

Maravilha.

O documento de identidade de Siegel levou Kyle direto ao quinto andar. Receberam-no numa das salas de reuniões do Centro de Operações de Informações Estratégicas que davam para a Avenida Pennsylvania: dois representantes da Seção de Quadrilhas e Empreendimentos Criminosos, um da Diretoria de Informações e dois diretores assistentes vindos do escritório principal e do de campo, em Washington.

A agente Patty Li parecia encarregada da reunião.

– Sei que este é um momento tenso, agente Siegel, mas há algo que você precisa saber. Seu controlador original, Steven Malinowski, morreu há dois dias.

Kyle manteve a compostura profissional, com apenas a quantidade certa de emoção.

– Ah, meu Deus. O que aconteceu com ele?

– Parece que morreu de um ataque cardíaco durante o banho, em casa.

– Não acredito. Eu estive lá ontem. Bati à porta dele. – Ele parou e passou a mão pelo rosto de um milhão de dólares: o grande ator em ação.

– Você fez bem em nos contatar diretamente – disse Li. – Assim que entregar seu relatório e passar pela entrevista completa, vou colocá-lo em licença administrativa...

– Não. – Kyle se empertigou e olhou direto nos olhos de Li. – Desculpe, mas essa é a última coisa de que preciso agora. Estou pronto para voltar ao trabalho.

– Você precisa se aclimatar. Durma, vá assistir a um jogo, sei lá. Você passou anos sendo outra pessoa, Max. Isso é um fardo pesado.

Aquilo tudo era como comer bem, fazer sexo e andar a 200 por hora com o farol apagado ao mesmo tempo. E a melhor parte era que aqueles idiotas do FBI estavam engolindo a história como se fossem bolinhos grátis.

– Com todo o respeito – anunciou ele a todos na sala –, eu gostaria que minha ficha falasse por si. Façam uma avaliação das minhas condições de trabalho, se acharem necessário. Só não me deixem de lado. Quero trabalhar. Acreditem, é disso que eu preciso.

Houve alguns olhos arregalados ao redor da mesa. Um dos caras do Esquadrão Antidrogas deu de ombros e fechou o dossiê pessoal que estava à sua frente. A decisão era de Li.

– Supondo que nós concordemos – disse ela –, o que você tem em mente?

– Acredito que estou em condições de ser um AES. – E era verdade. – É isso que eu quero.

– Agente Especial Supervisor? Vejo que você não perdeu nem um pouco da ambição.

– Também gostaria de ficar aqui em Washington, no escritório de campo. Acho que é onde posso causar mais danos – disse ele, só com um toque de autodepreciação para mantê-los na linha.

Hoje não haveria promessas, mas Kyle sabia que estava com a situação quase resolvida. E o posto no escritório de campo, ainda que não fosse estritamente necessário, era uma bela cereja para o bolo.

O lugar ficava na Praça do Judiciário, pertinho do Edifício Daly. Ele e Alex poderiam até enfileirar algumas latas entre suas salas e brincar de atirar, se quisessem. Não seria divertido?

Agora era só uma questão de tempo até se encontrarem de novo.

capítulo 15

OFERECI DOIS INGRESSOS PARA um jogo de beisebol ao Departamento de Análise de Digitais em troca de uma resposta rápida com relação aos assassinatos do atirador de elite. Os peritos me deram alguns resultados naquela manhã.

Uma única digital fora encontrada numa área de vidro que tinha sido limpa havia pouco tempo no lugar de onde os tiros foram disparados. E, por acaso, ela combinava com duas outras digitais descobertas no local: uma num corrimão entre o oitavo e o nono andares do prédio e outra na tranca de uma porta de aço no térreo, que provavelmente fora o ponto de saída do atirador.

As boas notícias acabavam por aí, ou pelo menos as notícias interessantes. A parte ruim era que a digital não correspondia a nenhuma das dezenas de milhões de amostras do banco de dados do Sistema Automático de Identificação de Digitais. Nosso suposto assassino não tinha ficha criminal para ajudar a apontar o caminho da prisão.

Por isso ampliei minha busca. Recentemente eu estivera na África, perseguindo um assassino em massa que usava o nome de Tiger. Acabei estabelecendo, lá, uma relação bastante boa com um cara chamado Carl Freelander. Ele era do Departamento de Investigações Criminais do Exército, ligado ao FBI em Lagos, na Nigéria, como parte da Força-Tarefa Conjunta Antiterrorismo. Eu esperava que Carl pudesse me ajudar a aparar algumas arestas da investigação.

Era um fim de tarde em Lagos quando liguei para o celular dele.

– Carl, aqui é o Alex Cross. Estou em Washington. Que tal primeiro eu pedir meu favor e nós deixarmos para jogar conversa fora depois?

– Tudo bem, Alex, mas podemos pular a parte de jogar conversa fora, se você não se importar. O que posso fazer por você? – Este era um dos motivos pelos quais eu gostava de Carl: ele trabalhava como eu.

– Tenho uma digital de um homicídio, dois tiros dados a 239 metros. O cara obviamente teve algum treinamento, sem falar de um equipamento de qualidade, e estou imaginando se poderia haver alguma conexão militar.

– Deixe-me adivinhar, Alex. Você quer uma linha direta para o banco de dados civil.

– Algo assim.

– É, tudo bem. Posso passar a digital pelo SIJC. Não deve demorar muito.

SIJC significa Serviço de Informações da Justiça Criminal, uma parte do FBI sediada em Clarksburg, na Virgínia Ocidental. Essa era uma daquelas situações complicadas: ligar para o outro lado do mundo para ter acesso a algo que ficava tão perto de casa, mas não seria a primeira vez.

Menos de duas horas depois, Carl ligava de volta com uma notícia desencorajadora.

– O seu garoto não é militar dos Estados Unidos, Alex. Nem do FBI ou do Serviço Secreto. E espero que você não se importe, mas aproveitei para checar o Sistema Automático de Identificação Biométrica, do Departamento de Defesa, já que estava com a mão na massa. Ele nunca foi detido por forças americanas e não é um estrangeiro que tenha tido acesso a uma das nossas bases. Não sei se isso ajuda ou não.

– Pelo menos a gente pode descartar algumas possibilidades mais óbvias. Obrigado, Carl. Na próxima vez em que vier a Washington...

– Chopinho e tal, claro. Vai ser ótimo. Cuide-se, Alex.

Meu próximo telefonema foi para Sampson, para compartilhar as notícias, por assim dizer.

– Não se preocupe, meu querido, nós estamos só começando – disse ele. – Talvez essa digital nem seja do cara. Aquela cena de crime estava apinhada com o nosso pessoal naquela noite, e pode apostar que nem todo mundo estava usando luvas.

– É – falei, mas outra possibilidade já havia se formado na minha mente. – John, e se a digital for do atirador e ele *quisesse* que a gente a encontrasse? Talvez ele ache um barato saber que vamos perder tempo procurando...

– Ah, cara, não. Não, não, não. – Sampson sabia aonde eu ia chegar.

– E talvez isso dê a ele exatamente a confiança de que está precisando, para quando for fazer tudo de novo.

capítulo 16

EU ESTAVA AGUARDANDO BREE do lado de fora da Penn Branch quando acabou o expediente dela naquela tarde. Mal podia esperar para vê-la e quando ela enfim saiu do prédio eu abri um sorriso enorme.

– Que bela surpresa! – disse ela, e me deu um beijo. Tínhamos desistido de tentar estabelecer um limite para esse tipo de coisa no trabalho. – A que devo o prazer? Isso é uma *maravilha*.

– Nada de perguntas – respondi e abri a porta do carro para ela.– Quero mostrar algo.

Eu já vinha planejando isso havia algum tempo, e ainda que as tarefas estivessem começando a se amontoar de novo, eu era teimoso demais para desistir da minha trama. Dirigi o carro pela North Capitol até Michigan e depois até a margem do campus da Universidade Católica, onde parei.

– Hã... Alex? – Bree olhou pelo para-brisa. E quase diretamente para *cima*. – Quando nós falamos em casar numa cerimônia pequena, acho que eu deveria ter sido um pouco mais específica.

A Basílica do Templo Nacional da Imaculada Conceição é uma das 10 maiores igrejas do mundo e, na minha opinião, a mais linda de Washington, talvez de todo o país.

– Não se preocupe. Só estamos de passagem. Venha.

– Tudo bem, Alex. Acho.

A arquitetura românico-bizantina dentro daquelas paredes é quase esmagadora, mas o ambiente também é incrivelmente pacífico. Os arcos altíssimos fazem com que nos sintamos minúsculos, enquanto os milhões de pequeninos ladrilhos dourados dos mosaicos artísticos preenchem cada canto com uma espécie de luz âmbar que nunca vi em qualquer outro lugar.

Peguei a mão de Bree e a conduzi a um dos corredores laterais, passei pelo transepto e entrei na ampla área ao fundo. O lugar é cercado, atrás, por uma fileira de vitrais em arco e na frente se abre para toda a extensão da catedral.

– Bree, posso pegar seu anel emprestado um instante? – perguntei.

– Meu anel?

Ela sorriu, meio confusa, mas mesmo assim me entregou a joia. Então me apoiei num dos joelhos e segurei sua mão de novo.

– Isso é um pedido? – perguntou ela. – Porque tenho uma novidadezinha para você, meu amor. Eu já aceitei.

– Na frente de Deus, então – falei e respirei fundo, porque de repente percebi que estava meio nervoso. – Bree, eu não precisava de você antes de nos conhecermos. Achava que estava numa boa. Eu *estava* numa boa. Mas agora... você está aqui e só me resta pensar que é por algum motivo. – Eu não havia ensaiado nenhum discurso e parecia tropeçar nas palavras, isso sem falar do nó na garganta. – Você me faz acreditar, Bree. Não sei se consigo explicar o que isso significa para alguém como eu, mas espero que você me deixe passar o resto da vida tentando. Brianna Leigh Stone, quer se casar comigo?

Ela ainda estava sorrindo, mas agora eu podia vê-la lutando contra as lágrimas. Mesmo ali, Bree tentava permanecer forte.

– Você sabe que é meio maluco, não sabe? – perguntou ela.

– "Se amar você é errado" – cantarolei baixinho –, "não quero estar certo."

– Está bem, está bem, qualquer coisa, menos cantar – disse ela, e nós dois rimos como duas crianças fazendo bagunça na biblioteca. Mas era um riso em meio a lágrimas para nós dois.

Bree se ajoelhou junto comigo, pousou a mão suavemente sobre a minha e enfiou o anel de noivado de novo no dedo. Quando me beijou de leve nos lábios senti um calor, e um tremor, descendo pela minha coluna.

– Alexander Joseph Cross, não importa quantas vezes você me pedir em casamento: a resposta é *sim*. Sempre foi, sempre será.

capítulo 17

COMO SOU UM ROMÂNTICO BOBÃO, ainda não havia terminado. Da Imaculada Conceição voltamos ao centro da cidade, onde nos hospedamos no Park Hyatt, para o pernoite. Eu havia avisado a Nana que não iríamos para casa.

Depois que o carregador de malas nos deixou na suíte, Bree olhou em volta e perguntou:

– Alex, quanto isto tudo está custando?

Eu tinha uma garrafa de espumante gelado esperando e lhe entreguei uma taça.

– Bem, não sei se ainda poderemos pagar a faculdade do Damon depois disso, mas a vista é fantástica, não é?

Então me sentei diante do piano de meia cauda – o principal motivo para que eu escolhesse aquele lugar – e comecei a tocar. Escolhi antigas canções de amor, como "Night and Day" e "Someone to Watch Over Me", cada uma com uma pequena mensagem para Bree. E, a seu pedido, na maior parte das vezes evitei cantar.

Ela sentou-se ao meu lado no banco do piano, ouvindo e bebericando o espumante.

– O que eu fiz para merecer tudo isto? – perguntou enfim.

– Ah, essa parte ainda vai chegar. Tem algo a ver com tirar toda a roupa. Lentamente. Peça por peça.

Mas primeiro pedimos o jantar e dividimos tudo: salada de laranja com rúcula, atum fresco, siri mole e um bolo de chocolate com recheio quente.

Abri uma garrafa de champanhe para acompanhar a sobremesa e terminamos de comê-la na enorme banheira.

– Sinto que já estamos na lua de mel. Primeiro uma igreja e agora isto – disse ela, sorrindo.

– Considere uma prévia – respondi, passando um sabonete de lavanda pelas suas costas, depois em suas longas pernas. – Só um gostinho do futuro.

– Hummm, eu gosto do futuro. – Ela pôs a boca no meu ombro e o mordeu de leve quando larguei o sabonete e comecei a usar as mãos.

Finalmente, saímos direto da banheira para o chão. Improvisei um tapete de pele de urso com dois roupões fofos do hotel e passamos as horas seguintes tentando nos fartar um do outro.

Na primeira vez em que levei Bree ao clímax sua cabeça se inclinou e a boca se abriu sem som, enquanto ela se agarrava à base das minhas costas com aquela sua força espantosa.

– Mais, Alex. Ah, meu Deus, mais. Mais!

Era como se nada pudesse ficar entre nós, literal ou figurativamente. Senti-me a um milhão de quilômetros de qualquer coisa que não fosse ela e não queria que a noite acabasse.

Mas é claro que acabaria – *e cedo demais.*

capítulo 18

O TELEFONE DO HOTEL TOCOU quase à meia-noite. Mais tarde eu perceberia que não tinha sido coincidência. A meia-noite também é o começo de um novo dia e a pessoa que ligava estava querendo dizer isso, literalmente.

– Alex Cross – atendi.

– Tanta coisa acontecendo e você ainda tem tempo para romance? Diga, detetive Cross, como você consegue?

A voz de Kyle Craig saiu do fone como água gelada – e, tão rápido quanto isso, tudo mudou.

– *Kyle* – falei para Bree ouvir. – Há quanto tempo você está em Washington?

Ela já estava se sentando, mas assim que ouviu o nome pegou seu celular na mesinha de cabeceira e o levou para o banheiro.

– O que faz você pensar que estou em Washington? – questionou ele. – Você sabe que tenho olhos e ouvidos em toda parte. Não preciso estar aí para estar aí.

– É verdade – respondi, tentando manter a voz calma. – Mas eu sou um dos seus assuntos prediletos.

Ele deu um riso baixinho.

– Eu gostaria de dizer que você está sendo muito pretensioso, mas não posso. Então me fale de sua família. Como vai Nana Mama? E as crianças?

Não eram perguntas. Eram ameaças, e nós dois sabíamos. As famílias eram o barato de Kyle, talvez porque a dele havia sido tão problemática. Na verdade, ele havia matado os pais, em ocasiões diferentes. Eu precisava me esforçar para não engolir a isca, então contive a irritação.

– Kyle, por que está ligando? Você nunca faz nada sem um bom motivo.

– Não vi o Damon por aí – continuou ele. – Ainda deve estar na Cushing Academy, não é? Fica a oeste de Worcester, certo? Mas o Ali! O garoto não para de crescer!

Segurei as bordas do colchão com a mão livre. Ter meus filhos nos pensamentos de Kyle Craig era quase mais do que eu podia suportar.

Mas, se havia uma coisa que eu sabia, era que ameaças vãs e avisos só punham lenha na sua fogueira. Ele sempre fora de uma competitividade insana com relação a mim, e digo isso literalmente. Tinha sido quase impossível vencê-lo da primeira vez. Como diabos eu faria isso de novo?

– Kyle – falei, com o máximo de calma que pude –, não vou continuar esta conversa se não souber aonde ela vai dar. Portanto, se tem alguma coisa a me dizer...

– Das cinzas às cinzas, do pó ao pó – interrompeu ele. – Não é nenhum segredo, Alex.

– O que você quer dizer com isso?

– Você perguntou aonde isso iria dar. Das cinzas às cinzas, do pó ao pó: o mesmo lugar onde tudo vai parar. Claro, alguns de nós chegam mais rápido do que os outros, não é? Sua primeira mulher, por exemplo, mas não posso receber o crédito por isso.

E então ele conseguiu o que queria: estourei, perdi as estribeiras.

– Escute aqui, seu merda! Fique longe de nós. Juro por Deus, se você...

– Se eu *o quê*? – disparou ele de volta, com a mesma agressividade. – Machucar sua família ridícula? Levar sua noiva preciosa? – Seu tom havia mudado num instante para a fúria completa. – Como você *ousa* falar assim comigo? Quantas vidas *você* tirou, Alex? Quantas famílias você despedaçou com aquela sua nove milímetros? Você nem conhece o significado da palavra perda. Ainda, *seu hipócrita de merda!*

Eu nunca o ouvira falar assim. Na verdade, era raro Kyle xingar. Pelo menos o Kyle que eu tinha conhecido.

Será que estaria mudando? Ou isso seria apenas mais uma das suas performances cuidadosamente orquestradas?

– Quer saber qual é a verdadeira diferença entre nós, Alex?

– Já sei qual é – eu disse. – Eu ainda não sou maluco, você sim.

– A diferença é que eu estou vivo porque nenhum de vocês conseguiu me derrubar e você está vivo porque eu ainda não decidi matá-lo. *Por favor*, diga que esse fato óbvio não lhe passou despercebido.

– Não vou matar você, Kyle. – Agora as palavras estavam simplesmente jorrando de mim. – Vou garantir que você apodreça até a morte, bem devagar, de volta àquela cela do Colorado de onde você veio. Você vai voltar para lá.

– Ah, isso me lembra... – respondeu ele, e desligou de repente. Isso era puro Kyle, apenas mais um modo de dar a entender que o jogo tinha começado e que iria terminar do modo dele. Estar no controle era o ar que ele respirava.

Logo Bree estava ali, com os braços me envolvendo.

– Falei com Nana – disse ela. – Está tudo bem, mas avisei que estamos indo para casa. E mandei uma radiopatrulha para lá agora mesmo.

Levantei-me e comecei a me vestir o mais rápido que podia. Meu corpo estava tremendo de raiva, e não somente de Kyle.

– Fiz besteira, Bree. Uma besteira enorme. Não posso deixar que ele me abale deste jeito. Não posso! Isso só vai piorar as coisas.

Como se isso fosse possível.

capítulo 19

EU QUERIA QUE ELE FOSSE para o inferno! Por tudo.

Kyle havia conseguido exatamente o que queria: injetar-se na minha vida. Tinha todos os meus contatos. Agora não havia opção além de reagir.

Uma radiopatrulha da Polícia Metropolitana estava diante da minha casa quando chegamos e havia um policial uniformizado nos fundos, perto da garagem. Sampson também estava lá. Não sabia quem tinha ligado para ele, mas fiquei feliz por vê-lo.

– Tudo bem, minha querida, estamos aqui – dizia ele quando entramos. Sampson e Nana estavam de papo na cozinha. A essa altura ela até havia feito um sanduíche de presunto e batatas fritas para ele.

– Isso não acabou – falei. Era uma dificuldade manter a voz baixa enquanto as crianças dormiam lá em cima. – Precisamos falar sobre mudarmos a família para outro lugar.

– Ah, é? – perguntou Nana, e a temperatura no cômodo baixou uns 20 graus.

– Nana...

– Não, Alex. De novo, não. Faça o que for preciso em relação às crianças. Mas, quanto a mim, falei sério quando disse na última vez que *seria* a última. Não vou me mudar desta casa e ponto final.

Antes que eu pudesse ao menos responder, ela decidiu que ainda não havia acabado, afinal.

– E outra coisa. Se esse tal de Kyle Craig é tão bom como você diz, não importa para onde você leve as crianças. O que importa, detetive Cross, é que você as proteja onde elas estiverem. – Sua voz estava trêmula, mas o dedo se mantinha firme enquanto ela apontava direto para a minha cara. – Defenda a sua casa, Alex. Certifique-se de que isso aconteça! Você deveria ser bom no que faz.

Ela bateu duas vezes na mesa com a palma da mão e se recostou de volta. Era a minha vez.

Primeiro respirei fundo e contei até 10. Depois pedi a Bree que começasse de imediato o processo de emitir um boletim de busca.

– Ponha no Sistema Policial de Washington, em todas as jurisdições, e depois, assim que pudermos, vamos colocar no Centro Nacional de Informações Criminais, no FBI. – Para isso precisaríamos de um número de mandado e Sampson se propôs a ir atrás dele.

Eu mesmo liguei para o escritório de campo do FBI em Denver. Tecnicamente, Kyle era caso deles, já que havia escapado da prisão no Colorado.

Ao telefone, o agente Tremblay me disse que eles não tinham nada de novo para informar, mas que faria contato naquele momento com todos os escritórios de campo da região localizada entre a Nova Inglaterra e o sul do país. Esse era um caso prioritário para eles também, e não somente por causa dos danos que Kyle causara à reputação do Bureau na primeira vez. Eu tinha a sensação de que teria notícias de Jim Heekin, da Diretoria de Informações em Washington, de manhã logo cedo.

Enquanto isso dei outro telefonema e acordei meu colega e ocasional parceiro em treinos de boxe Rakeem Powell.

Rakeem estava na polícia havia 15 anos e era detetive da 103 havia oito. Até que, no período de seis meses, casou-se e levou um tiro, nesta ordem, e acabou se aposentando precocemente.

Ninguém jamais havia pensado que um dia Rakeem deixaria o departamento, mas ninguém imaginava também que em algum momento ele sossegaria. Agora possuía sua própria empresa de segurança em Silver Spring e eu estava prestes a me tornar seu cliente.

Às sete da manhã daquele dia tínhamos todo um sistema funcionando. As crianças estavam recebendo proteção minha e de Bree na ida e na volta da escola, com Sampson como apoio. A firma de Rakeem faria a segurança à noite, na frente e nos fundos, com cobertura diurna quando necessário. Além disso, eles passariam o primeiro dia avaliando as áreas penetráveis da casa e tentando fazer com que elas já estivessem com alarme quando as crianças chegassem.

Nana tentou bater o pé por causa dos agentes do FBI no quintal, mas fui irredutível. Seguindo suas instruções, eu estava me certificando de que as coisas acontecessem. A essa altura nós dois mal nos falávamos e ninguém estava feliz com isso, mas esta era a nossa realidade agora.

Vivendo em estado de sítio. Kyle Craig estava de volta às nossas vidas.

capítulo 20

E A VIDA CONTINUA, ESTEJAMOS preparados ou não.

Assim que levei as crianças à escola, fui até o St. Anthony's a tempo do meu segundo compromisso da manhã, depois de ter faltado ao primeiro. Eu fazia aconselhamento voluntário no hospital desde que fechara meu consultório particular. Aquelas eram pessoas muito necessitadas, que não podiam pagar sequer um tratamento mental básico, por isso eu me sentia feliz em fazer minha parte. Isso também ajudava a me manter afiado e alerta.

Bronson James, o "Pop-Pop", entrou com seu andar de cafetão na minha salinha abafada com o mesmo ar de superioridade de sempre. Eu o havia conhecido quando ele tinha 11 anos. Agora era um pouco mais velho e mais confiante do que nunca em sua visão cínica do mundo.

Dois de seus amigos tinham morrido desde que eu começara a atendê-lo e a maioria dos seus heróis – assassinos pouco mais velhos do que ele – também já estava morta.

Às vezes eu sentia que era a única pessoa no mundo que se importava com Bronson, o que não quer dizer que fosse fácil trabalhar com ele.

Ele se sentou no sofá à minha frente, com o queixo apontado para o teto, olhando alguma coisa lá em cima ou provavelmente só me ignorando.

– Alguma novidade desde a última sessão? – perguntei.

– Nada que eu possa falar. Cara, por que você sempre traz esse negócio para cá?

Olhei o copo grande de café na minha mão.

– Por quê? Você gosta de café?

– Não, não chego nem perto disso. Acho horrível. Mas gosto daquela merda que a Starbucks vende, frappuccino.

Eu conseguia vê-lo mudando de posição agora. Talvez eu pudesse lhe trazer um agrado da próxima vez. Amaciá-lo. Era um daqueles raros instantes em que o garoto de verdade aparecia através da armadura que ele parecia usar dia e noite.

– Bronson, quando você disse que não há nada de que você possa falar, quis dizer que tem algo acontecendo?

– Você é *surdo*? Eu disse: *Nada. Que. Eu. Possa. Falar*!

Ele esticou a perna de modo abrupto e pontuou as palavras com chutes na mesinha entre nós.

Bronson era o tipo de garoto sobre quem as pessoas escrevem ensaios psiquiátricos o tempo todo – o tipo supostamente incurável. Pelo que eu podia ver, ele não tinha qualquer empatia pelas pessoas. Essa característica é o ponto de partida para o que poderia se tornar um transtorno de personalidade antissocial – Kyle se encaixava no mesmo quadro, na verdade e torna muito fácil agir a partir de impulsos violentos. Em outras palavras, faz com que seja muito difícil não agir a partir deles.

Mas eu também conhecia o segredinho de Bronson. Dentro da sua armadura e por trás dos problemas mentais havia um menininho apavorado que não entendia por que se sentia daquela forma na maior parte do tempo. Pop-Pop era jogado de um lado para outro pelo sistema desde que era bebê e eu achava que ele merecia algo melhor do que aquilo que a vida havia lhe dado. Por isso o atendia duas vezes por semana.

Tentei de novo:

– Bronson, você sabe que estas nossas conversas são confidenciais, certo?

– A não ser que eu represente perigo para mim mesmo – recitou ele. – Ou para outra pessoa. – O segundo ponto pareceu fazê-lo sorrir. Acho que ele gostava do poder que essa conversa lhe dava.

– Você *representa* perigo para alguém? – Minha preocupação principal eram as gangues. Ele não havia aparecido com nenhuma tatuagem ou ferimentos perceptíveis: nenhuma queimadura, nenhum hematoma ou qualquer coisa que pudesse ser um rito de iniciação. Mas eu também sabia que seu novo lar adotivo ficava perto da Avenida Valley, onde circulavam as turmas da Rua 9 e da Yuma, praticamente uma em cima da outra.

– Não tem nada acontecendo – afirmou ele com convicção. – Eu só tava falando por falar.

– E com que turma você só "tá falando por falar" hoje em dia? Da Rua 9? Da Yuma?

Ele estava começando a perder a paciência e passou a me encarar, tentando fazer com que eu desviasse o olhar primeiro. Permaneci em silêncio para ver se ele responderia. Em vez disso, ele deu um salto e empurrou a mesa para o lado, a fim de ficar perto do meu rosto. A mudança foi quase instantânea.

– Não pega no meu pé, cara. Tira a porra dos olhos de cima de mim!

Então ele desferiu um soco.

Era como se ele nem soubesse como era pequeno. Precisei segurá-lo e obrigá-

-lo a se sentar segurando-o pelos ombros. Mesmo assim ele tentou me acertar de novo.

Empurrei-o no sofá pela segunda vez.

– Sem essa, Bronson. Nem pense em fazer isso comigo. – Eu odiava ter de usar a força física com ele, dado o seu histórico, mas ele havia ultrapassado o limite. Na verdade, para Bronson, não parecia importar onde ficava o limite. Isso era o que mais me amedrontava.

Aquele garoto estava indo para a beira de um penhasco e eu não sabia se poderia fazer algo para impedir.

capítulo 21

– VAMOS LÁ, BRONSON – disse eu e me levantei. – Vamos dar o fora daqui.

– Aonde a gente vai? Para o juizado? Eu não acertei você, cara.

– Não, a gente não vai ao juizado. Nem perto disso. Vamos.

Olhei o relógio. Ainda restavam uns 30 minutos de sessão. Bronson me seguiu pelo corredor, provavelmente mais por curiosidade do que por qualquer outra coisa. Em geral, quando saíamos da sala juntos, eu o acompanhava até sua assistente social.

Ao chegarmos do lado de fora, apertei o chaveiro para abrir as portas do carro e ele parou de novo.

– Você é algum tarado, Cross? Vai me levar para algum lugar escondido ou sei lá o quê?

– É, eu sou tarado, Pop-Pop. Vamos lá, entre no carro.

Ele deu de ombros e obedeceu. Notei-o passando a mão no banco de couro e seus olhos verificando o som, mas ele guardou qualquer elogio ou observação sarcástica para si mesmo.

– Então, qual é o grande segredo? – perguntou ele quando comecei a seguir o tráfego. – Aonde a gente vai?

– Não é segredo. Tem uma Starbucks aqui perto. Vou comprar um frappuccino daqueles para você.

Bronson se virou para olhar pela janela, mas captei um lampejo de sorriso antes disso. Não era grande coisa, mas pelo menos, por alguns minutos naquele dia, talvez ele pensasse que estávamos do mesmo lado.

– Gigante – disse ele.

– É, gigante.

capítulo 22

OS IMBECIS AINDA COMANDAVAM o FBI, ao menos era o que parecia. Pelo que Kyle Craig podia ver, ninguém havia nem piscado quando o recém-interrogado e recém-reincorporado agente Siegel conseguiu ser designado para o caso do atirador de elite em Washington. O período que Siegel tinha passado em Medellín, na Colômbia, na época em que o lugar era a "capital mundial dos assassinatos", era digno de nota e servia como um impressionante cartão de visita. Eles tinham sorte de tê-lo neste caso.

Mais do que imaginavam – dois agentes pelo preço de um! Sentou-se à sua mesa nova no escritório de campo, olhando para o crachá que havia recebido naquela manhã. A cara de Max Siegel o encarava de volta. Ainda sentia um barato vendo aquilo – de certa forma ainda esperava ver o velho Kyle sempre que passava diante de um espelho.

– Deve ser estranho.

Levantou os olhos e viu um dos outros agentes parado, olhando por cima da divisória do cubículo. Era o Agente Não-sei-das-quantas, que todo mundo chamava de Scooter, com seus olhos ansiosos e sempre beliscando coisas doces.

Kyle enfiou o crachá de volta no bolso.

– Estranho?

– Voltar ao trabalho de campo. Depois de todo esse tempo.

– Miami *era* trabalho de campo – disse Kyle, salpicando a fala com uma pitada da atitude e do sotaque nova-iorquino de Siegel.

– Claro. Não quis insinuar nada – disse Não-sei-das-quantas. Kyle só o encarou e deixou o incômodo permanecer como um painel de vidro entre eles. – Certo, bom... precisa de alguma coisa antes de eu ir embora?

– De você?

– Bem, é.

– Não, obrigado, Scooter. Está tudo certo.

Max Siegel seria antissocial. Kyle havia decidido isso antes de chegar. Que os outros agentes ficassem arrulhando em cima de fotos de bebês e compartilhassem pipoca de micro-ondas na sala de descanso. Quanto mais espaço lhe dessem por ali, mais ele poderia fazer e mais seguro ficaria seu disfarce.

Por isso gostava tanto das horas extras. Já havia passado a maior parte da noite anterior no escritório, sugando tudo o que havia para saber sobre os tiros na Rua 18. Esta noite concentrou-se em fotos da cena do crime e em tudo o que tinha a ver com os métodos do atirador. Seu perfil estava se delineando lindamente.

Algumas palavras ficavam vindo-lhe à cabeça enquanto ele trabalhava. "Limpo." "Imparcial." "Profissional." Não houvera nenhum cartão de visitas especial por parte do assassino e nenhuma jogada do gênero "venham me pegar" que costuma ser vista nesse tipo de caso. Tinha sido quase asséptico: homicídio cometido a 239 metros, o que era um tédio total na opinião de Kyle, mesmo que o assassino tivesse conseguido alcançar seu objetivo com bastante elegância.

Trabalhou durante várias horas, chegando a perder a noção do tempo, até que um telefone tocando em algum lugar rompeu o silêncio do escritório. Kyle não deu muita atenção a isso, mas então sua própria linha tocou um minuto depois.

– Agente Siegel – atendeu ele com uma voz simpática, ainda que seu rosto estivesse sério.

– Aqui é Jamieson, das Comunicações. Temos um relatório de homicídio da Polícia Metropolitana. Parece que houve outro ataque do atirador de elite, desta vez nas imediações de Woodley Park.

Kyle não hesitou. Levantou-se e vestiu o paletó.

– Para onde devo ir? – perguntou. – Exatamente onde?

Alguns minutos depois estava saindo do estacionamento e dirigindo pela Avenida Massachusetts a 95 quilômetros por hora. Quanto antes chegasse lá, mais cedo poderia dispensar a Polícia Metropolitana, que sem dúvida estava estragando sua cena de crime neste exato momento.

E, mais importante – *senhoras e senhores, que rufem os tambores* –, este era o momento que estivera esperando. Com sorte, era a hora de Alex Cross e Max Siegel se encontrarem.

capítulo 23

EU ESTAVA EM CASA QUANDO recebi o telefonema sobre o assassinato mais recente do atirador de elite, perto de Woodley Park.

– Detetive Cross? Aqui é o sargento Ed Fleischman, do Segundo Distrito. Temos um homicídio horrível aqui e é muito provável que tenha sido o atirador de elite.

– Quem é a vítima? – perguntei.

– Mel Dlouhy, senhor. Foi por isso que liguei. Ele se encaixa perfeitamente no seu caso.

Dlouhy estava, no momento, livre sob fiança, mas continuava envolvido no que parecia um dos maiores escândalos fiscais da história dos Estados Unidos. Alegava-se que ele tinha usado seu cargo na Receita Distrital para canalizar dezenas de milhões de dólares dos contribuintes para si mesmo, sua família e seus amigos, em geral através de instituições de caridade infantis sem fins lucrativos que na verdade não existiam.

Outro incidente com o atirador de elite e outro vilão recém-saído das manchetes: tínhamos um padrão.

Além disso, o caso acabara de subir de nível. Eu estava determinado a fazer tudo certo desde o início desta vez. Se a ocorrência precisava virar um circo, eu podia pelo menos tentar fazer com que fosse o *meu* circo.

– Onde você está? – perguntei ao sargento.

– Na Rua 32, perto da Avenida Cleveland, senhor. Conhece as redondezas?

– Conheço.

O Segundo Distrito era o único da cidade com *taxa de homicídio zero* no último ano. Isso é que era estatística. Eu já podia sentir o pânico crescendo na vizinhança.

– A ambulância já chegou?

– Sim, senhor. A vítima foi declarada morta.

– E a casa está limpa?

– Fizemos uma varredura nos arredores e a Sra. Dlouhy está conosco agora. Posso pedir autorização para uma busca, se o senhor quiser.

– Não. Se houver alguém lá dentro, quero que saia. Ligue para a unidade móvel de criminologia de Washington. Eles podem começar a fotografar, mas ninguém toca em nada até eu chegar – ordenei ao sargento Fleischman. – Vocês já têm alguma ideia do lugar de onde os tiros vieram?

– Ou do quintal dos fundos ou do terreno vizinho, lá atrás. Não tem ninguém em casa lá.

– Tudo bem. Monte um posto de comando na rua. Não no quintal, sargento. Quero policiais na porta da frente e na de trás, e outro na casa do vizinho. Qualquer um que queira entrar nos dois lugares *terá de passar por vocês primeiro*, e a seguir a resposta será *não*. Pelo menos até eu chegar. Essa é uma cena de crime da Polícia Metropolitana e eu sou a autoridade do Departamento de Homicídios. Vocês vão ver o FBI, o Escritório de Álcool, Tabaco, Armas de Fogo e Explosivos e talvez o chefe de polícia também. Ele mora muito mais perto daí do que eu. Diga para ele ligar para o meu carro, se quiser.

– Mais alguma coisa, detetive? – Fleischman pareceu só um pouquinho atarantado. Não que fosse culpa dele. A maioria dos policiais do Segundo Distrito não está acostumada com esse tipo de coisa.

– Sim, fale com os seus policiais que foram os primeiros a aparecer aí. Não quero ninguém abrindo o bico para a imprensa ou para os vizinhos. *Ninguém*. É como se vocês não tivessem visto nada, não soubessem nada. Só mantenham o lugar bem isolado até eu chegar.

– Vou tentar – prometeu ele.

– Não, sargento. Você vai fazer. Acredite: nós precisamos manter esse lugar totalmente isolado.

capítulo 24

INFELIZMENTE, A IMPRENSA estava frenética quando cheguei. Dezenas de câmeras disputavam um ângulo para enquadrar a casa de pedras brancas de Mel e Nina Dlouhy, fosse na frente das barreiras estabelecidas pelo sargento Ed Fleischman ou lá na Rua 31, para onde outro grupo fora despachado só para impedir que as pessoas passassem pelos fundos, o que com certeza fariam.

A maioria dos curiosos na rua, quando não era da imprensa, vinha provavelmente da Avenida Cleveland. Os vizinhos pareciam ter ficado em casa. Dava para ver silhuetas nas janelas num lado e no outro do quarteirão enquanto eu chegava de carro. Fiz contato com o pessoal da cena do crime e ordenei de imediato um grupo de entrevistas para começar a bater às portas.

Sampson se encontrou comigo no local, vindo direto de um evento de faculdade em Georgetown, onde sua mulher, Billie, era professora de enfermagem.

– Não é que eu esteja feliz por isso ter acontecido – disse ele –, mas quanto vinho e queijo a gente consegue consumir durante uma vida?

Começamos pela sala de estar, onde os Dlouhy deviam estar assistindo à TV. O aparelho continuava ligado, agora ironicamente com uma imagem em tempo real da casa.

– Isso é assustador – constatou Sampson. – A imprensa adora falar de invasão de privacidade, mas tudo bem quando os invasores são eles.

A declaração inicial da Sra. Dlouhy foi que tinha ouvido um som de vidro se partindo, olhou para a janela quebrada e então notou a cabeça do marido tombada, com os olhos arregalados, na poltrona ao lado da dela. Eu ainda podia ouvi-la chorando na cozinha com uma das nossas assistentes sociais e senti compaixão por ela. Que pesadelo!

Mel Dlouhy ainda estava sentado na poltrona. O único ferimento à bala, na têmpora, parecia relativamente limpo, com um pequeno halo preto-azulado em volta do buraco de entrada. Sampson apontou para o furo com a ponta de uma caneta.

– Digamos que ele tenha levado o tiro aqui – disse, e levantou a caneta uns 15 centímetros, até onde imaginava que a cabeça de Dlouhy estaria posicionada. – A bala teria vindo – ele desenhou uma reta com a caneta até apontar para o vidro quebrado – de lá.

– É um ângulo de cima para baixo – falei. A bala havia atravessado um dos vidros superiores de uma janela de 1,80 metro de altura, que dava para o quintal. Sem falar nada, nós dois fomos até a sala de jantar e saímos por uma porta dupla de vidro.

Um pátio de tijolos nos fundos levava a um quintal comprido e estreito. Dois holofotes na lateral da casa iluminavam mais ou menos metade do espaço, mas não parecia haver qualquer construção externa ou árvores de tamanho suficiente para sustentar o peso de alguém.

Do outro lado, os fundos da casa vizinha, de três andares, eram iluminados pelo poste da Rua 31. Dois carvalhos enormes ocupavam um grande espaço nesse quintal, que ficava quase totalmente obscurecido à sombra da casa.

– Você disse que não havia ninguém em casa? – perguntou Sampson. – Foi isso?

– Na verdade, eles estão fora da cidade – expliquei. – Alguém sabia exatamente o que estava fazendo. Talvez se mostrando. O atirador precisava zelar pela sua reputação depois daquele primeiro atentado.

– Presumindo que seja ele.

– É ele – respondi.

– Com licença, detetive? – De repente o sargento Ed Fleischman estava ali parado. Olhei para as mãos dele, para me certificar de que ele estava usando luvas.

– O que está fazendo aqui, sargento? Tem muita coisa para você fazer lá fora.

– Duas questões, senhor. Dois vizinhos informaram que viram veículos estranhos.

– Veículos, no plural?

Fleischman assentiu.

– É o que parece. Um Buick velho com placa de Nova York parado na rua em lugares esporádicos durante vários dias. – Ele olhou o bloco de anotações que tinha na mão. – E um utilitário grande, escuro, talvez um Suburban, bastante avariado. Esteve na rua por algumas horas ontem à noite.

Carros velhos não combinavam muito com aquele bairro, em especial fora do horário comercial. Tínhamos de buscar informações sobre os dois veículos de imediato.

– E a outra questão? – perguntei.

– O FBI está aqui.

– Diga a eles para mandarem a equipe de busca de provas para o quintal do vizinho.

– Não são "eles", senhor. É um agente. Ele perguntou especificamente pelo senhor.

Olhando de volta para dentro, vi um sujeito alto e branco usando um terno comum entre os agentes do Bureau. Estava inclinado, com as mãos apoiadas nos joelhos e enfiadas em luvas azuis, olhando o buraco na cabeça de Mel Dlouhy.

– Ei! – gritei pela janela quebrada. – O que você está fazendo aí?

Ele não me ouviu ou não quis me atender.

– Qual é o nome dele? – perguntei a Fleischman.

– Siegel, senhor.

– Ei, Siegel! – gritei, e então me dirigi para a porta. – Não toque em nada aí!

capítulo 25

QUANDO ALEX ENTROU NA SALA, Kyle se empertigou e olhou direto nos olhos dele. *Defunto ambulante*, pensou Kyle, e sorriu enquanto estendia a mão.

– Max Siegel, escritório de campo de Washington. Como vai? Não muito bem, imagino.

Cross apertou a mão de Kyle com relutância, mas mesmo assim foi um momento eletrizante, como o último lance num jogo de basquete profissional. *Vamos lá, vamos lá, vamos lá, agora!*

– O que está fazendo aqui? – perguntou Cross.

– Acabei de chegar – respondeu Kyle.

– Não me diga. O que quero saber é: o que, especificamente, você precisa saber com relação a esse cadáver?

Era magnífico. Cross não fazia ideia de para quem estava olhando! O rosto era impecável, claro. Se houvesse algum perigo, seria por causa dos ouvidos de Alex, não pelos seus olhos. Seria ali que as semanas que passara vigiando Max Siegel e ouvindo sua voz em Miami começariam de fato a render lucros.

Mas primeiro ele fez exatamente o que Cross não esperaria. Deu-lhe as costas e se ajoelhou para olhar de novo o ferimento.

Um resíduo preto-azulado cobria a pele ao redor do furo. Parte do cabelo do sujeito fora sugada para dentro da cabeça junto com a bala quando esta partiu o crânio. Muito eficiente. Muito impessoal. Ele estava começando a gostar do assassino.

– Balística – disse enfim, e se levantou de novo. – Aposto que foi um cartucho 7,62 x 51 milímetros da Otan, mas sem jaqueta. E que o atirador teve algum tipo de treinamento militar.

– Você leu o dossiê – respondeu Alex não como um elogio, mas apenas observando. – É, realmente seria muito bom ter o apoio da balística do Bureau para confirmar, mas vamos deixar a perícia chegar antes de qualquer coisa. Enquanto isso, preciso que você saia.

Cross não poderia ser mais fácil de decifrar. Neste momento, estava esperando que um pouquinho de grosseria pusesse no lugar aquele novo e agressivo agente do FBI, que sem dúvida não passava de mais um babaca metido, com uma confiança exagerada em seu direito de estar ali – mais ou menos como o próprio Alex havia sido quando era agente.

– Escute – disse Kyle. – Não vou ficar discutindo quem tem crédito pelo quê neste caso. Quero dizer, o promotor federal vai aparecer e ocupar o centro do palco, não importa quem tenha solucionado o mistério, certo?

– Siegel, não tenho tempo para isso agora. Eu...

– Mas não se engane. – Kyle deixou o resto do sorriso amigável de Siegel se esvair. – Temos dois incidentes e três homicídios, todos dentro do distrito. Este é um crime federal. Portanto, você pode trabalhar conosco se quiser, ou pode sair da porra do caminho.

Ele mostrou a Cross seu pequeno aparelho de celular criptografado de última geração.

– Basta uma ligação e eu posso transformar toda esta cena de crime no meu clube particular. Você é que sabe, detetive. Como vai ser?

capítulo 26

DEMOREI UNS 10 SEGUNDOS para sacar qual era a de Max Siegel e não iria aceitar aquilo.

– Veja, Siegel, não vou fingir que posso mantê-lo fora deste caso, assim como você não pode fazer isso comigo – disse a ele. – Mas deixe que *eu* esclareça uma coisa. Esta é uma cena de crime da Polícia Metropolitana. Eu sou o investigador encarregado e, se você quiser falar sobre isso com o chefe, ele está logo ali. Enquanto isso, se eu tiver de lhe dizer quão rápido uma sala desta pode esfriar, você nem deveria estar aqui, para começo de conversa.

Sem dúvida haveria uma força-tarefa completa depois dessa noite e era provável que eu acabasse trabalhando com esse babaca do FBI. Mas este não era o melhor momento para uma disputa de quem era o maioral. Por parte dele – ou pela minha.

Sampson veio do quintal, olhando para mim como se dissesse: *Quem é esse cara?* Fiz as apresentações necessárias.

– O agente Siegel e eu estávamos comparando teorias – expliquei, tentando aliviar um pouco a situação e nos colocar de volta nos trilhos. – Ele também acha que existe um fator militar no caso.

Nesse momento Siegel começou a falar de novo. Ou melhor: a discursar.

– Os atiradores de elite militares vão atrás de alvos de grande importância: oficiais, não soldados rasos. Na minha opinião, é isso que essas vítimas são. Não o presidente de banco, mas o congressista e o lobista que lhe sugam o dinheiro. Não o contribuinte que está esfolando o Tio Sam, mas o cara da Receita Federal que rouba dos contribuintes.

– Um matador em defesa do homem comum – disse Sampson.

– Com o melhor treinamento do mundo. – Siegel estendeu a mão até quase tocar o buraco preto centralizado um centímetro acima da orelha esquerda de Mel Dlouhy. – Esse tipo de precisão não mente.

Ouvi sem falar muito. O cara queria dar uma palestra, não colaborar, mas era bastante bom no que fazia. Se havia algo que ele podia ver e eu não, então eu precisava morder a língua por tempo suficiente para saber o que era.

Era exatamente o que o velho ímã de geladeira de Nana Mama vinha me dizendo desde sempre: *Se a vida lhe der um limão, faça uma limonada.*

capítulo 27

A RUA DIANTE DA CASA DE Dlouhy estava se enchendo devagar e constantemente – uma beleza. Denny e Mitch ficaram à margem da multidão, sem chegar perto demais, mas próximos o suficiente para conseguir ver tudo. Dada a noite de merda que tinham passado no abrigo depois do primeiro atentado, Denny achou que Mitch gostaria de se divertir um pouco.

O corpo de Mel Dlouhy ainda estava dentro de casa ou o tinham tirado por trás. Policiais de paletó e gravata ficavam passando pelas janelas da sala e dava para ver que havia holofotes acesos atrás da residência.

Mitch não falava muita coisa, mas Denny podia ver que ele estava animado. O alcance daquilo tudo estava começando a ficar evidente para o parrudão. Não, *garotão* se aplicava melhor a ele.

– Com licença, policial. Eles pegaram o assassino? – perguntou Denny a um dos tiras junto ao perímetro, e agora ele só estava se mostrando por causa de Mitch.

– O senhor terá de verificar nos jornais – respondeu o policial. – Honestamente, não sei.

Denny deu meia-volta e falou baixo:

– Ouviu isso? *Senhor*. Este deve ser um bairro bom. – Mitch olhou para o lado e coçou o queixo para não rir demais.

O policial ia falar pelo rádio quando Denny o interrompeu:

– Desculpe, mas será que o senhor não tem um cigarro sobrando? – Ele estendeu um isqueiro Bic azul. As pessoas sempre gostam de ver os sem-teto com seu próprio fogo. O tira enfiou a mão dentro do carro e pegou um maço de Camel Light.

– Só um está bom – disse Denny, certificando-se de que Mitch estivesse visível por cima do ombro. – A gente pode dividir.

O policial tirou dois do maço.

– De que unidade vocês eram?

Denny olhou para sua jaqueta de camuflagem desbotada.

– Terceira Brigada de Combate, Quarta Divisão de Infantaria, a melhor unidade fora do país.

– A segunda melhor – rebateu Mitch. – Eu era da Guarda Nacional do Exército, sediada em Nova Jersey, perto de Balad.

Na verdade, Mitch nunca usara um uniforme, mas Denny o havia treinado o suficiente para que ele improvisasse um pouco. As pessoas adoravam os veteranos. Isso sempre funcionava a favor deles.

Denny pegou os cigarros do tira assentindo de forma amigável e entregou um a Mitch.

– Estão dizendo que esse cara pode ser um de nós, pelo modo como atira – disse ele.

O policial deu de ombros na direção do jardim, que subia inclinado até a casa.

– As informações não chegam dos gabinetes às ruas com essa rapidez. O senhor deveria perguntar a um repórter. Eu só estou contendo a multidão.

– Sei. Bem... – Denny acendeu seu cigarro, soprou a fumaça e sorriu. – Vamos largar do seu pé agora. Deus o abençoe, policial, e obrigado pelo que está fazendo.

capítulo 28

A SEXTA-FEIRA DEPOIS DA MORTE de Dlouhy foi um dia fresco de primavera, daqueles em que dá para sentir o verão chegando no vento mas os agasalhos ainda não podem ser guardados de volta no armário.

Kyle abotoou seu blazer enquanto entrava na Avenida Mississippi e caminhava em direção ao norte, misturando-se à multidão. Sua peruca, a maquiagem e as lentes de contato eram totalmente eficazes, ainda que básicas. Desde que tinha feito a cirurgia no rosto, qualquer coisa mais simples do que o procedimento era considerada por ele abaixo de seu padrão – a não ser que fosse absolutamente necessária.

Do mesmo modo, essa região arruinada não era um local que ele escolheria para passar uma bela tarde de primavera. Era o tipo de lugar que mantinha viva a culpa dos brancos liberais, mas não o suficiente para motivar alguém a fazer alguma coisa a respeito.

Nada disso preocupava ou incomodava Kyle nesse momento.

Foi andando devagar pela rua, fazendo questão de chegar ao Centro Comunitário Sudeste um pouco antes das quatro e meia. O que diziam era que eles estavam dando ingressos para um disputado jogo de basquete junto com os folhetos da última campanha contra o uso de drogas para a garotada. Até mesmo alguns dos jovens mais barras-pesadas haviam aparecido e um grupo deles saiu correndo pela porta dupla de vidro no momento em que Kyle se aproximava do prédio atarracado, de tijolos vermelhos.

Um garoto em particular atraiu seu interesse. Ele se desviou dos degraus da frente e pulou de um muro baixo, depois parou para desembrulhar uma barra de chocolate antes de continuar andando pela rua.

Kyle seguiu-o, mantendo-se perto o suficiente para que sua presença fosse percebida pelo garoto, porém tomando cuidado para não se aproximar muito até que estivessem em um local onde não poderiam ser ouvidos.

Um quarteirão e meio depois o garoto parou e se virou bruscamente. Ainda estava mastigando e falou com a boca cheia de chocolate:

– Cara, que porra é essa de ficar andando atrás de mim?

Era uma criança, mas não havia nenhum vestígio de medo em seus olhos castanhos. Seu riso de desprezo era uma cópia perfeita de todos os outros projetos de gângster que zanzavam por aquelas ruas miseráveis para ganhar a vida.

O garoto levantou a bainha de sua camiseta branca grande demais para o seu tamanho e mostrou o cabo enrolado em couro preto de uma faca que provavelmente descia até a metade da sua perna magricela.

– Vai falar alguma coisa, *vagabundo*? – perguntou ele.

Kyle sorriu em aprovação.

– Seu nome é Bronson, não é? Ou você prefere Pop-Pop?

– Quem quer saber? – Os instintos do garoto eram bons, mas ele era idiota o suficiente para cair em sua conversa. Bronson puxou a faca um pouco mais para fora, a fim de mostrar um pouco do aço.

Kyle se virou de costas para a rua e abriu seu blazer. Dentro havia uma pistola Beretta compacta, num coldre em sua cintura. Ele tirou-a e segurou-a pelo cano, com o cabo na direção do garoto.

As pupilas do pequeno Bronson se dilataram – não de medo, e sim com súbito interesse.

– Se estiver a fim, tenho um serviço legal para você, rapazinho. Quer ganhar 500 dólares?

PARTE DOIS

RAPOSAS NO GALINHEIRO

capítulo 29

O PESSOAL DA BALÍSTICA havia chegado.

Esse era o relatório que todo mundo vinha esperando, e eu o programei para coincidir com o dia da teleconferência do Grupo de Informações de Campo. Estava na linha toda a equipe da Polícia Metropolitana, além de agentes do FBI, do Escritório de Álcool, Tabaco, Armas de Fogo e Explosivos e da polícia do Capitólio – a essa altura, praticamente todo mundo estava ligado ao caso.

Os responsáveis pelo relatório eram Cailin Jerger, do Departamento de Análise Forense do laboratório do FBI em Quantico, e Alison Steedman, da Unidade de Análise de Projéteis.

Depois de algumas apresentações rápidas, passei a palavra a eles.

– Baseado nos fragmentos encontrados nos crânios das três vítimas, posso dizer de forma conclusiva que a mesma arma foi usada todas as vezes – informou Jerger ao grupo. Eu havia ficado sabendo de tudo isso de manhã, mas era novidade para quase todos os outros na reunião. – Uma bala calibre 7.62 pode levar a dezenas de armas, mas dadas a natureza e a distância desses tiros, acreditamos que estamos diante de um caso de atirador de elite de alto nível. Isso reduz nossas possibilidades a sete.

– E a partir daí fica melhor – continuou o agente Steedman. – Quatro dessas sete possibilidades são fuzis de ferrolho. De acordo com todos os relatos, as duas primeiras vítimas, Vinton e Pilkey, caíram com dois segundos de diferença entre si. Isso é rápido demais para se tratar do sistema de ferrolho, o que nos deixa com três opções de fuzis semiautomáticos: o M21, o M25 e o M110, mais recente, de última geração. Não podemos descartar nenhum, mas todos os tiros foram dados à noite, em condições de iluminação variáveis, e o M110 vem com um sistema ótico térmico de fábrica.

– Tudo isso para dizer que o atirador provavelmente está muito bem equipado – disse Jerger.

– Qual é o grau de dificuldade para se conseguir um M110? – Reconheci a voz de Jim Heekin, da Diretoria de Informações.

– Eles são fabricados em apenas um lugar – respondeu Steedman. – Na Companhia de Armamentos Knight, em Titusville, na Flórida.

Eu já tinha investigado isso, portanto falei:

– Até agora todo o estoque da Knight está contabilizado. Mas assim que esses armamentos chegam ao campo, em especial no Iraque e no Afeganistão, eles podem sumir, e somem. Suvenires de guerra, esse tipo de coisa. Então, é praticamente impossível rastreá-los.

– Detetive Cross, aqui é o capitão Oliverez, da polícia do Capitólio. Seu relatório não informava que as digitais encontradas na Rua 18 *não eram de militares*?

– Informava – respondi. – Mas nós não estamos prontos para descartar uma ligação com militares no que diz respeito ao modo como a arma pode ter sido conseguida e como está sendo usada. Na verdade, isso alerta para outro ponto. – Eu mantivera isso em segredo durante metade de um dia, porém agora realmente não fazia sentido não compartilhar com o grupo. – Deixem-me enfatizar uma coisa. Quero manter essa informação longe da imprensa até conseguirmos qualquer tipo de prova. Sei que isso é bastante difícil, porque somos muitos nesta reunião, mas conto com a discrição dos senhores.

– O que acontece em Vegas fica em Vegas – brincou alguém, e houve alguns risos baixos.

– O ponto é o seguinte – continuei. – Todos esses tipos de armamento dos quais estamos falando são usados por equipes. O modelo militar é de um atirador e um observador no campo. – Eu podia ouvir pessoas murmurando umas com as outras em suas várias salas de reuniões. – Vocês já entenderam aonde quero chegar. Pode ser um eco do clima de 2002. É possível que não estejamos mais procurando por um único atirador. Provavelmente estamos atrás de uma equipe formada por dois homens.

capítulo 30

QUANDO SAMPSON E EU saímos da sala de reuniões, encontramos Joyce Catalone, do nosso Departamento de Comunicações, parada do lado de fora.

– Eu já ia tirar vocês de lá – disse ela. – Ainda bem que não precisei.

Olhei meu relógio: 16h45. Isso significava que deveria haver mais de 30 repórteres lá embaixo, esperando para me fritar em seus jornais das cinco e seis horas. Droga – era hora de alimentar as feras.

Joyce e Sampson me acompanharam. Pegamos a escada para que ela pudesse repassar algumas coisas em que eu devia pensar no caminho.

– Keisha Samuels, do *Post*, quer fazer um perfil para a revista de domingo.

– Não – respondi. – Gosto de Keisha, ela é inteligente e justa, mas é cedo demais para esse tipo de matéria mais profunda.

– E tenho a CNN e a MSNBC prontas para dar 30 minutos do horário nobre para o caso, se você estiver disposto a ir.

– Joyce, não vou participar de nenhuma cobertura especial enquanto não tivermos algo que queiramos que as pessoas saibam. Eu adoraria que tivéssemos.

– Sem problema, mas não venha chorar no meu ombro quando *quiser* alguma cobertura e eles já estiverem interessados em outra coisa. – Joyce era antiga no departamento e mãezona não oficial dos Serviços Investigativos.

– Eu nunca choro – respondi.

– A não ser quando eu nocauteio você – disse Sampson, dando um soco na minha direção.

– Isso é por causa do seu hálito, não dos seus socos – rebati.

Tínhamos chegado ao térreo e Joyce parou com a mão na porta.

– Com licença, rapazes. Podemos nos concentrar? – Ela também era excelente em seu trabalho e fantástica para se ter como apoio nessas coletivas de imprensa diárias, que podiam ficar meio tensas.

Eu disse "meio"? Um enxame de repórteres veio para cima de nós no instante em que pisamos nos degraus da frente do Daly Building.

– Alex! O que pode nos dizer sobre Woodley Park?

– Detetive Cross, aqui!

– É verdade que...

– *Pessoal!* – gritou Joyce em direção ao grupo. Seu tom de voz era famoso no departamento. – Deixem o detetive fazer a declaração dele antes! *Por favor.*

Apresentei rapidamente os fatos das últimas 24 horas e disse o que podia sobre o relatório de balística do FBI, sem entrar em muitos detalhes. Depois disso a confusão continuou.

O Canal 4 chegou primeiro. Reconheci o microfone, mas não o repórter, que parecia ter uns 12 anos.

– Alex, você tem algum recado para o atirador? Alguma coisa que você quer que ele saiba?

Pela primeira vez uma espécie de silêncio brotou na escadaria. Todo mundo queria ouvir minha resposta a essa pergunta.

– Qualquer forma de contato da parte do responsável por esses tiros é bem-vinda – falei em frente às câmeras. – Você sabe onde nos encontrar.

Não era uma grande declaração, nem um arroubo de valentia ou qualquer outra coisa que algumas pessoas ali poderiam esperar que eu dissesse. Mas dentro da investigação estávamos todos de acordo: não haveria provocações, ameaças ou caracterizações públicas do assassino – ou dos assassinos – até termos mais informações sobre a pessoa, ou pessoas, com quem estávamos lidando.

– Próxima pergunta. James! – gritou Joyce, só para manter o foco e ir em frente.

Era James Dowd, um dos correspondentes nacionais da NBC. Estava com um bloco grosso de anotações, que ele examinou enquanto falava.

– Detetive Cross, existe alguma verdade nos boatos de um Buick Skylark azul com placa de Nova York ou de um Suburban escuro e enferrujado perto do local do crime em Woodley Park? E pode nos dizer se algum desses veículos foi associado ao assassino?

Fui pego desprevenido e fiquei muito irritado. O problema era que Dowd era bom.

A verdade é que eu tinha um velho amigo – Jerome Thurman, do Primeiro Distrito – seguindo discretamente essas duas pistas desde a noite do assassinato de Dlouhy. Até agora só tínhamos uma lista de um quilômetro de comprimento com registros de veículos e nenhuma prova de que algum deles tivesse qualquer ligação com os tiros.

Porém, mais do que isso, tínhamos um enorme desejo de manter essa informação em segredo. Era óbvio que alguém havia falado com a imprensa, o que não deixava de ser irônico, dado o meu discurso sobre discrição na teleconferência do Grupo de Informações de Campo apenas alguns minutos antes.

Dei a única resposta que pude:

– Sem comentários sobre isso no momento. – Era como pendurar um bife na frente de uma matilha de cães selvagens. Toda a massa pressionou mais ainda.

– Pessoal! – tentou Joyce de novo. – Um de cada vez. Vocês sabem como isso funciona!

Mas era uma batalha perdida. Disparei pelo menos mais quatro "sem comentários" e embromei até que alguém enfim mudou de assunto. Mas o dano já estava feito. Se algum daqueles veículos pertencia mesmo aos atiradores, agora eles tinham um alerta completo e havíamos acabado de perder uma vantagem importante.

Era nosso primeiro grande vazamento da investigação, mas algo me disse que não seria o último.

capítulo 31

LISA GIAMETTI OLHOU PARA seu relógio, talvez pela 10ª vez. Ia esperar mais cinco minutos e depois iria embora. Era incrível como algumas pessoas nem pensavam duas vezes ao fazer com que os outros perdessem tempo nesse negócio.

Quando haviam se passado quatro minutos e meio, um BMW azul-escuro parou e estacionou em fila dupla diante da casa. *Antes tarde do que nunca. Belo carro.*

Olhou os dentes no retrovisor, passou a mão pelo cabelo curto e castanho--avermelhado e saiu para encontrar o cliente.

– Sr. Siegel?

– Max – disse ele. – Desculpe a demora. Não estou acostumado com o trânsito da cidade.

Seu aperto de mão era caloroso, e ele era alto, moreno e gostoso o suficiente para ser logo perdoado. Considerando todo o contato visual, ela achou que ele também gostou do que viu. Sujeito interessante, tinha valido a pena esperar.

– Pode entrar – disse ela. – Acho que você vai gostar daqui. Eu, pelo menos, gosto.

Segurou a porta para que ele passasse primeiro. O lugar era uma fileira de casas apresentáveis na Rua 2, em Northeast, com o preço um pouco alto para o mercado de aluguéis atual, mas um bom negócio para o inquilino certo.

– O senhor é novo em Washington?

– Já tinha morado aqui e agora voltei – respondeu ele. – Na verdade, não conheço mais ninguém na cidade.

Ele estava usando o código: novo na cidade, sozinho, etc. Também não usava aliança. Lisa Giametti não era uma mulher fácil, mas sabia reconhecer um homem ávido por sexo quando encontrava um, e se algo por acaso acontecesse ali, bom, não seria a primeira vez.

Ela fechou a porta e trancou-a depois de entrarem.

– É um quarteirão ótimo – continuou. – O senhor pode ver os fundos do edifício da Suprema Corte do outro lado da rua. Ou seja, não é um lugar em que costumam acontecer muitas festas barulhentas. E tem um quintalzinho nos fundos com vaga para deixar o carro fora da rua.

Foram até a cozinha, de onde dava para ver a garagem.

– Não preciso dizer como isso pode ser útil por aqui.

– É – respondeu ele, olhando para um ponto abaixo do rosto dela. – Esse seu pingente é muito bonito. Você tem bom gosto, tanto para apartamentos quanto para joias.

O cara não perdia tempo, não era?

– E o porão? – perguntou ele em seguida.

– Como?

– Gostaria de ver o porão. Existe um, não existe?

Nesse ponto, em geral o visitante perguntaria pelos cômodos do andar de cima. Talvez até pelo quarto, se ela estivesse decifrando o sujeito corretamente. Mas tanto fazia. O cliente sempre tem razão, em especial com uma aparência daquelas.

Ela deixou a pasta na bancada da cozinha, abriu a porta do porão e conduziu--o pela velha escada de madeira.

– O senhor pode ver que ele é bom e seco. A fiação foi refeita e a lavadora e a secadora têm apenas alguns anos.

Ele deu uma volta pelo cômodo, assentindo.

– Eu poderia trabalhar muito aqui embaixo. E teria bastante privacidade, também.

De repente ele deu um passo na sua direção e ela recuou de costas em direção à máquina de lavar.

Se houvesse alguma dúvida sobre onde aquilo iria parar, ela logo se dissipou. Lisa sacudiu o cabelo.

– Quer ver o andar de cima?

– Claro que quero, só que não agora. Você se importa, Lisa?

– Não, acho que não.

Quando ela foi beijá-lo, ele enfiou a mão entre suas pernas ao mesmo tempo, subindo por baixo da saia. Era um pouco presunçoso – e gostoso também.

– Já faz um tempo – disse ele, em tom de desculpas.

– Dá para ver – respondeu ela, e puxou-o mais para perto.

Então, antes que eles cuidassem da papelada que ainda esperava na bancada da cozinha, no andar de cima, Lisa Giametti teve a transa de sua vida, bem ali na lavadora com dois anos de uso. Foi gostoso, obsceno e maravilhoso.

E a comissão de 12 por cento também foi muito boa.

capítulo 32

OS FEDERAIS NÃO SABIAM DE NADA. A Polícia Metropolitana também não. Tudo o que qualquer um sabia era que Washington estava se tornando um lugar muito quente e apavorante para se viver.

Denny engolia as manchetes: primeira página todas as manhãs, a matéria principal todos os dias às cinco, às seis e às onze. Ele e Mitch vendiam seus jornais à tarde, depois viam o noticiário da noite na vitrine de alguma loja ou, se tivessem uns trocados extras, num dos bares que não se incomodavam em ter dois sujeitos esfarrapados como eles sentados junto ao balcão.

Era sempre a mesma história: matador desconhecido, impressão digital fantasma e armas de altíssimo nível. Alguns canais espalhavam boatos sobre um Buick Skylark com placa de Nova York e um Suburban supostamente azul-escuro ou preto e enferrujado – o que poderia deixar Danny muito mais preocupado se o seu Suburban não fosse branco. Nos últimos tempos até as testemunhas oculares estavam pirando, como todo o restante do país.

Quanto a Mitch, ele gostava bastante do estardalhaço, mas à medida que os dias passavam pareceu ficar um pouco mais desligado, um pouco menos dedicado. Denny não tinha dúvidas: aquelas "missões" eram o que mantinha Mitch focado. Nada mais funcionava com ele.

Assim, no sétimo dia sem ação, Denny disse a Mitch que era hora de agir de novo.

Estavam indo de carro pela Connecticut, para longe do Dupont Circle na hora do rush, o que acabou sendo perfeito. Quanto mais tempo demorassem passando em frente ao hotel Mayflower, mais poderiam observar nessa primeira olhada.

– É esse o lugar? – perguntou Mitch, olhando do banco do carona.

Vamos fazer um reconhecimento completo hoje – respondeu Denny. – Amanhã à noite vamos agir.

– Com que tipo de sacana vamos acabar desta vez, Denny?

– Já ouviu falar da Agro-Corel?

– Não.

– Você come milho? Ou batata? Ou bebe água engarrafada? Eles estavam metidos em tudo, cara, um grande conglomerado, e o nosso cara está sentado no topo da pirâmide.

– O que ele fez?

Mitch continuava catando migalhas de tacos do colo e comendo-as, mas Denny sabia que ele também estava escutando, mesmo que não processasse parte das informações.

– O cara mentiu para a empresa. Mentiu para os federais também. Mandou o lugar inteiro pelo ralo e fugiu com sua malinha de centenas de milhões de dólares enquanto todo mundo caía pelo buraco: sem aposentadoria, sem emprego, sem nada. Você sabe como isso é, não sabe, Mitchie? Fazer tudo o que é certo e mesmo assim ficar na mão enquanto o cara ganha cada vez mais?

– Por que o sujeito não está na cadeia, Denny?

Ele deu de ombros.

– Quanto custa um juiz?

Mitch olhou pelo para-brisa, sem dizer nada. O sinal abriu para os carros e os veículos avançaram de novo.

Por fim, ele disse:

– Vou colocar uma bala no tronco cerebral dele, Denny.

capítulo 33

NA NOITE SEGUINTE ELES FIZERAM as coisas de modo um pouco diferente, para mudar a rotina. Denny deixou Mitch com as duas sacolas num beco atrás do

Edifício Moore, em seguida parou a uns quatro quarteirões dali e voltou andando. Depois traria o carro de novo.

Mitch estava esperando dentro do prédio. Eles subiram os 12 lances de escada em silêncio. Cada sacola pesava 30 quilos. Contudo, de qualquer modo, não estavam indo fazer um piquenique.

No telhado, podiam ouvir os ruídos do tráfego na Connecticut, mas não dava para ver nada até chegarem bem na borda.

Toda a fachada do prédio era elevada, de modo que a única coisa que alguém podia ver da rua era um triângulo de tijolos com 6 metros de altura, em vez do usual teto plano. O lugar era um esconderijo perfeito, com uma vista excelente do hotel Mayflower do outro lado da rua – ainda um dos hotéis mais famosos de Washington.

Denny avaliou o lugar com sua luneta enquanto Mitch se preparava para o tiro.

O alvo, Skip Downey, tinha alguns hábitos bastante regulares. Gostava de uma suíte em particular, o que tornava o trabalho de Denny muito mais fácil.

Nesse momento as cortinas se encontravam abertas, o que significava que o Sr. Downey ainda não havia chegado.

Mas 20 minutos depois ele e sua "amiga" estavam esperando que o carregador pegasse a gorjeta de 20 dólares e se mandasse da suíte.

Downey tinha o cabelo louro-avermelhado esticado de forma constrangedora por cima da careca, o que condizia com sua conta de banco multimilionária. E aparentemente gostava do tipo intelectual. Sua companheira de hoje usava um coque, com pesados óculos de aro de chifre e um tailleur executivo curto demais para qualquer bibliotecária de verdade.

– *Bum, chica-bum-bum* – cantou Denny, um teminha pornô para a ocasião. – Duas janelas abaixo e quatro para o lado. Viu?

– Vi – respondeu Mitch. Ele estava espiando pela mira telescópica e soltou a trava de segurança enquanto olhava. – Bela bunda, Denny. Uma pena sacanear ela, não é mesmo?

– É por isso que você só vai acertar o ombro, Mitchie. Só para jogá-la no chão. O Sr. D. primeiro, depois a mulher.

– O Sr. D. primeiro, depois a mulher – repetiu ele e se acomodou na postura definitiva.

Downey serviu dois uísques com gelo. Tomou o seu e depois foi direto à janela da sala de estar da suíte.

– Atirador pronto? – perguntou Denny.

– Pronto – respondeu Mitch.

O homem da vez estendeu as mãos para fechar as pesadas cortinas cor de café, com os braços erguidos num V amplo.

– Manda ver!

capítulo 34

ÀS DEZ E MEIA DAQUELA noite eu estava de pé em cima do Edifício Moore, olhando para a suíte de hotel onde Skip Downey havia acabado de se juntar a uma fraternidade pequena mas crescente dos que haviam sido mortos pelos disparos do atirador de elite.

Com este último, eram três incidentes – o número mágico. Agora os nossos caras eram assassinos em série aos olhos do público.

A Avenida Connecticut, abaixo, era uma floresta de torres de transmissão móveis e eu sabia por experiência própria que a blogosfera estava para pegar fogo oficialmente com essa notícia.

– Você consegue me ver? – perguntei pelo rádio.

Sampson estava dentro do quarto do hotel, parado bem onde Skip Downey havia caído.

– Balance os braços ou algo assim – disse ele. – Aí está você. Mas sim... é um esconderijo bem bom.

Alguém pigarreou atrás de mim.

Virei-me e vi Max Siegel parado. *Fantástico. Exatamente a última pessoa que eu queria ver.*

– Desculpe – disse ele. – Não quis assustar você.

– Sem problema – respondi. A não ser pelo fato de que ele estava ali.

– O que temos até agora? – Ele se aproximou para ter a mesma visão que eu e olhou para o outro lado da Connecticut. – Qual é distância? Cinquenta metros?

– Menos – respondi.

– Então eles obviamente não estão tentando se superar. Pelo menos em termos de distância.

Notei que ele disse "eles" e imaginei se Siegel estivera naquela teleconferência do Grupo de Informações de Campo ou se havia deduzido sozinho.

– Tirando isso, o *modus operandi* é o mesmo – informei. – Os tiros foram disparados por alguém em pé. O calibre parece o mesmo. E há o perfil do alvo, claro.

– Um sujeito mau que esteve nas manchetes.

– Exatamente. Um monte de gente se ferrou por causa do tal Downey. Isso tudo está me cheirando a fazer justiça com as próprias mãos.

Quer saber o que eu acho? – perguntou Siegel, mas claro que não era de fato uma pergunta. – Acho que você está simplificando demais. Esses caras não estão caçando, pelo menos no sentido tradicional. E não há nenhum componente pessoal na ação. É completamente imparcial.

– Não completamente – falei. – Aquela digital que eles deixaram no primeiro local só podia ser de propósito.

– Mesmo que você esteja certo, não significa que tudo tenha sido ideia deles. Eu já estava cansado da embromação.

– Aonde você quer chegar com isso?

– Não é meio óbvio? Esses caras são matadores de aluguel. Estão trabalhando para alguém. Talvez haja uma programação, mas ela pertence a quem está pagando a conta. É essa pessoa que quer todos esses caras maus mortos.

Ele havia apresentado sua opinião como um fato, não para ser questionada – como sempre. Mas ainda assim a teoria não era absurda por completo. Eu precisava pensar nela, e definitivamente pensaria. Ponto para Max Siegel.

– Estou um pouco surpreso – confessei. – Estou acostumado ao pessoal do Bureau se agarrando a provas mais diretas e ficando longe das suposições.

– É, bem, eu sou cheio de surpresas – disse ele, e pôs uma mão inconveniente no meu ombro. – Se não se importa em ouvir isso, detetive, você precisa abrir a mente.

Eu me importava muito, mas estava decidido a fazer a única coisa da qual Siegel parecia incapaz: usar a diplomacia.

capítulo 35

LOGO DEPOIS DISSO DEIXEI o local do crime do Mayflower, feliz por ter uma desculpa para me afastar de Siegel.

A segunda vítima daquela noite, Rebecca Littleton, estava no Hospital Universitário George Washington com um ferimento à bala no ombro. O que haviam dito na emergência era que tinha sido um trauma penetrante, não perfurante. Isso significava que o projétil ainda estava no corpo dela. Se eu corresse, poderia pegá-la antes da cirurgia.

Quando cheguei, Rebecca estava na maca de um dos cubículos cercados por cortinas azuis, na emergência. A atadura em seu ombro tinha uma mancha escura de Betadine e, quaisquer que fossem os medicamentos ministrados para a dor física através do equipamento intravenoso, certamente não estavam ajudando seu estado mental: ela continuava branca como papel e morrendo de medo.

– Rebecca? Sou o detetive Cross, da Polícia Metropolitana – falei. – Preciso dar uma palavrinha com você.

– Eu vou ser, tipo, acusada de alguma coisa? – Não creio que ela tivesse muito mais do que 18 ou 19 anos. Mal havia entrado na maioridade. Sua voz era baixíssima e se embargava quando ela falava.

– Não – garanti. – Nada do tipo. Só preciso fazer algumas perguntas. Vou tentar ser rápido e facilitar para você.

A verdade era que, mesmo que alguém quisesse abordar a questão da prostituição, não havia testemunhas para isso – com a possível exceção do homem que havia atirado nela.

– Você viu alguma coisa esta noite que possa lhe dar uma ideia de quem fez isso? Alguém do lado de fora da janela? Ou mesmo algo incomum no quarto do hotel?

– Acho que não, mas... não me lembro de muita coisa. O Sr. Downey começou a fechar as cortinas e aí eu já estava... no chão. Não sei o que aconteceu depois. Nem antes do tiro.

Na verdade, fora ela que havia arrastado o telefone de uma mesinha de cabeceira e pedido ajuda. O incidente provavelmente iria retornar à sua memória aos poucos, mas por ora não pressionei.

– Essa foi a primeira vez que você se encontrou com o Sr. Downey? – perguntei.

– Não. Ele era um cliente meio regular.

– Sempre no Mayflower?

Ela assentiu.

– Ele gostava daquela suíte. Nós sempre íamos para o mesmo quarto.

Uma enfermeira com uniforme cor-de-rosa entrou no cubículo.

– Rebecca, querida, eles estão esperando você lá em cima, está bem?

A cortina em volta de nós se abriu e o espaço ficou cheio de várias outras pessoas. Um dos residentes começou a destravar as rodas da maca.

Só mais uma pergunta – pedi. – Quando isso aconteceu, havia quanto tempo que vocês estavam no quarto?

Rebecca fechou os olhos e pensou por um segundo.

– Cinco minutos, talvez. Nós tínhamos acabado de chegar. Detetive... *Eu faço faculdade. Meus pais...*

– Você não vai ser acusada de nada, mas seu nome provavelmente será divulgado. Você deveria ligar para seus pais, Rebecca.

Fui andando ao lado da maca enquanto ela era empurrada para o corredor, na direção dos elevadores. Não parecia haver nenhum parente ou amigo por perto e tive um pouco de pena ao pensar que ela teria de passar por aquilo sozinha.

– Escute – continuei. – Eu já estive no seu lugar. Já levei um tiro no ombro e sei que é assustador. Você vai ficar bem, Rebecca.

– Está bem – respondeu ela, mas não creio que tenha acreditado em mim. Ainda parecia aterrorizada.

– Vou visitar você mais tarde – falei, antes que a porta do elevador se fechasse entre nós.

capítulo 36

VOLTEI AO CARRO E COMECEI a rabiscar anotações apoiado no volante, tentando capturar todos os pensamentos que se cruzavam na minha cabeça.

Rebecca disse que ela e Downey estavam no quarto havia pouco tempo. Isso significava que os atiradores estavam esperando por eles. Sabiam exatamente quando e onde deveriam estar, assim como em que momento Vinton e Pilkey estariam do lado de fora do restaurante e que os vizinhos de Mel Dlouhy estariam fora da cidade quando fossem assassiná-lo.

Quem quer que estivesse por trás das mortes tinha uma boa noção dos hábitos das vítimas, da rotina das pessoas ao redor delas e até dos detalhes mais secretos de sua vida particular. Ocorreu-me que reunir essa quantidade de informações exige tempo, mão de obra e conhecimentos específicos, e muito possivelmente dinheiro.

Pensei no que Siegel havia dito no telhado do Edifício Moore. *Esses caras são matadores de aluguel.* Eu não havia excluído essa hipótese na ocasião e estava a ponto de acreditar nela. Só não gostava de pensar que Siegel havia sido mais rápido que eu. Em geral não sou assim, mas ele me incomodava demais.

Era óbvio que havia algum tipo de objetivo específico por trás desses assassinatos. Se um atirador tão hábil quanto esse quisesse apagar Rebecca, com certeza ela estaria morta a essa altura. Mas ela não se encaixava no perfil: seu único crime fora estar no lugar errado, na hora errada. Não era o que tinha acontecido com os outros. Pelas aparentes regras desse jogo, Rebecca não merecia morrer, mas Skip Downey e os outros "vilões" de Washington, sim.

Então de quem era esse jogo? Quem ditava as regras? E onde tudo isso iria dar?

Eu ainda não conseguia descartar a possibilidade de que nossos atiradores estivessem agindo por conta própria. No entanto, também era paranoico – ou talvez experiente – o bastante para que uma lista de alternativas mais apavorantes começasse a se formar na minha cabeça.

Será que a ação poderia ter, de algum modo, o apoio do governo? De alguma agência nacional? Ou internacional?

Ou a máfia estaria por trás? Os militares? Talvez só um indivíduo bem relacionado, com muito dinheiro e um grande ressentimento?

De qualquer maneira, as questões mais importantes continuavam sem resposta: quem seria o próximo alvo? E como diabos seríamos capazes de proteger cada trambiqueiro de alto nível em Washington? Isso simplesmente não poderia ser feito.

A não ser que tivéssemos muita, muita sorte, mais alguém morreria antes que isso tudo acabasse. E provavelmente seria uma pessoa que a maioria dos cidadãos não se incomodaria em ver morta. Essa era a beleza desse jogo aterrorizante.

capítulo 37

O DIA SEGUINTE FOI UM MARCO para mim e Nana. As coisas estavam geladas entre nós desde que eu trouxera os seguranças para casa, mas, quando desci e a encontrei fazendo o café da manhã para Rakeem e o pessoal dele, soube que pelo menos o primeiro passo para resolvermos nossas diferenças tinha sido dado.

– Ah, Alex, você está aqui. Bom. Leve esses pratos lá para fora – disse ela, como se a entrega de café da manhã fosse algo que eu fizesse todo dia. – Depressa, enquanto ainda está quente!

Quando voltei, meu prato me esperava: ovos mexidos com linguiça, torrada, suco de laranja e o café fumegante de Nana na minha velha e favorita caneca de *Papai nº 1*, com o quebradinho de quando Ali a havia jogado na parede.

Hoje em dia os cafés da manhã dela eram muito mais saudáveis: pedaços de toranja, torrada com manteiga sem sal, chá e meia salsicha, porque, como Nana gostava de dizer, havia um limite tênue entre comer com inteligência para viver mais e morrer de tédio.

– Alex, quero propor uma trégua – disse ela, enfim se sentando à minha frente.

– Um brinde a isso – respondi, levantando o copo de suco. – Aceito os seus termos, quaisquer que sejam.

– Porque há outra coisa que preciso falar com você.

Tive de rir.

– Foi o cessar-fogo mais rápido que já vi. Onde estamos, no Oriente Médio?

– Ah, relaxa. É sobre a Bree.

Pelo que eu sabia, Nana gostava de Bree tanto quanto adorava pão de forma, Barack Obama e cartas escritas à mão. Até que ponto o que ela tinha a dizer poderia ser ruim?

– Sabe, depois de tudo isso você seria um idiota se deixasse essa garota escorrer por entre seus dedos – começou ela.

– Sem dúvida – respondi. – E, se me permite, gostaria de chamar a atenção do tribunal para o belo anel de diamantes na mão esquerda da Srta. Stone.

Nana descartou meu raciocínio com seu garfo.

– Anéis saem do dedo com a mesma facilidade com que entram. Espero que não leve a mal o que vou dizer, mas você tem uma espécie de recorde com as mulheres, e não é no bom sentido.

Ai. Mesmo assim, eu não podia negar. Quaisquer que fossem os motivos, eu não conseguira ter um relacionamento estável desde que minha primeira mulher, Maria, fora assassinada, tantos anos antes.

Pelo menos até agora, com Bree.

– Se isso faz você se sentir melhor – respondi –, eu levei Bree à Igreja da Imaculada Conceição e pedi a mão dela outra vez, bem ali, na frente de Deus e da Criação.

– E o que ela respondeu? – perguntou Nana, com o rosto inexpressivo.

– Ela e eu vamos voltar a esse assunto mais tarde. Mas sério, Nana, por que isso agora? Eu lhe dei algum motivo para duvidar de nós?

Agora Nana tinha chegado à sua meia salsicha e levantou um dedo para que eu esperasse enquanto ela devorava o embutido com amor, quase com reverência. Então, como se estivesse introduzindo um assunto totalmente novo, Nana levantou os olhos e disse:

– Sabe que vou fazer 90 este ano?

Isso saiu com um sorriso – *acho* que ela faria uns 92 –, mas as palavras me fizeram parar, de qualquer modo.

– Nana, há alguma coisa que você não está dizendo?

– Não, não. Estou ótima. Não poderia estar melhor. Só estou pensando no futuro, só isso. Ninguém dura para sempre. Pelo menos ninguém que eu conheça.

– Bem, pense um pouco *menos* no futuro, certo? E, aliás, você não é uma peça de carro. É 100 por cento insubstituível.

– Claro que sou! – Ela pôs a mão em cima da minha. – E *você* é um pai forte, capaz e maravilhoso. Mas não pode fazer isso sozinho, Alex. Não do modo como você cuidou da outra metade de sua vida.

– Talvez, mas não é por isso que vou me casar com Bree. E esse também não é um bom motivo.

– Bem, eu posso pensar em motivos piores. Só não estrague tudo, rapaz – disse Nana, e se recostou de novo com uma piscadela, para que eu soubesse que ela estava brincando.

De certa forma, pelo menos.

capítulo 38

APARECI NO ST. ANTHONY'S naquela manhã sentindo-me bastante bem com o modo como o dia havia começado. A conversa com Nana fora um pouco difícil, mas produtiva, pensei. Parecia que fazíamos parte do mesmo time de novo. Talvez fosse um sinal de que as coisas estavam melhorando de forma geral.

Ou não.

A assistente social de Bronson James, Lorraine Solie, me esperava no corredor quando cheguei. Assim que vi como seus olhos estavam vermelhos e inchados, meu estômago se encolheu.

– Lorraine? O que houve?

Ela começou a explicar, e então simplesmente caiu no choro. Lorraine era alta e muito magra, mas eu a vira segurar as pontas com algumas figuras muito barras-pesadas. Isso só podia significar que o pior tipo de coisa havia acontecido.

Levei-a para a minha sala e nos sentamos no sofá de vinil em que Bronson em geral se empoleirava nas nossas sessões.

Enfim tive de perguntar:

– Lorraine, ele morreu?

– Não – respondeu ela, enxugando os olhos. – Mas levou um tiro, Alex. Está no hospital com uma bala na cabeça e os médicos não acham que ele vá acordar.

Fiquei atordoado. Não deveria, mas fiquei. Sempre tinha tentado acreditar que esse tipo de coisa não necessariamente aconteceria com Bronson. Também era por isso que me esforçava ao máximo para não gostar demais do garoto, e tinha fracassado.

– O que aconteceu? Conte-me tudo. Por favor.

Devagar, Lorraine narrou o restante da história com a voz embargada. Parecia que ele tinha tentado roubar uma loja de bebidas em Congress Heights – um lugar chamado Cross Country Liquors. O nome – Cross – era uma coincidência tão grande que eu não tinha como não notar, mas não dei muita importância. Minha mente estava em Bronson, nada mais.

Pelo que sabíamos, era a primeira tentativa real de assalto à mão armada por parte do garoto. Ele havia entrado na loja com uma pistola, mas o dono também tinha uma – o que não era surpresa. Congress Heights era uma das áreas de maior ocorrência de crimes violentos identificadas pela Polícia Metropolitana. Parte do problema era que os moradores tinham ficado fartos de não fazer nada e haviam começado a contra-atacar – na rua, em casa e nos locais de trabalho.

Houvera uma discussão. Bronson disparou primeiro e errou. O homem atirou de volta e acertou Bronson na nuca. Pop-Pop tinha sorte de estar vivo, se é que se podia chamar aquilo de sorte.

– Onde ele está, Lorraine? Preciso vê-lo.

– No Howard, mas não sei onde a Medicaid vai alocá-lo. Todo o sistema de lares adotivos do estado está lotado, como você sabe. É uma confusão.

– E a arma? Temos alguma ideia de onde ele a conseguiu?

– Em qualquer lugar, Alex – respondeu ela com amargura. – Ele nem teve chance.

Era verdade, em mais de um sentido. Se eu tivesse de adivinhar, diria que tinha sido sua iniciação em alguma gangue e quem o mandara lá sabia exatamente quais eram suas chances. Era assim que a coisa funcionava. Se ele conseguisse executar o assalto, iriam querê-lo na turma, e, se não conseguisse, não serviria para eles, de qualquer maneira.

Droga, às vezes eu odiava esta cidade. Ou talvez a amasse demais e não conseguisse suportar aquilo que ela havia se tornado.

capítulo 39

DENNY ESTAVA PARADO na calçada do Georgetown Waterfront Park, fazendo um reconhecimento do terreno, enquanto Mitch alternava o peso de seu corpo de um pé para o outro, acabando de tomar um refrigerante tamanho gigante.

– O que a gente tá fazendo aqui, Denny? Quero dizer, eu acho maneiro e tal...

– Tudo faz parte do quadro geral, meu chapa. Fique de olho em qualquer um que esteja navegando na internet.

Todo o trecho desde a Key Bridge até o Thompson Boat Center estava apinhado de turistas, moradores e estudantes, todos aproveitando a primavera antes que a verdadeira umidade chegasse. Um grande número de pessoas se curvava sobre seus laptops e algumas delas, sem dúvida, tinham conexão por satélite.

Mitch e Denny matariam dois pássaros com uma cajadada só enquanto estivessem ali: iam se separar para vender seus jornais ao mesmo tempo em que procurariam um bom alvo.

Aproximadamente meia hora depois uns panacas universitários em quem Denny estava de olho se afastaram de seus pertences para jogar frisbee no gramado. Ele sentou-se na grama ali perto e fez um sinal para Mitch, que ficou em posição na cerca perto do rio.

Assim que os estudantes se afastaram o máximo possível, Denny fez outro sinal para Mitch – uma coçadinha na cabeça – e ele começou seu número.

Ele gritou a plenos pulmões. Balançou os braços. Agarrou a cerca e sacudiu-a para trás e para a frente como um louco enjaulado. E durante pelo menos 30 segundos todos os olhares estavam fixos nele.

Denny agiu rápido. Enfiou o laptop de um dos garotos – um belo MacBook Air – em sua pilha de jornais, levantou-se e se afastou depressa. Um segundo depois estava andando em linha reta para fora do parque.

Quando passou embaixo da Whitehurst Freeway ainda podia ouvir Mitch berrando, por muito mais tempo do que precisava. Sem problema. Eles ririam um bocado disso mais tarde, pelo menos Mitch riria. Meu Deus, ele adorava rir.

O Suburban estava parado na metade do morro, numa transversal perto do Chesapeake and Ohio Canal. Denny entrou, ligou o computador e começou a trabalhar imediatamente.

Dez minutos depois saiu de novo do carro, tendo apenas uma coisa na cabeça.

Deu a volta no quarteirão e dirigiu-se a uma precária escada de madeira que descia até o velho canal, 8 metros abaixo do nível da rua. A trilha de cascalho que seguia ao longo do canal era popular entre corredores, mas ele não precisou fumar mais do que meio cigarro até ter alguns momentos de privacidade.

Inclinou-se e enfiou o laptop na água salobra com suavidade, onde ele afundou depressa, provavelmente para jamais ser visto de novo. Era muito fácil.

Missão cumprida, pensou Denny, e sorriu enquanto começava a subir a escada outra vez para encontrar aquele louco do Mitch.

capítulo 40

A REDAÇÃO DO *TRUE PRESS* estava tão agitada nessa tarde como em qualquer outro dia de fechamento. A edição deveria chegar à gráfica até as sete, nada tinha sido revisado ainda e o relógio estava correndo.

Colleen Brophy coçou os olhos, tentando se concentrar em sua matéria principal. Era editora havia dois anos e ainda adorava o trabalho, mas a pressão era constante. Se não pusessem o jornal na rua a tempo, 80 jornaleiros ambulantes não teriam o que vender, e era nessas situações que as pessoas começavam a escolher entre coisas como o café da manhã, o almoço e o jantar.

Assim, quando Brent Forster, um dos estagiários, interrompeu seu fluxo de pensamento pela enésima vez naquele dia, Colleen mal conseguiu se controlar para não arrancar a cabeça dele com uma mordida e comê-la inteira.

– Ei, Coll? Quer dar uma olhada nisso? É muito interessante. Coll?

– A não ser que algo esteja pegando fogo, resolva você – disse ela com rispidez.

– Então podemos dizer que alguma coisa está pegando fogo.

Ela só precisou girar meia-volta para dar uma olhada por cima do ombro dele – uma das pouquíssimas vantagens de se trabalhar num escritório minúsculo.

Havia um e-mail na tela dele. O remetente era um tal de jayson.wexler@georgetown.edu e o assunto era "Raposas no galinheiro".

– Não tenho tempo para spam, Brent. Nem agora, nem nunca. O que é isso?

O jovem estagiário empurrou a cadeira para fora do caminho dela.

– Leia, Coll.

capítulo 41

ao povo de washington –

tem raposas no galinheiro. elas aparecem de noite quando ninguém tá olhando e levam o que não é delas. depois elas engordam comendo o que roubaram enquanto um monte de gente passa fome, fica doente e às vezes até morre.

só tem um jeito de lidar com as raposas. a gente não negocia e não tenta entender elas. a gente espera até elas aparecerem onde a gente tá escondido e aí a gente enfia uma bala na cabeça delas. estudos mostram que as raposas mortas têm 100 por cento menos possibilidade de roubar a gente, rá-rá.

vinton pilkey dlouhy downey são só o começo. tem muito mais raposas no lugar de onde eles vieram. elas estão no nosso governo, na nossa imprensa, nas nossas escolas, em igrejas, nos serviços militares, em wall street, em todo canto. e estão arruinando este país. alguém pode negar isso?

todas as raposas aí, escutem. a gente vai atrás de vocês. a gente vai caçar vocês e matar vocês antes que vocês possam causar mais danos ainda. mudem de vida agora ou paguem o preço.

deus abençoe os estados unidos da américa!

assinado, um patriota

Colleen empurrou a cadeira rapidamente para longe do computador.

– "Um patriota?" Isso é sério?

– Engraçado você perguntar – disse o estagiário, abrindo um segundo e-mail. – Bem, na verdade não é engraçado, mas... saca só.

p.s. para o true press: podem dizer à polícia de washington que isso não é piada. a gente deixou uma digital na estátua do leão no memorial da lei, perto da rua d. é igual à que eles acharam antes.

Colleen girou de volta para sua mesa.

– Quer que eu ligue para a polícia? – perguntou o estagiário.

– Não. Eu faço isso. Fale com a gráfica. Diga que vamos atrasar um ou dois dias e que desta vez a tiragem vai ser de 20 mil exemplares. Vamos imprimir mais mil do número da semana passada para nos segurar até lá.

– *Vinte mil?*

– Isso. E se algum dos vendedores perguntar, diga que a espera vai valer a pena. – Pela primeira vez naquele dia, Colleen estava sorrindo. – Todos eles vão comer um pouquinho melhor esta semana.

capítulo 42

ASSIM QUE FICAMOS SABENDO dos e-mails para o *True Press*, liguei para uma antiga conhecida na Unidade Cibernética do Bureau, Anjali Patel. Tínhamos trabalhado juntos no caso DCAK e eu sabia que ela conseguia segurar a barra sob pressão.

Pouco depois, nós dois chegamos à redação, uma sala única que havia sido doada ao jornal, numa igreja da Rua E.

– Vocês não podem nos impedir de publicar isso!

Essa foi a primeira coisa que Colleen Brophy, a editora do jornal, disse quando nos apresentamos. Ela ficou batucando em seu teclado enquanto estávamos ali, com mais três funcionários apinhados naquele espaço minúsculo.

– Quem foi a primeira pessoa a abrir esses e-mails? – perguntei.

– Fui eu. – Um garoto desarrumado, com cara de universitário, levantou a mão. Em sua camiseta estava escrito PAZ, JUSTIÇA E CERVEJA. – Meu nome é Brent Forster – acrescentou.

– Brent, essa é a agente Patel. É sua nova melhor amiga – disse eu. – Ela vai dar uma olhada no seu computador. *Agora.* – Eu havia trabalhado com Patel por tempo suficiente para saber que ela podia cuidar disso sozinha. – Quanto à senhora, Sra. Brophy – continuei, mantendo aberta a porta para o corredor –, poderíamos conversar lá fora, por favor?

Então ela se levantou, com um bocado de má vontade, e pegou um maço de cigarros em sua mesa. Acompanhei-a até o fim do corredor, onde ela abriu uma janela e acendeu um cigarro.

– Eu estou bastante atolada hoje, então se pudermos acabar logo com isso... – disse ela.

– Sem dúvida. Mas agora que a senhora conseguiu o seu furo, vou precisar da sua cooperação. Este é um caso de assassinato.

– *Claro* – respondeu ela, como se até agora tivesse sido muito solícita. Vários sem-teto, e por extensão seus defensores, tendem a ver a polícia mais como um obstáculo do que como uma aliada. Eu sabia disso, mas pensei: *dane-se.* – Não há muito a dizer – continuou ela. – Nós recebemos os e-mails há algumas horas. Presumindo que não sejam desse tal de Wexler, não faço ideia de quem os mandou.

– Sei. Mas quem quer que tenha sido, essa pessoa simplesmente fez um grande favor ao seu jornal, não acha? Imagino se poderia haver alguma conexão com a qual a senhora poderia nos ajudar.

– O remetente também tinha um argumento bastante bom, *o senhor* não acha?

Ela me lembrava meu amigo Ned Mahoney, do FBI, com seu jeito veloz de falar e as mãos que não paravam quietas. Além disso, eu nunca tinha visto alguém fumar tão rápido. Não Ned, e sim Brophy.

– Espero que a senhora não esteja pensando em transformar esses caras em heróis – falei.

– Por favor, me dê algum crédito. Eu fiz mestrado na Faculdade de Jornalismo da Columbia. Além disso, eles não precisam que a gente os transforme em nada. Já são famosos e já são heróis para qualquer um que tenha coragem de admitir.

Minha pulsação acelerou.

– Fico surpreso ao ouvir a senhora falar assim. Quatro pessoas morreram. Esses vagabundos não são heróis.

– Sabe quantas pessoas morrem ao relento nas ruas todo ano? Ou porque não podem pagar por remédios, quanto mais por uma ida ao médico? Essas suas vítimas podiam ter melhorado a vida de muita gente em vez de piorar, detetive, mas não fizeram isso. Elas cuidaram de si, ponto final. Não sou partidária da justiça pelas próprias mãos, mas gosto de poesia, e isso é pelo menos um pouquinho poético, não acha?

Ela podia estar na defensiva, porém não era nenhuma idiota. Esse caso poderia facilmente se transformar num pesadelo de relações públicas, pelos mesmos motivos que ela estava descrevendo. Ainda assim, eu não fora ali para discutir. Tinha meus próprios objetivos.

– Vou precisar de uma lista de todos os seus vendedores, anunciantes, doadores e funcionários – falei.

– Nada feito – respondeu ela de imediato.

– Acho que você não tem escolha. Podemos esperar que o procurador geral dos Estados Unidos processe o depoimento, e depois que o juiz assine uma intimação e que o oficial de justiça a traga aqui. Ou posso largar do seu pé em uns cinco minutos. A senhora não disse algo sobre estar atolada?

Ela me lançou um olhar furioso enquanto batia a última cinza do cigarro pela janela e enfiava a guimba no bolso.

– A maioria dessas pessoas não tem endereço fixo – disse ela. – Você nunca vai encontrar todas.

Dei de ombros.

– Mais um motivo para começar imediatamente.

capítulo 43

SAÍ DO PÁTIO DA IGREJA uns 15 minutos depois e vi uma multidão de jornalistas parados dos dois lados do quarteirão.

Então vi Max Siegel. Pelo menos as costas dele.

Estava com uma dúzia de repórteres ou mais bloqueando a calçada e falando sem parar.

– Nossa Unidade Cibernética está rastreando todos os canais possíveis – dizia ele quando me aproximei –, mas estamos inclinados a acreditar que não é mais do que parece: um caso de laptop roubado.

– Com licença, agente Siegel. – Ele e todos os outros se viraram, até que eu estava com a cara cheia de microfones e câmeras. – Poderíamos trocar uma palavrinha, por favor?

Ele riu de orelha a orelha.

– Claro. Com licença, pessoal.

Voltei para o pátio da igreja e esperei que ele me seguisse. Pelo menos ali teríamos alguma privacidade.

– O que é, Cross? – perguntou ele quando chegou.

Dei as costas para a imprensa e mantive a voz baixa.

– Você precisa ter mais cuidado com as pessoas com quem fala.

O que você quer dizer exatamente? – perguntou ele. – Não entendi.

– Quero dizer que conheço Washington melhor do que você, e conheço metade das pessoas ali na calçada. Stu Collins? Ele quer ser o próximo fenômeno do jornalismo e tem tudo para isso, menos o talento. Ele *vai* colocar palavras na sua boca. E Shelly Não-sei-das-quantas, com o microfone vermelho enorme? Ela mete o pau no FBI sempre que tem chance. Nós já tivemos um vazamento que não poderíamos ter. Não quero correr o risco de outros, e você?

Ele me olhou como se eu estivesse falando grego. Depois outra coisa me veio à cabeça.

– Ah, meu Deus. Por favor, diga que não foi você que falou com a imprensa sobre os tais veículos em Woodley Park. – Encarei-o. – Diga que estou enganado, Siegel.

– Você está enganado – respondeu ele de imediato. Depois deu um passo na minha direção e baixou a voz. – Não me acuse de coisas que não sabe, detetive. Estou avisando...

– Cale a boca! – gritei para ele, tanto pelo "avisando" quanto por ele ter passado por cima de mim. Eu já estava cheio daquela merda.

Mesmo assim, na mesma hora lamentei ter gritado. Todo o corpo da mídia estava nos olhando da calçada. Respirei fundo e tentei de novo:

– Escute, Max...

– Me dê algum crédito, *Alex* – disse ele, dando um passo para trás a fim de se distanciar um pouco de mim. – Não sou exatamente um novato. Bem, vou levar em consideração o que você disse, mas você precisa deixar que eu faça o meu trabalho, assim como eu deixo você fazer o seu.

Ele até sorriu e me estendeu a mão, como se estivesse tentando acalmar a situação e não manipulá-la. Com todo mundo olhando, fui em frente e apertei-a, mas minhas primeiras impressões sobre Siegel não haviam mudado nem um pouco. Ele era um agente que tinha um grande defeito: um ego gigantesco, e infelizmente eu não podia fazer muita coisa para controlá-lo.

– Só seja cuidadoso – recomendei.

– Eu sempre sou cuidadoso. Cuidadoso é o meu apelido.

capítulo 44

– ESTÁ VENDO AQUELE CARA ALI, Mitchie? O sujeito alto falando com o cara de terno?

– O cara parecido com o Muhammad Ali, aquele lutador de boxe?

– Aquele é o tira, Alex Cross. E acho que o outro é do FBI. Não passam de dois porquinhos de fazendas diferentes.

– Eles não parecem felizes.

– É porque estão procurando uma coisa que nunca vão encontrar. Agora nós estamos por cima, malandro. Só você e eu. Nada mais vai atingir a gente.

Mitch riu, empolgado demais para se conter.

– Qual vai ser a próxima missão, Denny?

– Você está olhando para ela. A gente vai espalhar a boa-nova, trazer as pessoas para o nosso lado. E então... pou! Vamos surpreender de novo quando chegar a hora certa. Foi para isso o tal negócio do e-mail: para espalhar o boato.

Mitch assentiu como se entendesse, mas também não tentou esconder seu desapontamento. Não era desse tipo de missão que ele estava falando.

– Não se preocupe – disse Denny. – Você vai voltar à ativa antes que perceba. Enquanto isso... venha comigo. Esse negócio vai ser fantástico, confie em mim.

O caminhão da gráfica tinha acabado de parar junto à entrada lateral da igreja. Havia-se espalhado a notícia de que o novo número – o *grande* número – demoraria mais alguns dias, por isso eles imprimiram mais alguns exemplares da semana anterior para segurar as pontas do pessoal. Qualquer um que ajudasse a descarregar o caminhão receberia 30 exemplares extras para vender. Isso significava 60 pratas para os dois, e 60 dólares davam para um bocado de coisas, se você quisesse.

Enquanto se dirigiam ao caminhão, uma voz explodiu no pátio da igreja.

– Cale a boca! – Era Alex Cross.

– Epa – disse Denny. – Parece que nem tudo são flores no paraíso.

– Quer dizer *porcoíso*? – perguntou Mitch, e dessa vez foi Denny que riu.

capítulo 45

FICARAM NUMA ÁREA EM OBRAS perto do Logan Circle e ao anoitecer seus bolsos estavam estufados com notas de um dólar e moedas, e a pilha de jornais havia sumido.

O dinheiro extra lhes garantiu dois belos sanduíches de filé com queijo, meia garrafa de uísque, um maço de cigarros para cada, dois baseados de um cara que eles conheciam na Farragut Square e, o melhor de tudo, um pernoite num hotel barato na Avenida Rhode Island.

Danny levou o velho aparelho de som que estava no carro. Não tinha pilhas, mas eles podiam ligá-lo na tomada e ter um pouco de música para a pequena comemoração.

Era bacana simplesmente se deitar num colchão de verdade para variar, ficar doidão sem se preocupar com o toque de recolher ou com quem poderia estar roubando suas coisas no meio da noite.

Quando uma velha música do Lynyrd Skynyrd tocou no rádio, Denny aguçou os ouvidos. Era muito antiga; Mitch provavelmente nem conhecia aquela.

"Porque agora sou livre como um pássaro..."

– Ouviu isso, Mitchie? Preste atenção na letra. É isso aí.

– O quê, Denny?

– Liberdade, malandro. É a diferença entre a gente e os sacanas que a gente andou apagando. Você acha que aquele pessoal é livre? Nãão, de jeito nenhum. Eles nem limpam a porcaria do nariz sem antes verificar com algum comitê todos os detalhes estúpidos. Isso não é liberdade. É uma porra de corda em volta do pescoço.

– E um alvo na bunda! – Mitch começou a rir como um menininho. Estava definitivamente doidão. Seus olhos pareciam duas bolas de gude cor-de-rosa, e além disso ele havia engolido a maior parte do uísque.

– É isso aí, cara. Bebe – disse Denny, entregando lhe a garrafa de novo. Depois se deitou e ficou só ouvindo Lynyrd Skynyrd durante um tempo, contando rachaduras no teto, até que Mitch começou a roncar. – Ei, Mitchie?

Não houve resposta. Denny se levantou e cutucou-o no ombro.

– Apagou, malandro? Parece que sim. Pelo som...

Mitch rolou para o outro lado e continuou roncando, agora um pouco mais alto.

– Tudo bem. O Denny tem uma coisinha pra fazer. Durma bem, malandro.

Denny calçou de novo suas botas pretas de motoqueiro, pegou a chave do quarto e um segundo depois já havia saído.

capítulo 46

DENNY SEGUIU RÁPIDO pela Rua 11 e foi pela M até Thomas Circle. Era bom sair sozinho, sem Mitch na sua cola, para variar. O cara podia ser muito divertido, mas também era um tremendo mala.

Logo depois do Washington Plaza Hotel, no relativo silêncio da Avenida Vermont, um Lincoln Town Car preto estava parado sob uma macieira florida.

Denny andou pelo lado oposto da rua e atravessou na Rua N, depois voltou. Quando chegou ao carro, abriu a porta de trás e entrou.

– Você está atrasado. Por onde andou?

Seu contato era sempre o mesmo cara, com a mesma atitude inflexível. Atendia pelo nome de Zachary, mas o verdadeiro poderia ser qualquer outro. Não importava. Para Denny – cujo nome *não* era Denny – esse escroto não passava de uma mula bem paga usando um terno caro.

– Essas coisas não acontecem com hora marcada – disse Denny. – Você precisa pôr isso na cabeça.

Zachary ignorou o tom de voz. O cara parecia um boneco de cera: nunca demonstrava emoção.

– Algum problema? – perguntou ele. – Alguma coisa que eu precise saber?

– Não. Não vejo motivo para não prosseguir para a próxima fase.

– E o seu atirador?

– Mitch? Diga você, parceiro. Era você que não queria ele.

– Como ele é no *campo*, Denny? – pressionou Zachary.

– Exatamente o que eu achava que seria. Para ele, esse é o *Show de Mitch e Denny*, nada mais. Estou com o cara totalmente sob controle.

– É, bem, mesmo assim gostaríamos de tomar mais algumas precauções.

Ele entregou a Denny duas folhas de papel dobradas, que tirou do bolso de dentro do paletó. Cada uma tinha um mapa impresso, com um nome escrito à mão e um endereço embaixo, além de uma foto colorida presa com clipe.

– Espere aí – disse Denny assim que viu o que ele tinha. – Nós nunca falamos sobre nada desse tipo.

– Nós nunca determinamos nenhum parâmetro – respondeu Zachary. – Não é esse o objetivo? Espero que você não comece a se preocupar com detalhes *agora*.

– Não foi isso que eu disse. Só não gosto de surpresas.

O riso de Zachary não foi nem um pouco convincente.

– Ah, qual é, *Denny*. Você é o rei das surpresas, não é? Você deixou toda Washington pisando em brasas.

Zachary estendeu a mão para o banco da frente e pegou uma bolsa de lona com o motorista, depois a colocou no braço da poltrona entre os dois. Esse era um contrato com pagamento por serviço e o preço de Denny, como sempre, fora inegociável.

Dentro da bolsa havia seis lingotes de ouro de 280 gramas, cada um com uma pureza mínima de 999. Nada era mais portátil do que aquilo e o fato de ouro ser algo difícil de arranjar só ajudava Denny a descartar o tipo de cliente errado.

Ele demorou alguns minutos memorizando a próxima tarefa. Depois devolveu as folhas a Zachary e pegou a bolsa. Assim que embrulhou a mercadoria numa sacola velha de supermercado tirada do bolso de seu casaco, abriu a porta do carro para ir embora.

– Mais uma coisa – disse Zachary enquanto ele começava a sair. – Aqui dentro é meio apertado. Da próxima vez você poderia pensar em tomar um banho.

Denny fechou a porta e foi andando pela noite.

Eu posso me limpar quando quiser, disse consigo mesmo, *mas você vai ser sempre uma porra de um lacaio.*

capítulo 47

A CAMPAINHA SOOU NO MEIO do nosso jantar no dia seguinte. Em geral era o telefone que tocava e quase sempre era uma das amigas de Jannie ligando. E ela ainda se perguntava por que eu não queria lhe dar um celular.

– Eu atendo! – gritou ela, e pulou da mesa.

– Aposto cinco dólares que é a Terry Ann – falei.

Bree pôs seu dinheiro na mesa.

– Aposto que é a Alexis.

Quem quer que fosse, tinha sido liberado por Rakeem.

Mas um momento depois Jannie estava de volta. Seu rosto estava sem qualquer expressão, quase em choque.

E então Christine Johnson entrou na minha cozinha.

– *Mamãe!* – Ali derrubou sua cadeira ao descer dela. Depois correu para se jogar nos braços da mãe.

– Veja só você!

Christine abraçou-o com força e sorriu para o resto de nós por cima do ombro dele – aquele sorriso brilhante de que eu me lembrava com tanta clareza, o que dizia que tudo estava bem no mundo, mesmo quando isso nem de longe era verdade.

– Meu Deus – disse ela enquanto olhava ao redor da mesa. – Parece que vocês viram um fantasma!

De certa forma era como eu me sentia. Alguns anos antes, a pedido de Christine, tínhamos assinado um documento passando a custódia legal de Ali para mim. Ele ficava na casa dela em Seattle por um mês no verão e por 15 dias durante o ano letivo. Minha única condição fora que respeitássemos o acordo, pelo bem de todo mundo. Até agora era o que tínhamos feito... *ao menos até esta noite.*

– Não acredito! – Ela colocou Ali no chão e olhou para ele de cima a baixo de novo. Seus olhos estavam cheios de lágrimas. – Como foi que você cresceu tanto desde a última vez que eu o vi?

– Não sei! – gritou Ali, e olhou para nós.

Sorri para ele.

– Veja só quem é, Ali! Dá para acreditar? – Olhei para Christine. – Que surpresa.

– Pois é, eu mesma – respondeu ela, ainda sorrindo. – Olá, Regina.

– Christine. – A voz de Nana soou tensa e controlada. Para mim pareceu uma fervura em fogo baixo.

– E você deve ser a Bree. Que bom enfim conhecê-la. Sou a Christine.

Bree, como era de se esperar, foi fantástica. Levantou-se de imediato, foi até Christine e abraçou-a.

– Você tem um filho incrível – disse. Típico de Bree: ela sempre consegue arranjar um modo de falar a verdade em qualquer caso, mesmo numa situação desconfortável como essa.

– Mamãe, quer ver o meu quarto? – Ali já estava puxando a mão de Christine, levando-a pelo corredor em direção à escada.

– Claro – respondeu ela, e olhou para mim. Pedindo *permissão*, acho. Na verdade, agora todo mundo estava me encarando.

– Que tal nós três irmos? – perguntei, e me levantei para acompanhá-los.

No primeiro degrau da escada Christine parou e se virou para mim. Ali correu à nossa frente.

– Sei o que você está pensando – disse ela.

– Sabe?

– Honestamente, não é nada além do que parece, Alex. Só uma visita surpresa. Eu tenho um congresso em Washington esta semana e não podia ficar longe do Ali.

Eu não sabia se acreditava ou não. Christina havia se mostrado uma pessoa muito inconstante ao longo dos anos, inclusive no modo como lutou tanto pela guarda de Ali e depois desistiu com igual rapidez.

– Você poderia ter ligado antes. *Deveria* ter ligado, Christine.

Ali praticamente berrou do alto da escada, de tão empolgado:

– *Vem logo, pessoal!*

– Já vamos, rapazinho! – gritei para ele. Enquanto começávamos a subir, falei baixo para Christine: – Vai ser só esta vez. E depois nunca mais. Certo?

– Sem dúvida – respondeu ela, e apertou meu braço. – Prometo.

capítulo 48

O DIA SEGUINTE FOI ATRIBULADO e honestamente não pensei muito em Christine enquanto minha manhã e a maior parte da tarde se esvaíam.

Visitei Bronson e Rebecca em seus respectivos hospitais, fiz algumas entrevistas em Woodley Park, tive uma conversa com a promotoria sobre um outro caso e, enfim, dediquei um tempo muito necessário à minha pilha de relatórios atrasados.

Então, por volta das três horas, quando estava comendo um sanduíche tardio em uma lanchonete perto do Edifício Daly, recebi um telefonema da escola de Ali.

– Dr. Cross? Aqui é Mindy Templeton, da Sojourner Truth. – Mindy era secretária no colégio havia anos, desde o tempo em que Christine era diretora.

– Estou meio sem graça por causa disso, mas Christine Johnson está aqui para pegar o Alexander e ela não consta da lista de pessoas autorizadas. Eu só queria a sua permissão para o liberarmos.

– *O quê?*

Eu não pretendia levantar tanto a voz, mas de repente todo mundo na lanchonete se virou para me olhar. Um segundo depois eu estava na calçada, ainda falando ao celular.

– Mindy, a resposta é não. Christine não pode levar o Ali, entendeu?

– Sim, claro.

– Não quero assustar você – continuei, mais calmo. – Se puder pedir para a Christine esperar, por favor, eu estarei aí quanto antes. Talvez em uns 15 minutos. Estou a caminho.

Quando desliguei, já estava correndo para o estacionamento, com a mente totalmente abalada. Que diabos Christine estava pensando?

Será que ela tinha isso planejado o tempo todo?

E, por sinal, *o que* ela estava planejando?

Eu mal conseguia chegar à escola rápido o suficiente.

capítulo 49

– EU SOU A MÃE DELE, pelo amor de Deus! Não estava fazendo nada de errado! Não sou um dos seus bandidos.

Christine ficou na defensiva no instante em que cheguei. Ficamos discutindo no corredor enquanto Ali esperava na secretaria da escola.

– Christine, existem regras sobre esse tipo de coisa, regras que você costumava cumprir. Você não pode aparecer do nada e esperar que...

– O que você está dizendo? – reagiu ela com rispidez. – Brianna Stone, essa mulher que eu nem conheço direito, pode pegar meu filho na escola e eu *não posso*? Metade dos professores daqui ainda sabe quem eu sou!

– Você não está entendendo. – Eu não sabia se ela estava tentando se livrar da situação ou se acreditava mesmo que tinha esse direito. – O que exatamente você estava planejando fazer com ele?

– Ah, não me olhe desse jeito – respondeu ela, ignorando minha preocupação. – Eu ia telefonar.

– Mas não telefonou. De novo.

– Quero dizer, quando eu saísse com ele da escola. Nós íamos tomar um sorvete e ele chegaria em casa antes do jantar. Agora ele está todo confuso e chateado. Não precisava ser assim, Alex.

Era como ouvir um piano desafinado. Tudo parecia um pouco fora do lugar. Até as roupas dela. Christine estava vestida impecavelmente, com um terninho bem cortado de linho branco, sandália de salto alto e maquiagem completa. Na verdade, estava estupenda. Mas quem ela estava tentando impressionar?

Respirei fundo e tentei de novo.

– O que aconteceu com seu congresso? – perguntei.

Pela primeira vez ela desviou o olhar. Espiou um dos quadros de aviso no corredor. Estava coberto de desenhos feitos com lápis de cera mostrando carros, aviões, trens e barcos, com as palavras MEIOS DE TRANSPORTE em letras recortadas na parte de cima.

– Você viu o do Ali? – perguntou ela, apontando para o barco a vela dele. *Claro que eu vi.*

– Christine, olhe para mim. Você ao menos tinha um congresso?

Ela cruzou os braços e piscou várias vezes enquanto me encarava de novo.

– Bom, e se eu não tivesse? É um crime tão grave sentir saudade do meu filho? Ter pensado que ele queria ver a mãe e o pai no mesmo lugar só uma vez? Meu Deus, Alex, o que aconteceu com você?

Ela parecia ter resposta para tudo, menos para minhas perguntas. A única parte em que eu realmente acreditava era que ela amava Ali e sentia sua falta. Mas isso não bastava.

– Certo, vamos fazer o seguinte – disse eu. – Vamos tomar um sorvete. Você pode se despedir depois disso, e então o verá de novo em julho, como sempre. Qualquer outra coisa, vamos voltar à mediação. Isso é uma promessa, Christine. Não tente me testar.

Para minha surpresa, ela sorriu.

– Podemos jantar, então, só nós três, e depois eu entro comportadinha no avião para Seattle. O que acha?

– Não posso.

Sua boca se apertou de novo numa linha dura e reta.

– Não pode ou não quer?

A resposta era *as duas coisas*, mas, antes que eu pudesse dizer algo, a porta da secretaria se abriu e Ali apareceu. Parecia solitário e apavorado.

– Já podemos ir embora? – perguntou.

Christine apertou-o num abraço, exatamente como tinha feito na noite anterior. Em sua defesa, não havia em seus olhos nem sinal da fúria de alguns segundos antes.

– Surpresa, querido! Vamos sair para tomar um sorvete. Você, papai e eu, agora mesmo. O que acha?

– Posso tomar duas bolas? – perguntou ele na mesma hora.

Não pude deixar de rir. De verdade.

– Sempre querendo se dar bem, hein, rapazinho? Tudo bem, duas bolas. Por que não?

Enquanto saíamos da escola, Ali segurou nós dois pelas mãos, um de cada lado, e havia sorrisos por toda a parte. Mas eu continuava pensando que Christine não havia se comprometido com nada.

capítulo 50

QUANDO FINALMENTE CHEGUEI ao Edifício Hoover para a reunião das cinco e meia já eram 17h45. Apresentei-me na entrada e peguei o elevador.

O Centro de Compartilhamento e Análise de Informações, onde a agente Patel trabalhava, poderia ser em qualquer prédio corporativo dos Estados Unidos, com seu labirinto de cubículos feiosos marrom-claros, seu teto baixo e suas luzes fluorescentes. A única dica de que não se tratava de um escritório comum era a quantidade interminável de computadores, mais de um por mesa. O verdadeiro ambiente com cara de ficção científica – os enormes servidores e os bancos de vigilância – ficavam em outro ponto do andar, atrás de portas fechadas.

Patel deu um salto quando bati na parede de sua estação de trabalho.

– Alex! Meu Deus! Você me deu um susto.

– Desculpe. E desculpe o atraso. Imagino que o agente Siegel não esteja mais por aí, não é? – Eu não queria terminar o dia com ele, mas, em nome do trabalho, ali estava eu.

– Ele se cansou de esperar. Fiquei de me encontrar com ele na sala de reuniões do Centro de Operações e Informações Estratégicas quando você chegasse.

Ela ligou para o ramal dele e deixou um recado avisando que estávamos indo, contudo, quando chegamos – grande surpresa –, nem sinal do agente. Esperamos mais alguns minutos e depois começamos a reunião sem ele. Por mim, tudo bem.

capítulo 51

PATEL COLOCOU-ME RAPIDAMENTE a par dos e-mails do *True Press*. Na verdade não havia muito a dizer, pelo menos nesse ponto de sua investigação.

– Baseado no cabeçalho, no endereço de IP e no que consegui com o registro lá em Georgetown, a conta de Jayson Wexler estava aberta e ativa no momento em que os dois e-mails foram mandados – disse ela.

– O que não quer dizer que o próprio Wexler os tenha enviado.

– Exato. Só que as mensagens se originaram de sua conta ou passaram por ela de algum modo.

– Passaram por ela?

– É possível que alguém tenha usado um sistema de reenvio anônimo a partir de um local remoto, mas na verdade não haveria motivo para isso. Um laptop roubado que não é encontrado é um beco sem saída perfeito em termos legais. É melhor você começar a procurar alguma testemunha do próprio roubo.

– Nós fizemos entrevistas em toda a região em que Wexler diz que o computador foi roubado – falei. – Não chegamos a lugar algum. E as câmeras de vigilância mais próximas são do Departamento de Transportes, na Rua K. Não há nada no parque. Ninguém viu nada, o que é meio estranho.

Patel se recostou, balançando uma caneta entre os dedos.

– Então, posso continuar? Porque há mais notícias ruins.

Passei a mão sobre a boca e o queixo, um velho tique.

– Você está luminosa como o sol hoje, não é?

– Tecnicamente essa parte é do Siegel, de modo que você não pode usar isso contra mim.

Eu gostava de trabalhar com Patel. Ela parecia manter o senso de humor apesar de tudo, e o humor era negro e profundo.

– Vá em frente. Posso aguentar qualquer coisa que você diga.

– Tem a ver com o tal apelido, "Patriota", que eles usaram num dos e-mails. Desde que o *True Press* publicou a matéria, o nome parece ter pegado, e de um modo bem assustador. Temos pessoas de todos os tipos espumando pela boca, desde as figuras radicais antiglobalização até os profetas do apocalipse de direita. O FBI já está trabalhando com a possibilidade de assassinatos como homenagem.

Ela fez uma busca simples em seu laptop. Menos de um minuto depois eu estava olhando as páginas de resultados: sites, blogs, videoblogs, salas de bate-papo, comentários na mídia convencional, na imprensa alternativa – todos dando crédito ao suposto "patriota" que estaria por trás dos assassinatos.

Eu certamente já vira esse tipo de fenômeno. O próprio Kyle Craig tinha legiões de fãs, ou discípulos, como gostava de chamá-los. Mas Patel estava certa.

Isso parecia ser outra coisa – todo um movimento subterrâneo de pessoas que viam nada menos do que os Estados Unidos em risco e que acreditavam que apenas altas doses de violência poderiam resolver o problema.

– Existe modo melhor de atrair os malucos? – perguntou ela por cima do meu ombro. – Embrulhe seu dogma na bandeira americana e espere para ver quem morde a isca. Como eu disse: *é assustador*.

capítulo 52

POR VOLTA DAS SETE E MEIA Patel e eu finalmente nos levantamos para ir embora. Mas, quando estávamos saindo, ela deu as costas para a porta e se virou na minha direção. A expressão que surgiu em seus olhos era inconfundível – e assustadora de um modo totalmente diferente do que estávamos falando.

– Você já comeu comida indiana feita em casa? – perguntou ela.

Eu não queria parecer presunçoso.

– Feita em casa? Nunca.

– Porque eu sou uma ótima cozinheira, apesar das aparências. – Ela fez um gesto em direção a sua calça cinza e sua blusa branca. – Acho que todo mundo aqui imagina que eu não passo de uma CDF que toda noite vai para casa ficar com os sete gatos e comer comida congelada.

– Duvido – respondi. Patel sempre havia me parecido um clássico diamante bruto. Era o tipo de mulher que chegava à confraternização de fim de ano do trabalho toda arrumada e deixava todos de queixo caído.

– Bom, meu carro está na oficina – continuou ela. – Eu estava pensando que, se você pagar o táxi, eu posso retribuir com o jantar. – Então ela *realmente* me abalou. Estendeu a mão e a pôs em cima da minha. – Talvez até com a sobremesa. O que acha?

– Acho que você é cheia de surpresas – respondi, e nós dois rimos, um tanto nervosos. – Escute, Anjali...

– Ah, meu Deus. – Ela recolheu a mão. – Começar uma frase com "Escute" nunca é um bom sinal.

– Eu sou comprometido. Nós vamos nos casar.

Ela assentiu e começou a juntar suas coisas.

– Sabe o que dizem sobre todos os homens que valem a pena, não é? *Ou têm dona ou são gays*. Inclusive esse vai ser o título do meu livro de memórias. Acha que vai vender?

Desta vez rimos de verdade. Isso cortou a tensão, o que foi bom para nós dois.

– Agradeço o convite – continuei, e estava falando sério. Se fosse em outro momento na minha vida, eu definitivamente jantaria comida indiana naquela noite. Talvez comesse a sobremesa também. – Ainda posso dar aquela carona, se você quiser.

– Não precisa se incomodar. – Ela enfiou o laptop embaixo do braço e segurou a porta aberta para mim. – Se não vou cozinhar, prefiro ficar por aqui e trabalhar mais um pouco. E se você puder esquecer que tivemos esta conversa...

– Que conversa? – Ofereci-lhe minha melhor expressão de surpresa quando estava saindo. – Não me lembro de nada.

capítulo 53

APÓS UM JANTAR REQUENTADO naquela noite, e muito depois que as crianças tinham ido para a cama, recebi um telefonema de Christine.

No segundo em que seu nome apareceu no identificador de chamadas me senti dividido. Não poderia simplesmente ignorá-la, mas a última coisa que desejava agora era falar com ela de novo. O único motivo para ter enfim atendido foi evitar que ela aparecesse novamente na minha casa.

– O que foi, Christine?

Na mesma hora pude ouvir que ela estava chorando.

– Foi errado o que você fez hoje, Alex. Não precisava me afastar daquele jeito.

Eu já estava indo do quarto para o escritório e esperei até fechar a porta para continuar.

– De certa forma eu precisava, sim – respondi. – Você apareceu do nada e, pior ainda, mentiu. Mais de uma vez.

– Só menti porque achei que nosso filho merecia ver a família junta!

Tínhamos começado a brigar em um tempo recorde, o que dizia algo sobre nós. Tudo aquilo me deixava exausto. Trazia de volta a sensação terrível que tive durante o processo judicial pela guarda do Ali.

– Ali vê a família junta todo dia – disse eu. – Só não vê a mãe.

Ela soluçou de novo.

– Como você pode dizer uma coisa dessas?

– Não estou tentando ferir você, Christine. Só estou dizendo a verdade. – Minha paciência estava por um triz. Christine era a única culpada pelo que estava passando, devido à sua postura inadequada como mãe.

– Bom, não se preocupe, porque você conseguiu o que queria. Eu estou no aeroporto.

– O que eu *queria* era que todos pudéssemos ser felizes com as escolhas que fizemos – respondi.

– Desde que a sua felicidade venha em primeiro lugar, certo, Alex? Não foi sempre assim?

E então minha paciência se esgotou.

– *Você se lembra de quando me largou?* – falei. – Você se lembra de como eu implorei para você ficar em Washington? Você se lembra de que abandonou o Ali? Que merda, alguma dessas coisas ao menos passa pela sua cabeça?

– Não grite comigo! – berrou ela de volta, mas eu não havia terminado.

– E agora? Você acha que basta aparecer aqui para mudar tudo o que aconteceu desde aquela época? A coisa não funciona assim, Christine, e eu não mudaria nada nem se pudesse!

– Não, não acho. – Agora sua voz estava controlada. Tensa como o couro de um tambor. – Parece que isso não basta.

Então desligou na minha cara. Fiquei atordoado, embora também aliviado. Talvez fosse algum tipo de teste para ver se eu ligaria de volta, mas não me senti nem um pouco tentado. Sentei-me no sofá do escritório olhando para o teto e tentando me controlar de novo.

Era quase chocante pensar em quanto eu tinha amado Christine. Na época não havia nada que eu quisesse mais do que formar uma família com ela. Agora parecia que aquele não era eu, e sim outra pessoa.

E eu só queria Christine fora da minha vida.

capítulo 54

ERA QUASE MEIA-NOITE quando a agente Anjali Patel chegou à calçada da Rua E na frente do Edifício Hoover, esticando o pescoço e procurando um táxi. Assim que a viu, Max Siegel virou a esquina e baixou a janela do lado do carona.

– Alguém chamou um táxi?

Ela ofereceu-lhe uma bela visão de seu decote enquanto se abaixava para ver quem era.

– Max? O que está fazendo aqui tão tarde?

– Desculpe por hoje – disse ele. – Tive que sair às pressas. Voltei agora para pegar o carro. Posso lhe dar uma carona e você me atualiza, que tal?

O olhar dela ao longo da rua disse tudo. Não havia um táxi à vista, nem muito movimento.

Os colegas de trabalho de Max Siegel pareciam querer distância dele, o que seguia exatamente o plano. Isso lhe dava a privacidade necessária e ele sempre podia voltar atrás se quisesse. Como agora.

– Entre – disse. – Eu não mordo. Nem vou falar do Cross pelas costas dele. Prometo.

– Hum... está bem. – Ela deu um sorriso automático e entrou.

Seu perfume era de limão, notou ele. Ou talvez fosse o xampu. Era bom, de qualquer modo. Feminino. Ela lhe deu um endereço em Shaw.

Em seguida começou a falar sem parar sobre o caso, certificando-se de não deixar qualquer silêncio constrangedor pairar entre eles.

Siegel dirigia rápido, ultrapassando os sinais amarelos quando podia. A última mulher com quem havia estado tinha sido a corretora de imóveis, e estava começando a ter uma ereção só de pensar nela.

Quando virou no quarteirão de Patel, pisou no acelerador de novo e em seguida parou na frente de uma loja escura logo depois do pequeno prédio de tijolos amarelos.

– Ei, era ali – disse ela, olhando para trás. – Você passou.

capítulo 55

KYLE OLHOU PARA TRÁS TAMBÉM. A rua continuava vazia.

– Epa, desculpe. Foi culpa minha.

– Certo, bem... – Os dedos dela já estavam na maçaneta da porta. – Obrigada pela carona.

– É só isso?

– Como? Acho que não entendi.

– Bem, essa deveria ser a parte em que você se ofereceria para me preparar um jantar.

Ela ficou perplexa. Franziu os olhos para ele no escuro, provavelmente se recusando a acreditar que aquilo fosse mais do que uma coincidência esquisita

– Não sou boa cozinheira, Max.

– Hum, não sei não. Já viu um desses antes? – Ele enfiou a mão no bolso da camisa e pegou uma caixinha preta menor do que um isqueiro. – É um daqueles microtransmissores de voz sem limite de alcance. Você pode pôr em praticamente qualquer lugar.

Patel deu uma olhada superficial no aparelho.

– É? – Seu desconforto e a tentativa de disfarçá-lo eram absolutamente deliciosos.

– Digamos apenas que, no final das contas, eu compareci à reunião entre você e Cross.

A expressão dela mudou de novo. Agora estava irritada e um pouco sem graça demais para sentir medo.

– Você grampeou nossa reunião? Meu Deus, Max, por que diabos você faria uma coisa dessas?

– Essa é a sua primeira boa pergunta. Quanto tempo você tem para uma resposta? – Mas antes que ela pudesse dizer qualquer coisa ele pôs a mão nos lábios dela. – Espere, eu lhe digo. Você não tem tempo nenhum.

O furador de gelo, seu velho instrumento predileto, subiu e atravessou a laringe dela antes que Patel pudesse ao menos gritar. Mesmo assim, seu maxilar se abriu em silêncio com o esforço.

Agora ele estava em cima da agente, sua boca cobrindo a dela, a mão em cima do seu nariz – literalmente um beijo da morte, mas para qualquer pessoa que pudesse olhar pela janela era somente uma carícia comum entre dois amantes num carro. A força dela e seu desejo de viver não eram nada comparados aos dele. Até mesmo a perda de sangue foi mínima – Patel fora educada demais para perguntar sobre as capas de plástico nos bancos do carro.

Ou sobre a capa de chuva que Max Siegel estava usando nessa noite seca.

Assim que ela parou completamente de se mexer, a excitação dele cresceu. Adoraria passar com ela para o banco de trás enquanto seus lábios ainda estivessem quentes e a barriga ainda tão suave ao toque. Queria estar dentro dela agora mesmo. Diabos, ele era dono dela.

Mas seria um risco idiota e desnecessário. Havia decidido, horas antes, que esta noite seria uma exceção às normas usuais. Ele merecera, afinal de contas, e como era ele que ditava as regras do jogo, podia alterá-las a qualquer momento. De fato, havia um monte de mudanças prestes a acontecer.

Mas primeiro Anjali Patel iria para casa com ele – para passar a noite.

PARTE TRÊS

MULTIPLICIDADE

capítulo 56

SAMPSON SABIA QUE EM GERAL eu acordava às cinco da manhã, ou mesmo antes, mas hoje isso não teria feito diferença. Pelos sons da rua ao fundo e a tensão em sua voz dava para ver que ele já estava trabalhando.

– Preciso de um favor, Alex. Dos grandes.

Instintivamente comecei a comer os ovos um pouco mais depressa enquanto Nana me olhava com uma cara de preocupação. Na nossa casa, quando o telefone toca muito cedo ou muito tarde, nunca é boa coisa.

– Pode falar – disse eu. – Estou ouvindo. Nana está aqui na minha frente. Não sei se o olhar raivoso dela é para você, para mim ou para nós dois.

– Ah, é para vocês dois – respondeu Nana numa voz baixa que mais parecia um rosnado.

– Tivemos um homicídio na Franklin Square. Um desconhecido. Parece muito com aquele caso esquisito que eu tive antes, lá em Washington Circle.

Meu garfo parou no ar.

– *Com os números?*

– Esse mesmo. Existe alguma chance de você dar um pulo aqui para uma consulta antes que as coisas esquentem demais?

– Estou a caminho.

John e eu não temos um registro de quantos favores um deve ao outro. Nossa regra não verbal é: se você precisar de mim, estarei lá. *Mas tenha certeza de que precisa de mim.*

Alguns minutos depois eu estava dando o nó na gravata enquanto descia a escada dos fundos a caminho da garagem. O dia ainda não havia nascido por completo, mas estava claro o suficiente para mostrar uma massa de cor cinza no alto – nublado, com possibilidade de uma tempestade de merda.

Baseado no que eu me lembrava do caso anterior de Sampson, esse era exatamente o tipo de acontecimento que a Polícia Metropolitana não podia se dar ao luxo de investigar nesse momento.

Meses antes, um jovem fora espancado até a morte, e quando seu corpo foi encontrado havia uma série de números entalhados com esmero em sua testa. Era provável que o crime tivesse sido manchete em todos os jornais da região –

se o coitado não fosse um viciado sem-teto. Mesmo no departamento o caso não gerou muita comoção, o que não era lá muito justo, mas se preocupar com o que era "justo" na nossa capital poderia nos levar à loucura.

Agora havia acontecido de novo e a situação tinha mudado totalmente de figura. Com o caso do atirador de elite fervendo, os chefões da Polícia Metropolitana estariam ocupados demais para gastar energia com qualquer outra coisa. Iriam querer jogar o caso para a Divisão de Casos Especiais antes que a manhã terminasse.

Achei que era por isso que John havia ligado. Se o caso fosse transferido para a minha unidade, eu poderia dizer que já estava atuando nele como consultor, pediria para assumi-lo e então colocaria Sampson de volta no comando. Era nossa forma criativa de lidar com as regras e essa não seria a primeira vez.

capítulo 57

O ASSASSINO DOS NÚMEROS – Santo Deus – agora, não.

Quando cheguei à Franklin Square, as entradas já estavam isoladas. Unidades adicionais encontravam-se estacionadas ao longo da praça, na Rua K e na I, embora parecesse que a ação acontecia perto da 13, onde Sampson estava nesse momento acenando para mim.

– Benzinho – disse ele quando me aproximei –, você é o meu herói. Sei que a hora não é a melhor.

– Vamos dar uma olhada.

Dois peritos usando agasalhos azuis estavam trabalhando dentro da área isolada com fita, junto com um legista que reconheci facilmente por trás.

O apelido não oficial de Porter Henning é "Corpulento" e ele faz com que Sampson, o "Homem-montanha", pareça uma sílfide. Nunca soube muito bem como Porter consegue se espremer naqueles locais de crimes mais apertados, mas, além disso, ele é um dos legistas mais inteligentes com quem já trabalhei.

– Alex Cross, brindando-nos com sua presença – disse ele quando me viu.

– A culpa é desse cara. – Apontei para Sampson, mas parei quando vi a vítima.

As pessoas dizem que a minha especialidade são coisas radicais, e isso de certa forma é verdade, porém não há como alguém se acostumar com a mutilação humana. O corpo fora deixado com o rosto virado para cima no meio de alguns arbustos. As múltiplas camadas de roupas sujas o identificavam como um sem-teto, talvez até alguém que dormisse ali mesmo no parque. E, ainda que houvesse sinais de espancamento severo, eram os números entalhados na testa que causavam maior impacto. Como no assassinato anterior, era bizarro demais.

2^30402457-1

– É a mesma sequência da outra vez? – perguntei.

– Quase – respondeu Sampson. – Mas não, não é a mesma.

– E não sabemos quem é a vítima?

John balançou a cabeça.

– Tenho um grupo fazendo perguntas por aí, porém a maioria das pessoas que dormem nos bancos sumiu assim que aparecemos. Confiar nos outros não é exatamente o forte dessa gente, sabia?

Eu sabia, eu sabia. Essa era uma das coisas que tornavam as mortes dos sem-teto tão difíceis de investigar.

– Também há o abrigo, a alguns quarteirões, na Rua 13 – continuou John. – Vou para lá quando sair daqui, ver se alguém sabe alguma coisa sobre esse homem.

A cena em si era difícil de ser interpretada. Havia pegadas recentes na terra, solas lisas que não eram de botas ou tênis. Além disso, alguns sulcos, talvez de um carrinho de compras, mas isso poderia não ter nenhuma relação. Havia pessoas sem-teto passando por ali o dia todo, todo dia. E a noite toda, também.

– O que mais? – perguntei. – Porter? Já descobriu alguma coisa?

– Já. Descobri que não estou ficando mais novo. Além disso, diria que a causa da morte foi tensão do pneumotórax, se bem que os primeiros golpes provavelmente foram aqui, aqui e aqui.

Ele apontou para o lado esmagado da cabeça do morto, onde um líquido rosado enchia o ouvido.

– Fratura basal no crânio, no malar, no arco zigomático, a porra toda. A única coisa que pode ser considerada boa é que o coitado devia estar apagado quando isso aconteceu. Há marcas de picadas em toda parte.

– Tudo como da outra vez – disse Sampson. – Só pode ser o mesmo assassino.

– E os cortes na testa? – Era o serviço com faca mais limpo que eu já tinha visto. Os números eram bem legíveis e os cortes, rasos e precisos. – Alguma ideia inicial sobre eles, Porter?

– Isso não é nada – respondeu. – Veja a verdadeira obra-prima.

Ele abaixou a mão e rolou o rapaz de lado, depois levantou a parte de trás da sua camisa.

$$\zeta(s) = \sum_{n=1}^{\infty} \frac{1}{n^s}$$

– Isso só pode ser brincadeira.

A equação matemática cobria toda a área desde a cintura até as escápulas. Eu nunca tinha visto nada igual. Pelo menos não nesse contexto. Sampson pediu que o fotógrafo da perícia tirasse uma foto.

– Isso é novo – comentou John. – Na outra vez os números estavam só no rosto. Fico pensando se o nosso cara não andou treinando. Talvez haja outros corpos que não encontramos.

– Bom, sem dúvida ele queria que vocês encontrassem este – afirmou Porter. – Essa é a outra coisa. Nem de longe aqui tem sangue suficiente para a quantidade de agressões que ele sofreu. Alguém espancou esse garoto, depois o trouxe para cá e *em seguida* fez o belo trabalho com a faca.

O fotógrafo cantarolou um pedaço da música-tema de *Além da imaginação* antes que Sampson o encarasse e o fizesse parar.

– Desculpe, cara, mas poxa, estou feliz por não estar na pele de vocês hoje – disse ele, com a câmera a postos.

Dele e de todos os outros.

– Portanto a questão é: por que trazê-lo para cá? – perguntou Sampson. – O que ele está tentando nos dizer? O que está tentando dizer a quem quer que seja?

Porter deu de ombros.

– Alguém fala matematiquês?

– Conheço uma professora na Howard – falei. – Sara Wilson. Você se lembra dela? – John assentiu, ainda olhando para os números. – Posso ligar para ela, se você quiser. Talvez a gente possa dar um pulo lá esta tarde.

– Sim, seria ótimo.

E ali se encerrava minha rápida consultoria. Eu não tinha tempo para aquilo, no entanto, agora que tinha visto os danos que aquele criminoso era capaz de causar, queria colocar as mãos nele.

capítulo 58

EU CONHECIA SARA WILSON HAVIA mais de 20 anos. Ela e minha primeira mulher, Maria, tinham sido colegas de quarto quando entraram para a Universidade de Georgetown e permaneceram amigas até a morte de Maria. Agora só trocávamos cartões de Natal e tínhamos alguns encontros ocasionais, mas Sara sempre me abraçava quando me via e ainda se lembrava do nome de Sampson – do nome e do sobrenome.

Seu escritório, que parecia uma cela minúscula, ficava no prédio que tinha o nome pouco criativo de Edifício de Apoio Acadêmico B, no campus da Universidade Howard. Era atulhado de prateleiras de livros até o teto e tinha uma grande mesa desarrumada como a minha e um enorme quadro branco cheio de linguagem matemática escrita com marcadores de texto de diferentes cores.

Sampson se encostou no parapeito da janela e eu me sentei na única cadeira destinada a visitas.

– Sei que você está preparando provas – disse eu. – Obrigado por nos receber.

– Fico feliz em ajudar, Alex. Se é que *posso* ajudar, não é? – Ela colocou seus óculos sem aro e olhou para a página que eu havia acabado de lhe entregar. Tinha transcrições dos números e da equação que havíamos encontrado nas vítimas. Também levamos fotos das cenas dos crimes, mas não havia motivo para compartilhar os detalhes macabros se não fosse necessário.

Assim que olhou para a página, Sara apontou para a equação mais complicada.

– Esta é a função zeta de Riemann – afirmou ela. Era a que tínhamos visto de manhã nas costas do sem-teto anônimo. – É matemática teórica. Isso tem mesmo algo a ver com um caso seu?

Sampson assentiu.

– Sem entrar em muitos detalhes, estamos nos perguntando por que isso poderia estar na mente de alguém. Talvez de modo obsessivo.

– Está na mente de muitas pessoas, inclusive na minha – respondeu ela. – A função zeta é o cerne da hipótese de Riemann, talvez o maior problema não solucionado da matemática atual. No ano 2000 o Instituto Clay ofereceu um milhão de dólares a quem conseguisse prová-la.

– Desculpe, provar o quê? – perguntei. – Você está falando com dois caras que levaram pau em álgebra no ensino médio.

Sara empertigou-se na cadeira, concentrando-se.

– Em termos básicos, tem a ver com descrever a frequência e a distribuição de todos os números primos até o infinito, motivo pelo qual é tão difícil. A hipótese foi confirmada até o primeiro bilhão e meio de números, mas então você se pergunta: o que é um bilhão e meio comparado com o infinito?

– Era o que eu ia me perguntar agora – disse Sampson, impassível.

Sara riu. Parecia praticamente a mesma pessoa de quando juntávamos nossas moedas para comprar cerveja. O mesmo sorriso fácil, o mesmo cabelo comprido descendo pelas costas.

– E as outras duas sequências de números? – perguntei. Eram as que tinham sido entalhadas na testa das vítimas.

Sara olhou para elas por um segundo, depois se virou para o laptop e as digitou no Google, sem precisar olhar de novo.

– É, está aqui. Foi o que pensei. Mersenne 42 e 43. Dois dos maiores números primos conhecidos até hoje.

Anotei isso enquanto ela falava, sem nem saber o que estava escrevendo.

– Certo, próxima pergunta – disse eu. – E daí?

– E daí o quê?

– Digamos que a hipótese de Riemann seja provada. O que acontece? Por que alguém se importa com isso?

Sara pensou nas perguntas antes de responder.

– Por dois motivos, suponho. O primeiro é que com certeza há algumas aplicações práticas. A criptografia poderia ser revolucionada com algo assim. Criar e decifrar códigos seria algo totalmente novo, de modo que quem você está perseguindo pode ter isso em mente.

– E o outro motivo? – perguntei.

Ela deu de ombros.

– Simplesmente "porque está lá". É um monte Everest teórico. A diferença é que já se chegou ao topo do Everest. Ninguém conseguiu isto aqui ainda. O próprio Riemann teve um colapso nervoso, e sabe o John Nash, aquele gênio da matemática que inspirou *Uma mente brilhante*? Ele era obcecado por isso.

Sara se inclinou para a frente na cadeira e segurou a página de números para que pudéssemos ver.

– Vamos colocar do seguinte modo: se você estiver procurando algo que poderia realmente enlouquecer um matemático, esta seria uma ótima opção. *Você está fazendo isso, Alex?* Procurando um matemático louco?

capítulo 59

NAQUELA MANHÃ, MITCH E DENNY saíram de Washington no velho Suburban branco antes do nascer do sol, com Denny ao volante, como sempre. Na véspera ele havia jogado uma conversa mole para Mitch, algo como se reconectar com sua família agora que ele era um "homem de verdade", e Mitch acreditou piamente.

Na verdade, quanto menos ele soubesse sobre o motivo dessa pequena viagem, melhor.

Eram cerca de cinco horas até Johnsonburg, Pensilvânia, ou, como pensou Denny quando chegaram, *Fedorburg.* As fábricas de papel exalavam o mesmo odor azedo das que existiam onde ele havia sido criado, junto ao Androscoggin. Eram uma pequena lembrança inesperada de suas raízes caipiras, as que ele havia arrancado do solo 20 anos antes. Desde então tinha dado a volta ao mundo mais de uma vez, e essa cidadezinha era parecida demais com uma volta ao lar. Ele não gostava nem um pouco disso.

– E se ela não quiser falar comigo, Denny? – perguntou Mitch mais ou menos pela 85ª vez. Quanto mais perto chegavam, mais rápido ele balançava o joelho e ficava apertando o macaco amarelo de pelúcia que estava em seu colo como se fosse estrangulá-lo. Já havia um rasgo no tecido no lugar de onde Mitch havia arrancado o alarme de segurança da loja em Altoona, logo antes de enfiá-lo dentro da jaqueta.

– Tente ficar calmo, Mitchie. Se ela não quiser ver você, o problema é dela. Você é um herói americano, cara. Nunca se esqueça disso. Você é um grande herói.

Pararam perto de uma casinha de tijolos sem graça de dois andares, numa rua de casinhas de tijolos sem graça de dois andares. O gramado da frente parecia um cemitério de brinquedos velhos e havia um Escort azul enferrujado na entrada.

– Parece bem legal – disse Denny franzindo a testa. – Vamos ver se tem alguém em casa.

capítulo 60

HAVIA ALGUÉM EM CASA, com certeza. Dava para ouvir a música através da porta, alguma merda da Beyoncé ou coisa do tipo. Foi preciso bater duas vezes até que o volume finalmente abaixasse.

Um segundo depois a porta se abriu.

Alicia Taylor era mais bonita pessoalmente do que na foto tirada de longe. Denny se perguntou por um segundo como Mitch podia ter ficado com ela, para começar, mas, quando ela viu quem estava em sua varanda, ficou horrorosa rapidinho. A garota permaneceu atrás da porta de tela.

– Que diabos você está fazendo aqui? – Essa foi a sua saudação.

– Olá, Alicia. – A voz de Mitch estava rouca de medo. Ele parecia meio sem graça e levantou o macaco de pelúcia. – Eu, hã... trouxe um presente.

Atrás de Alicia, uma menininha que chegava à cintura dela estava mostrando os olhos arregalados para ele sob sua franja de trancinhas enfeitadas com miçangas. Ficou feliz ao ver o brinquedo, porém seu sorriso sumiu assim que sua mãe falou de novo.

– Destiny, vá para o seu quarto.

– Quem é esse, mamãe?

– Sem perguntas, meu amor. Faça o que eu disse. *Agora mesmo*. Vá.

Assim que a garota voltou para dentro, Denny achou que era hora de se apresentar.

– Como vai? – perguntou ele, todo amigável. – Sou amigo do Mitch e motorista profissional, mas pode me chamar de Denny.

Ela olhou para ele apenas pelo tempo suficiente para lançar alguns dardos venenosos.

– Moço, não preciso chamar você de merda nenhuma – respondeu, depois se virou de volta para Mitch. – E eu perguntei que diabos você está fazendo aqui. Não quero ver você. E Destiny também não.

– Vá em frente, cara – disse Denny, cutucando-o no ombro.

Mitch tirou um pequeno envelope do bolso.

– Não é muito, mas tome aqui. – Dentro havia uma nota de 20, duas de cinco e 50 de um, amarrotadas. Ele tentou entregar o dinheiro através da tela partida, mas ela o empurrou de volta.

– Ah, *não acredito*! Você acha que esse envelopezinho vai transformar você num pai? – A voz dela baixou. – Você não passa de um erro que eu cometi muitos anos atrás, Mitch, só isso. Para Destiny, o pai dela morreu, e vamos deixá-la continuar acreditando nisso. Agora, vocês dois saiam da minha propriedade ou vou chamar a polícia.

O rosto redondo de Mitch pareceu tão angustiado quanto era possível.

– Pelo menos fique com isto – disse ele.

Mitch abriu a porta de tela e, quando ela recuou depressa, ele largou o macaco de pelúcia no chão aos seus pés. Era patético de assistir. Além disso, Denny tinha visto tudo o que precisava ver.

– Certo – disse. – Temos uma longa viagem de volta a Cleveland, então vamos estar fora do seu caminho em breve. Desculpe incomodar, moça. Acho que esta visitinha não foi uma ideia muito boa, afinal de contas.

– Você acha? – perguntou ela, batendo a porta na cara dos dois.

Enquanto voltavam para o carro, Mitch parecia a ponto de chorar.

– Que merda, Denny. Ela teria orgulho se soubesse o que a gente está fazendo. Eu queria tanto ter contado a ela...

– Mas não contou. – Denny passou um braço pelo ombro dele e falou de perto. – Você se manteve fiel à missão, Mitchie, e é isso que importa. Agora venha, vamos achar um Taco Bell na saída da cidade.

Enquanto dava a volta até o lado do motorista, Denny enfiou a mão dentro do casaco e travou a Walther 9mm que estava ali. Acontece que Mitch era muito mais herói do que jamais saberia. Tinha acabado de salvar a vida da própria filha.

Alicia podia ter sido bem sacana, mas não tinha a menor noção do que eles tinham feito; e de jeito nenhum Denny iria atirar numa garota de 5 anos que nem sabia quem Mitch era. Todo o objetivo da tarefa tinha sido a avaliação do risco, e elas não representavam nenhuma ameaça.

Se o cara lá de Washington não gostasse, podia arranjar outro fornecedor.

capítulo 61

NA VERDADE O DIA TINHA SIDO meio divertido – relaxante e surpreendente, em especial com relação à bela ex-mulher de Mitch. A noite tinha acabado de cair quando chegaram a Arlington. Mitch passara a maior parte da viagem olhando para a paisagem da estrada, suspirando e se remexendo como alguém que não conseguisse dormir.

Mas agora, quando chegaram à ponte Roosevelt, ele se empertigou, olhando para a frente direto pelo para-brisa.

– Que diabo é aquilo, Denny?

Carros estavam parados na autoestrada nas duas direções. Havia radiopatrulhas com luzes piscando dos dois lados e policiais uniformizados na pista. Não era só um engarrafamento, e também não parecia um acidente.

– Blitz – disse Denny, percebendo o que era.

A cidade instituíra essas batidas havia alguns anos, mas só nos bairros mais violentos. Ele nunca vira nada assim.

– Alguma coisa grave deve ter acontecido. Grave mesmo.

– Não estou gostando disso, Denny. – O joelho de Mitch começou a balançar. – Eles não estão procurando um Suburban desde que a gente fez aquela ação em Woodley Park?

– É, mas é um Suburban azul-escuro ou preto. Além disso, eles estão parando todo mundo, está vendo? Puxa, eu gostaria de ter uns jornais para a gente vender neste tráfego – disse Denny, esforçando-se para que sua voz soasse animada. – Seria bom recuperar uma parte do dinheiro que gastamos com a gasolina.

Mitch não estava engolindo isso. Ficou todo encurvado e tenso enquanto eles se aproximavam da fila de veículos.

Então, do nada, ele perguntou:

– Onde foi que a gente *conseguiu* o dinheiro da gasolina, Denny? E aquele envelope para Alicia? Não sei como a gente está pagando por isso.

Denny trincou os dentes. A única coisa para a qual se podia contar com Mitch em geral era a ausência de perguntas relacionadas à honestidade.

– Você sabe o que aconteceu com aquele gato curioso, não sabe, Mitchie? M-O-R-R-E-U. Só se concentre nas coisas importantes e deixe que eu cuide do resto. Inclusive disso.

Estavam chegando à blitz e um policial do tamanho de um jogador de basquete sinalizou para pararem.

– Carteira de motorista e documentos do carro, por favor.

Denny enfiou a mão no porta-luvas e entregou-os sem pestanejar. Por isso era importante trabalhar para as pessoas certas. “Denny Humboldt” tinha uma ficha limpa que nem a bunda de um gato de exposição – nesse ponto até aquela multa de estacionamento havia deixado de existir.

– O que está acontecendo, policial? – perguntou ele. – Parece algo importante.

O oficial respondeu com uma pergunta enquanto examinava a pilha de lixo no banco de trás.

– De onde vocês estão vindo?

– Johnsonburg, Pensilvânia. Por sinal, não recomendo a viagem. É um fim de mundo.

– Quando vocês foram para lá?

– Hoje de manhã. Fomos passar o dia. Então acho que o senhor não pode me contar nada, não é?

– Isso mesmo. – O policial devolveu os documentos e fez um gesto para seguirem em frente. – Podem ir, por favor.

Enquanto se afastavam, Mitch tirou as mãos de cima dos joelhos e soltou um suspiro enorme.

– Essa foi por pouco – disse. – Aquele filho da puta sabia de alguma coisa.

– Não sabia, Mitch. De jeito nenhum. Ele é como todo mundo: ninguém faz a mínima ideia.

Não demoraram muito para ouvir a cobertura do ocorrido no rádio. Estava correndo a notícia de que o atirador Patriota de Washington havia atacado de novo. Um policial cujo nome não tinha sido divulgado fora acertado a distância, bem ali ao lado do rio Potomac.

Como era de se esperar, quando atravessaram a ponte Roosevelt e entraram na cidade, puderam ver uma massa de policiais estacionados ao longo da Avenida Rock Creeck, à esquerda. Denny uivou alto.

– Veja só a convençao de porquinhos! Parece que este ano o Natal chegou mais cedo.

– Do que você está falando, Denny? – Mitch ainda parecia meio abalado pela parada na blitz.

– O policial morto, cara. Não está ouvindo? Tudo está acontecendo exatamente como a gente esperava. Acabamos de ganhar um imitador!

capítulo 62

NELSON TAMBOUR TINHA levado o tiro antes do crepúsculo, num trecho de grama abandonado entre a Avenida Rock Creek e o rio. A autoestrada já estava fechada quando cheguei lá, desde a Rua K até o Kennedy Center. Parei o mais perto que pude e andei o restante do caminho.

Tambour havia sido detetive da Divisão de Narcóticos e Investigações Especiais, a DNIE. Eu não o tinha conhecido pessoalmente, mas nem por isso o incidente deixou de ser um pesadelo. A Polícia Metropolitana tinha acabado de perder um dos seus, e de modo horrível. O detetive Tambour fora encontrado com o crânio estourado: uma bala de grande calibre havia atravessado sua cabeça.

Agora estava escuro, mas várias luzes fortes iluminavam o lugar, como se fosse o interior de um estádio de futebol. Duas barracas tinham sido montadas ali perto, uma como centro de comando e outra para a coleta de provas fora do campo de visão dos helicópteros da imprensa que circulavam acima.

Também tínhamos a Patrulha do Porto na água mantendo os barcos de passeio a uma boa distância da margem. E o pessoal do comando estava em toda parte.

Quando vi o chefe Perkins, ele me chamou imediatamente. Estava um pouco afastado, junto com os chefes assistentes da DNIE e dos Serviços Investigativos, além de uma mulher que não reconheci.

– Alex, essa é Penny Ziegler, da Divisão de Assuntos Internos – informou ele, e o nó no meu estômago se apertou. *O que a Divisão de Assuntos Internos está fazendo aqui?*

– Há algo que eu precise saber? – perguntei.

– Sim – respondeu Ziegler. Seu rosto estava tão tenso quanto os nossos. Policiais assassinados costumam deixar todo mundo na maior agitação.

– O detetive Tambour esteve fora de contato durante o último mês – disse ela. – Íamos prestar queixa contra ele ainda esta semana.

– Sob quais acusações?

Ela olhou para Perkins esperando um gesto de autorização antes de continuar a falar.

– Nos últimos dois anos, Tambour supervisionou uma operação secreta nos três maiores conjuntos residenciais em Anacostia. Vinha guardando para si metade de todas as drogas que apreendiam, principalmente PCP, cocaína e Ecstasy. Depois as revendia através de uma rede de traficantes de rua em Maryland e na Virgínia.

– Ele podia estar fazendo uma entrega aqui – acrescentou Perkins, balançando a cabeça. – Acharam um pacote de cocaína no porta-malas.

Três palavras relampejaram na minha mente: *raposas no galinheiro.*

De repente Tambour estava muito mais alinhado com o perfil das vítimas do atirador do que um minuto antes.

Mas, ao mesmo tempo, ele era desconhecido do público em geral. Não estivera nas manchetes como os outros, pelo menos ainda não, e essa era uma diferença.

Seria uma diferença importante? Não dava para saber ao certo, contudo eu também não conseguia deixar de pensar que talvez houvesse alguma coisa esquisita ali.

– Quero sigilo total sobre qualquer coisa que tenha a ver com a investigação – falei a Perkins. – Quem cometeu esse atentado obviamente tem alguma informação privilegiada.

– Concordo – respondeu ele. – E, Alex? – Pôs a mão no meu ombro enquanto eu me virava para ir embora. Seus olhos pareciam tensos. Talvez até um pouco desesperados. – Resolva essa porcaria. Isso está a ponto de fugir do controle.

Se esse atentado não fosse da tal equipe de atiradores de elite, as coisas já estariam fora de controle.

capítulo 63

O PESSOAL DO FBI COMEÇOU a aparecer logo depois que eu cheguei. Sem dúvida isso era uma faca de dois gumes para mim. Suas equipes de coleta de provas contam com os melhores equipamentos disponíveis – mas a presença delas também significava que Max Siegel não demoraria muito a surgir.

De fato, demos de cara um com o outro acima do corpo de Nelson Tambour.

– É um baita ferimento de saída – disse ele, invadindo meu espaço com sua sensibilidade de sempre. – Ouvi dizer que o cara não valia nada. É verdade? De qualquer modo, vou descobrir.

Ignorei a pergunta e respondi àquela que ele deveria ter feito:

– Definitivamente foi um tiro a distância. Não há nenhuma marca de pólvora. E, dada a posição do corpo, é provável que os disparos tenham vindo de lá.

Bem à nossa frente, do outro lado, talvez a uns 250 metros da margem, podíamos ver fachos de lanternas se entrecruzando na vegetação rasteira da ilha Roosevelt. Tínhamos duas equipes lá procurando cápsulas, pegadas suspeitas, qualquer coisa.

– Você disse disparos, *no plural*? – perguntou Siegel.

– Isso mesmo. – Apontei para a encosta atrás do ponto onde Tambour havia caído. Quatro bandeiras amarelas estavam cravadas no chão, uma para cada bala recuperada até o momento.

– Três erros e um acerto – falei num sussurro. – Não sei se estamos procurando os mesmos atiradores.

Siegel alternou o olhar entre o rio e o corpo de Tambour diversas vezes.

– Talvez estivessem disparando de algum tipo de barco. Hoje a água está bem agitada. Isso poderia explicar as várias tentativas, os erros...

– É impossível ficar escondido na água – disse eu –, e o risco de haver uma testemunha ocular é muito grande. Além disso, com esses caras sempre foi um tiro e uma morte. Eles não erram.

– O lema do atirador de elite – comentou Siegel. – E daí?

– Acho que é um motivo de orgulho para eles. O trabalho tem sido no mínimo impecável. Até agora.

– Então é mais provável que tenhamos outro maluco com um fuzil de alta potência solto por aí?

Eu podia ouvir o desdém crescendo em sua voz. *Lá vamos nós de novo.*

– Não era justamente com essa possibilidade que o seu departamento estava trabalhando? – perguntei. – Foi o que Patel me disse. Na reunião a que você não foi.

– Sei. – Siegel ficou confuso. – Então você está elaborando alguma teoria própria... ou só seguindo o que ouve dizer no escritório?

Minha suposição foi que Siegel se sentia ameaçado por mim e seria bom para ele se pudesse me inspirar algum tipo de comportamento não profissional. Eu já havia posto metade do pé na armadilha, mas o puxei de volta e me concentrei no chão ao redor do corpo de Tambour.

Quando ficou claro que eu não responderia, ele tentou me irritar de outra forma.

– Sabe, é possível que esses caras simplesmente sejam bons demais – disse em tom casual. – Esse é o fundamento do terrorismo, certo? O melhor modo de ficar à frente da polícia é agir de modo imprevisível. É uma perspectiva válida neste caso, não é?

– Não estou descartando nada – respondi sem me virar.

– Ótimo. É bom você aprender com seus erros. Quero dizer, não foi isso que o levou a Kyle Craig?

Agora levantei a cabeça.

– Ele era mais esperto do que você, não era? Não ficava mudando de estratégia? Bem... é isso que ele ainda está fazendo, não é? Até hoje? – Siegel deu de ombros. – Ou estou errado nisso também?

– Sabe de uma coisa, Max? Só... *pare de falar.* – Levantei-me para encará-lo, ficando mais perto do que precisava. Eu não estava mais tentando "administrar" Siegel. Só precisava colocar para fora o que ia dizer. – Qualquer que seja o seu problema, posso lhe recomendar alguns profissionais para resolvê-lo. Mas, nesse ínterim, caso você não tenha notado, nós perdemos um policial aqui hoje. Demonstre um pouco de respeito.

Acho que reagi como ele queria. Siegel deu um passo para trás mas continuou com aquele sorriso antipático na cara. Era como se sempre estivesse pensando em algum tipo de piada que só ele conhecia.

– É justo – respondeu ele, fazendo um gesto por cima do ombro. – Vou ficar ali, para o caso de você precisar de mim.

– Não vou precisar – rebati, e voltei ao trabalho.

capítulo 64

ANTES DAS NOVE HORAS EU já tivera uma teleconferência de emergência com a Diretoria do FBI e o Grupo de Informações de Campo, já havia passado as informações para a prefeitura e já tinha feito uma reunião em separado com minha equipe da Polícia Metropolitana, que agora estava por inteiro no local.

A questão importante nesse ponto era saber se estávamos lidando com o atirador Patriota ou com outra pessoa. A maneira mais rápida de provar uma conexão, se houvesse, era por meio da balística, e Cailin Jerger, do laboratório do FBI em Quantico, foi trazida de helicóptero para uma consulta.

O helicóptero Bell preto pousando bem ali na via expressa deserta era uma visão incrível.

Corri para recepcionar Jerger e trazê-la para dentro.

Ela estava usando uma calça jeans e um agasalho de Quantico com capuz; provavelmente a haviam arrancado de sua sala de estar. Olhando aquela mulher miúda, despretensiosa, você jamais imaginaria que ela sabia mais sobre análise de armas de fogo do que qualquer pessoa num alcance de três estados.

Quando mostrei onde Tambour havia caído e a posição das quatro balas, ela me olhou com uma expressão de quem sabia das coisas. Não reagi, não falei nada. Queria que Jerger chegasse a suas próprias conclusões, sem interferência.

Na barraca de coleta de provas o mundo inteiro nos esperava. Do lado de fora havia uma porção de policiais e agentes, inclusive a maior parte da unidade de Tambour na Divisão de Narcóticos e Investigações Especiais. Lá dentro encontramos o chefe Perkins, Jim Heekin, da Diretoria, Max Siegel, vários chefes assistentes da Polícia Metropolitana, agentes especiais do FBI e alguns representantes do Escritório de Álcool, Tabaco, Armas de Fogo e Explosivos. Jerger olhou o mar de rostos cheios de expectativa ao redor e depois mergulhou de cabeça no trabalho, como se ela e eu fôssemos os únicos ali.

Cada uma das quatro balas fora ensacada em separado e estava sobre uma mesa dobrável comprida. Três encontravam-se em condições relativamente boas. A quarta estava bem amassada, por motivos óbvios.

– Bom, sem dúvida são balas de fuzil – disse Jerger de imediato. – Mas não foram disparadas de um M110, como nos incidentes anteriores.

Ela pegou uma pinça na mesa e tirou uma das balas de dentro do saco. Depois usou uma lente que tirou de seu bolso para olhar a base.

– É, foi o que pensei. Um .388 – disse. – E está vendo esse "L" estampado aqui? Isso me diz que é um Magnum Lapua original. Esse tipo de fuzil foi desenvolvido especificamente para tiros de precisão a distância.

– Você pode obter algum tipo de informação sobre a arma a partir dos projéteis? – perguntei.

Ela encolheu um dos ombros.

– Depende. Vou dar uma olhada nos padrões de ranhuras no laboratório, mas vou logo avisando: esses brinquedinhos têm jaquetas bastante duras. As estrias serão mínimas.

– Alguma ideia inicial? – perguntei. – Estamos realmente empacados aqui.

Jerger respirou fundo. Não creio que ela gostasse de especular. Seu trabalho tinha tudo a ver com precisão.

– A não ser por uma falha no equipamento, não sei que sentido faria ter um M110 e usar outra coisa.

Ela levantou outro saco plástico e olhou para ele.

– Não me entenda mal. Essa é uma munição maravilhosa, mas em termos de disparo a distância, o 110 é um Rolls-Royce e todo o resto é... bem, o resto.

– Então você acha que foi outro atirador? – perguntou o chefe Perkins, influenciando a opinião dela mais do que deveria.

– Estou dizendo que seria meio estranho se não fosse, só isso. *Não sei* quais são as motivações do atirador. Quanto à arma em si, posso dizer que algumas possibilidades são mais prováveis que outras.

– Tipo...? – perguntei.

Ela disparou na mesma hora:

– M24, Remington 700, TRG-42, PGM 338. Essas são os tipos mais comuns, pelo menos em termos militares. – Depois ela olhou direto para mim, com uma espécie de sorriso acre. – Também tem o Bor. Já ouviu falar?

– Deveria ter ouvido?

– Não necessariamente – respondeu ela, e continuou me encarando. – Só que seria uma coincidência muito estranha. O calibre 388 dessa arma chama-se fuzil Alex.

capítulo 65

KYLE CRAIG FICOU COM UM SORRISO ridículo no rosto – no rosto de Max Siegel – durante o seu caminho de volta para casa, na Rua 2. Não podia se conter. Em toda a sua carreira e em todas as suas encarnações, nunca se divertira tanto quanto nesta noite.

Parabéns à agente Jerger por ter captado a referência ao fuzil Alex, e tão depressa!

Talvez o FBI ainda tivesse algumas cabeças pensantes, afinal de contas. Aquelas suas pistazinhas ocultas haviam se tornado uma espécie de marca registrada, mas estar presente quando uma delas era descoberta? Era uma emoção única, para dizer o mínimo. Um barato total.

Mas também era apenas um prelúdio. O pequeno episódio ocorrido junto ao rio era somente o primeiro golpe; o segundo, ninguém veria chegando – e nenhuma pessoa o sentiria mais do que Alex.

Prepare-se, amigo. Está quase na hora!

Kyle olhou o relógio enquanto fechava a porta da frente depois de entrar em casa. Era apenas meia-noite e meia, ainda faltavam algumas horas para o sol nascer. Havia muito tempo para o que precisava ser feito.

capítulo 66

UMA COISA DE CADA VEZ. Primeiro ele destrancou a porta do porão e desceu a escada estreita até a oficina com paredes de blocos de concreto embaixo da casa. Não era o velho escritório de seu pai, com lambris de nogueira, a lareira de 3,5 metros e escadas deslizantes, mas daria para o gasto e serviria muito bem. Uma grande porta tipo alçapão, nos fundos, lhe permitira trazer um novo freezer horizontal outro dia, e ele se encaminhou para lá.

A agente Patel estava dormindo pacificamente dentro dele. Ainda aparentava ser a mesma pessoa, mas tinha ficado bastante rígida, o que parecia muito adequado. Quando viva ela costumava ser assim também.

– Pronta para uma mudança de cenário, querida?

Tirou-a lá de dentro e colocou-a num pedaço de plástico com quase meio centímetro de espessura, para que o corpo descongelasse enquanto ele cuidava das outras coisas. Isso o fez lembrar-se de sua mãe não muito querida mas bastante falecida, Miriam: o modo como ela costumava deixar uma bandeja de costeletas de porco ou um contrafilé congelados na bancada da cozinha de manhã, para que estivessem em condições de ser preparados para o jantar daquela noite. Não podia dizer que a velha nunca havia lhe ensinado algo útil.

Em seguida dedicou-se às paredes. Dezenas de fotos novas estavam grudadas ao lado das antigas, resultado de vários dias exaustivos de vigilância intensiva dos movimentos de Cross. Não tinha sido a parte mais estimulante do processo até agora, mas com certeza dera resultado.

Ali estavam Alex Cross e John Sampson trabalhando no local daquele caso novo, maravilhosamente confuso, da Franklin Square.

E aqui estava Alex com seu filho Ali e a mãe, Christine, que parecia ter adicionado bastante dramaticidade à situação.

Tudo foi retirado agora – cada foto, cada mapa, cada recorte que ele havia coletado desde sua chegada a Washington. Nada daquilo era mais necessário. Ele havia memorizado tudo. Além disso, agora era hora de parar de pensar nos detalhes e começar a agir de verdade!

Algum tempo antes, Kyle sabia, ele desejaria – não, ele *precisaria* – ter cada pormenor mapeado. Mas isso fazia parte do passado. Agora suas opções simplesmente pairavam à sua frente, como frutas esperando para serem colhidas.

Talvez o último capítulo fosse mais ou menos assim: Alex acorda no piso do banheiro, com a faca ainda na mão. Levanta-se, desorientado, vai tropeçando até o quarto e encontra Bree estripada na cama dos dois. Quando corre para ver os filhos, eles estão na mesma situação. A avó também. Alex não consegue se lembrar de nada, nem de como chegou em casa naquela noite. Após um salto temporal de um ou dois anos, ele está aprendendo tudo sobre o inferno que é a penitenciária de segurança máxima, apodrecendo em sua própria inocência enquanto as paredes se apertam ao seu redor, um pouco mais a cada dia.

Ou não.

Talvez ele apagasse Alex em definitivo, de uma vez por todas. A boa e velha tortura com assassinato, para não mencionar a oportunidade de ver de fato a morte de Cross, também tinha um grande apelo.

Nesse meio-tempo, não havia pressa para decidir qual seria a melhor opção. Por enquanto, seu único serviço era respirar o ar de Max Siegel, ficar aberto às possibilidades e se concentrar no que estava bem à sua frente.

E, nesse momento, era a agente Patel.

Quando voltou para verificar, ela estava começando a amolecer nas extremidades. Muito bem. Quando o corpo começasse a exalar algum odor, ele se livraria dela.

– Foi divertido enquanto durou, colega – disse, inclinando-se para lhe dar um casto beijo de adeus nos lábios. Depois enrolou a convidada prestes a partir num saco branco para cadáveres e fechou o zíper para transportá-la.

capítulo 67

OUTRO INÍCIO DE MANHÃ e outro telefonema de Sampson. Desta vez eu ainda nem havia saído da cama.

– Escute, benzinho, sei que você teve uma noite infernal lá naquela via expressa, mas achei que gostaria de saber. Encontramos outro corpo no caso dos números.

– Momento perfeito – respondi, ainda deitado de costas com o braço de Bree jogado em cima do meu peito.

– É, acho que ninguém está recebendo os meus memorandos sobre isso. Escute, eu posso cobrir o crime se você precisar de uma folga.

– Onde você está?

– No terminal rodoviário atrás da Union Station. Mas, sério, você parece estar com uma ressaca horrorosa, Alex. Por que não fica aí e esquece que eu liguei?

– Não. – Cada parte de mim queria ficar grudada àquele colchão, porém a gente só tem uma chance de ver pela primeira vez uma cena de crime. – Chego o mais rápido possível.

Bree agarrou meu braço quando me sentei e pus os pés no chão.

– Meu Deus, Alex, que horas...? Ainda é muito cedo. O que está acontecendo?

– Desculpe acordar você – respondi, e me inclinei para trás o suficiente para lhe dar um beijo de bom-dia. – Aliás, mal posso esperar para a gente se casar, sabia?

– Ah, é? E como nosso casamento vai mudar essa situação?

– Não vai. Só que mal posso esperar.

Ela sorriu e, mesmo na semiescuridão, era uma coisa linda de se ver. Nenhuma mulher que eu conheci jamais conseguiu ser tão bonita quanto ela de manhã cedo. Ou tão sensual. Precisei me levantar depressa, antes que começasse algo que não poderia terminar.

– Quer que eu vá com você? – perguntou ela, meio grogue, mas agora se apoiando num cotovelo.

– Não, obrigado. Pode deixar comigo. Mas se você puder levar as crianças à escola...

– Combinado. Mais alguma coisa?

– Uma rapidinha antes de eu ir embora?

– Fica para a próxima – disse ela. – Sampson está esperando. Agora vá, antes que nós dois façamos algo de que *não* vamos nos arrepender.

Alguns minutos depois eu estava fora de casa e tive de acalmar com gestos o pessoal da segurança no quintal, quando eles me viram passar pela porta. Fazia apenas algumas horas que eu havia chegado me arrastando na direção oposta.

– Olá, pessoal. Regina já vai se levantar – disse eu. – Daqui a pouco chega um café para vocês.

– Com biscoito? – perguntou um deles.

– Não duvido – respondi, rindo.

Aquilo estava fugindo do controle. Eu costumava sair de casa mais cedo do que a maior parte das pessoas, mas antes que Nana Mama ao menos chegasse à cozinha e começasse as tarefas do dia já era um pouco de exagero.

capítulo 68

TODOS OS ÔNIBUS DOS PRIMEIROS horários da manhã estavam enfileirados na rua do lado de fora da Union Station quando cheguei.

Sampson já havia isolado os fundos do terminal e havia guardas de trânsito com coletes laranja em toda parte indicando para onde as pessoas deviam ir. Mais uma dor de cabeça colossal, mas pelo menos não era minha.

Parei ali e subi em direção ao gigantesco andar principal do estacionamento. Sampson estava me esperando com um café grande em cada uma das mãos.

– Estou odiando este caso, benzinho. Odiando de verdade – disse ele, entregando-me o combustível matinal.

Fomos para a parte de trás, onde eu podia ver uma fila de grandes caçambas de lixo marrons encostadas na parede que ficava na Rua H. Só uma delas estava aberta.

– Desta vez a pessoa está nua – informou Sampson. – E todos os números estão nas costas. Você vai ver. Além disso, parece que ela foi esfaqueada, não morta a pancadas. No geral, é uma cena bem feia.

– Certo – respondi. – Vamos ver o que temos aí. – Calcei minhas luvas e fui examinar os danos.

Ela encontrava-se virada de bruços em cima dos detritos – na maior parte, sacos de lixo do terminal. Os números estavam entalhados em sua pele em duas fileiras paralelas dos dois lados da coluna. Mas não era uma equação. Era outra coisa.

N38° 55'46.1958"

O94°40'3.5256"

– São coordenadas de GPS? – perguntei.

– Se forem, seria curioso ver para onde elas apontam – disse Sampson. – Esse cara está evoluindo, Alex.

– Alguém mexeu no corpo?

– A perícia ainda não chegou. Não sei por que a demora, mas acho que não deveríamos esperar mais.

– Concordo. Que modo de começar o dia! Me dê uma mão aqui.

Nós dois respiramos fundo e entramos na lixeira. Era difícil nos movimentarmos com os sacos se mexendo embaixo dos nossos pés e mais ainda manter a cena inalterada. Pegamos a vítima o mais rápido que pudemos e a viramos gentilmente.

O que vi me fez cair de bunda na mesma hora. Inclinei-me por cima da borda da lixeira e, pela primeira vez em muito tempo, quase coloquei para fora tudo o que tinha no estômago.

Sampson estava bem ali, junto de mim.

– Alex, você está bem? O que foi?

O gosto de metal enchia minha boca; fiquei tonto com a descarga de adrenalina, por ter sido apanhado tão desprevenido.

– Ela é uma agente, John. Do FBI. Lembra-se? Do caso DCAK. É Anjali Patel.

capítulo 69

POBRE ANJALI.

E que bosta! Como isso aconteceu? Como diabos pôde acontecer?

Há algo inevitável quando se conhece a vítima de um homicídio, em especial de um assassinato tão brutal. Perguntas desagradáveis ficavam lutando para vir à tona: será que Anjali viu o que ia acontecer? Será que sofreu muito? Será que tudo acabou rápido?

Tentei me lembrar de que qualquer trabalho de precisão com a faca teria de ser posterior à morte, mas esse pensamento era pouco reconfortante no momento. Além disso, o melhor que eu poderia fazer por Patel era me concentrar no serviço e na cena de crime com o máximo de objetividade possível em circunstâncias tão abomináveis.

Liguei para o escritório da perícia na mesma hora. Queria garantir que Porter Henning fosse designado para o caso e também gostaria de descobrir por que cargas-d'água estavam demorando tanto. Já deveriam ter chegado. Droga, *eu* tinha chegado.

Sampson anotou os números que encontramos nas costas de Anjali e os jogou em seu BlackBerry para ver o que poderia descobrir sobre eles de imediato.

Quando terminei de falar com Porter, que se encontrava preso no trânsito na Eisenhower Freeway, John me chamou para ver algo.

Não sei, Alex. Isso é bastante aleatório. – Ele virou a tela para me mostrar o mapa que havia baixado. – É um endereço em Overland Park, Kansas. Este caso está ficando cada vez mais estranho. Talvez seja algum tipo de fórmula matemática, afinal de contas.

– Que tal uma busca reversa pelo endereço?

– Estou fazendo isso. – Mas era uma coisa vagarosa, com aquelas mãos que mais pareciam patas de animal no teclado minúsculo. Por isso Sampson quase nunca passa mensagens de texto para ninguém.

– Pronto, consegui. É um restaurante – disse ele. – Churrascaria Obra-prima do KC?

Sampson estava balançando a cabeça como se aquilo não pudesse estar correto, mas o nome me acertou como uma flecha. Isso deve ter ficado estampado na minha cara, porque ele balançou a mão diante dos meus olhos.

– Alex? Onde você está?

Meus punhos haviam se apertado. Eu queria dar um soco em alguma coisa. Queria muito.

– Claro – falei. – É exatamente assim que o filho da puta age.

– É assim que *quem* age? Do que você está...?

Mas então ele entendeu.

– Ah, meu Deus!

Agora tudo fazia sentido, do pior modo possível. Havia a referência ao *fuzil Alex* na noite anterior e agora isto: *obra-prima do KC.*

A obra-prima de Kyle Craig.

Ele já fizera isso antes: já deixara pistas numa cena de crime, sempre destinadas a lhe dar o crédito devido. Aquelas duas mortes eram referências aos meus casos abertos – o assassinato de Tambour no estilo do atirador, ou dos atiradores, de elite, e os números gravados com tanta brutalidade na pele de Anjali Patel.

Era óbvio que Kyle havia matado os dois. Ou mandado alguém matar.

Então, com uma espécie terrível de choque retardado, lembrei-me de outra coisa: Bronson James, o Pop-Pop, meu jovem paciente. Ele havia levado um tiro quando tentava assaltar uma loja, um lugar chamado Cross Country Liquors. Claro. Por que só agora isso tinha me ocorrido?

Tudo se encaixava: o mundo caía outra vez na minha cabeça. Kyle estava me rodeando e chegando mais perto, provocando o máximo de destruição possível no caminho. E isso não era simplesmente uma selvageria irracional. Era algo muito mais específico e, a não ser que eu estivesse enganado, muito mais pessoal.

Tudo fazia parte de meu castigo por tê-lo apanhado na primeira vez.

capítulo 70

TELEFONEI DE NOVO PARA Rakeem Powell e pedi que a segurança na minha casa passasse a ser feita 24 horas por dia. Pegaria um empréstimo se fosse necessário; no momento não estava preocupado com os custos. Não podia ter certeza de qual era o objetivo final de Kyle, mas não iria esperar que ele me atacasse mais uma vez.

Passei a maior parte do dia no Edifício Hoover. Com a morte súbita de Anjali, o lugar parecia um velório, a não ser no Centro de Operações de Informações Estratégicas, que estava agitado como um pregão da bolsa de valores.

O próprio diretor do FBI, Ron Burns, disponibilizou para nós sua sala de operações e a caçada humana a Kyle Craig voltou com força total. O caso não era pessoal somente para mim. Craig já era o maior escândalo interno dos mais de 100 anos de história do Bureau. E agora havia matado outra agente, talvez para se vingar do FBI também.

Todos os lugares às mesas do Centro de Operações estavam ocupados. As cinco telas principais na frente da sala mostravam imagens e vídeos antigos de Kyle, além de mapas nacionais e internacionais com marcadores eletrônicos para suas vítimas conhecidas, pessoas associadas e movimentos no passado.

Ficamos conectados o dia inteiro com Denver, Nova York, Chicago, Paris – todos os lugares onde Kyle teria morado desde a fuga da penitenciária de segurança máxima de Florence. E todos os escritórios de campo do país estavam em alerta máximo.

Mesmo assim, com tudo isso, precisávamos aceitar o fato de que ninguém fazia ideia de onde Kyle estava.

– Não sei o que dizer, Alex – falou Burns, andando de um lado para o outro. Tínhamos acabado de encerrar uma maratona de teleconferências. – Não temos nada de útil, nenhuma prova concreta de que Kyle matou Tambour ou Patel, ou mesmo de que esteve em Washington. E não encontramos nada naquela Beretta que você pegou no depósito de provas, por sinal.

A arma da qual ele falava era a que Bronson James havia usado na tentativa de assalto. Minha ideia original era que Pop-Pop a havia conseguido com algum membro de gangue, mas Kyle Craig poderia facilmente ter posto a arma na mão dele. Eu sabia que Kyle gostava de Berettas e ele sabia que eu sabia.

– *Eu* sou a prova – respondi. – Ele telefonou para mim. Fez ameaças. O sujeito está obcecado comigo, Ron. Na mente dele eu sou o único que já o derrotou e ele é competitivo ao extremo.

– E os tais discípulos dele? Só para a gente pensar nisso também. – Burns estava se dirigindo principalmente a mim, mas inclusive a uma dúzia de outros agentes que tomavam notas e batucavam nas teclas de seus laptops enquanto ele falava. – O sujeito tem seguidores e alguns deles parecem dispostos a morrer seguindo suas ordens. Isso já aconteceu antes. Como podemos saber se ele não incumbiu um deles de cometer esses assassinatos?

– Porque os crimes eram direcionados a mim – respondi devagar. – Essa é a parte que Kyle desejaria fazer pessoalmente.

– Mesmo assim. – Burns parou de andar e se sentou. – Estamos nos afastando do ponto aqui. Quer Craig tenha cometido os assassinatos ou não, o que temos a fazer é quase a mesma coisa. Continuar investigando as cenas dos crimes. Garantir que nosso radar esteja funcionando e que nosso pessoal esteja o mais preparado possível na próxima vez em que ele atacar.

– Isso não basta. Que merda! – gritei, empurrando minhas anotações para fora da mesa e, junto com elas, os papéis de algumas outras pessoas. Lamentei imediatamente. – Desculpem. Desculpem.

Burns se abaixou perto de onde eu estava catando os papéis e estendeu a mão para me ajudar a levantar.

– Faça uma pausa. Vá jantar. Não há mais nada que possa ser feito neste exato momento.

Gostasse eu ou não, ele estava certo. Eu estava exausto e meio sem graça, e definitivamente precisava passar um tempo em casa. Assim que peguei minhas coisas, saí.

Enquanto esperava o elevador, senti meu telefone vibrar pela enésima vez naquele dia. Fora um jorro constante de telefonemas da Polícia Metropolitana, de Sampson, Bree, Nana...

Mas desta vez, quando olhei o identificador, dizia apenas: "Um Amigo".

– Alex Cross – respondi, já voltando para o Centro de Operações.

– Olá, Alex – disse Kyle Craig. – Estamos agora bem no meio do agito, não é?

capítulo 71

– O TELEFONE QUE ESTOU USANDO é criptografado, então nem se dê o trabalho de tentar nada – continuou Kyle. – Agora, se tudo estiver saindo de acordo com o que planejei, você está bem no olho do furacão. Certo? E não me ponha no viva-voz, senão vou desligar.

Cheguei à sala de reuniões gesticulando feito um maluco para que soubessem que algo estava acontecendo. Agentes começaram a andar de um lado para outro, ainda que não houvesse muito que pudessem fazer. Eu não tinha dúvida de que Kyle dizia a verdade sobre o aparelho criptografado.

Alguém me entregou um bloco de anotações e uma caneta e Burns se sentou com o ouvido perto do meu celular, até que um assistente apareceu com um laptop. Ele ocupou o lugar do diretor e começou a transcrever o máximo que conseguiu ouvir.

– Você matou Anjali Patel e Nelson Tambour, não foi, Kyle?

– Devo dizer que sim.

– E quanto a Bronson James? Você fez aquilo também?

– Era um garotinho admirável, não? E, da última vez que verifiquei, não passava de um vegetal.

Na vez anterior, meu grande erro fora perder as estribeiras durante a caçada a Kyle. Estava decidido a não permitir que isso acontecesse de novo, mas meu coração martelava com o máximo de ódio que já senti por alguém na vida.

– Está vendo toda a destruição que *você* está criando? – continuou ele. – Como essas pessoas estariam melhores se você simplesmente não existisse?

– O que vejo é um homem com uma obsessão por mim – respondi.

– Não é verdade. Acho você fascinante, em especial tratando-se de um negro. Se não achasse, você já estaria morto agora, e Tambour, Patel e o pequenino Bronson James estariam todos pensando no que comeriam no café de amanhã. Na verdade, esse é um grande elogio. Não existem muitas pessoas dignas do meu tempo.

Sua voz parecia quase... brincalhona? Ele parecia estar especialmente bem-humorado. Acho que matar fazia isso por ele. Além do mais, Kyle adorava falar sobre si mesmo.

– Posso lhe fazer uma pergunta? – questionei.

– *Interessante.* Em geral você não pede permissão. Vá em frente, Alex.

– Estou curioso sobre o modo como você matou Tambour e Patel. Você não costuma imitar ninguém...

– Não – respondeu ele de imediato. – Na maioria das vezes é o contrário, não é?

– Mas foi o que você fez. Duas vezes.

– E qual é a sua pergunta, Alex?

– Você esteve em contato com eles? Com os assassinos originais? Eles são *seus*, Kyle?

Ele pensou por um segundo, talvez tentando prolongar o momento. Ou quem sabe bolando uma mentira?

– Não estive, e eles não são meus – respondeu enfim. – Esse tal de Patriota é meio sem graça para mim. Mas o outro, o dos números? É muito mais interessante. Admito, não me desagradaria um pequeno encontro com ele.

– Isso quer dizer que você não sabe quem são eles.

Houve outra pausa longa. Então Kyle gargalhou, com um entusiasmo que eu jamais vira nele.

– Alex Cross, *você está me pedindo conselhos*?

– Você era um bom agente. Lembra? Costumava me aconselhar.

– Claro que lembro. Aqueles anos ficaram em segundo lugar no ranking de pior época da vida. O primeiro foi o tempo que passei naquela suposta penitenciária de segurança máxima em Florence, e por ele devo agradecer a você. – Ele parou e escutei outra respiração longa e lenta. – O que também nos leva a completar um ciclo, não é?

– É – respondi. – Toda a sua vida parece dedicada a se vingar de mim por causa disso.

– É por aí.

– Então por que todas essas voltas, todos esses jogos, Kyle? O que você está esperando?

– A inspiração certa, acho – disse ele sem qualquer traço de ironia. – Esta é a beleza da criação e da imaginação. Manter a mente aberta ao que acontecer. Quanto mais experiente o artista, mais ele se torna capaz de reagir ao momento.

– Então agora você é um artista?

– Acho que sempre fui. Só estou ficando melhor. Seria ridículo parar enquanto me encontro no auge. Mas vou dizer uma coisa, meu amigo.

– O quê?

– Quando o fim chegar, acredite, nós dois vamos saber.

PARTE QUATRO

ALVO FINAL, ESTRATÉGIAS FINAIS

capítulo 72

ENQUANTO SAÍA DE WASHINGTON no velho Suburban branco naquela manhã, Denny tinha visto pelo retrovisor lateral vestígios de vapor saindo do escapamento, mas não deu muita bola. Com um carro velho como aquele, não podia se incomodar com cada soluço mecânico que surgisse.

Agora, a três horas e meia de casa, o soluço havia se transformado em algo mais parecido com um chocalho da morte. Havia um ruído familiar e seco vindo do motor.

Quando pararam no acostamento da Rodovia 70, Mitch levantou o olhar da *Playboy* que havia apanhado na banca na última parada.

– O que aconteceu, Denny? Esse barulho não parece normal.

– Não está ouvindo a gaxeta do cabeçote indo embora? – perguntou Denny. Era incrível como Mitch podia ser tão observador com um fuzil na mão e tão tapado com relação a praticamente todo o resto.

Uma rápida verificação embaixo do capô deixou claro o que Denny já sabia, mas ele esperou até estarem chacoalhando de volta à estrada para falar com Mitch.

– Bom, não precisa surtar, malandro, mas o velho ônibus mágico não vai retornar a Washington. Acho que vamos ter que nos livrar dele.

O rosto de Mitch se iluminou como o de um menininho.

– Sei onde a gente pode fazer isso! Eu caçava por aqui o tempo todo. É o lugar perfeito, Denny. Ninguém nunca vai lá.

– Estou pensando em deixá-lo no estacionamento mensal do aeroporto e dar o fora – disse Denny. – Quando alguém descobrir que a gente não vai voltar...

Mas Mitch não concordava.

– Qual é, Denny. *Por favor!* – Agora ele estava sentado de lado no banco e puxando a manga de Denny como um pivete. – Vamos... afogar esse bagulho, cara. A gente se livra dele de uma vez por todas.

Denny não deveria estar surpreso. Mitch vinha ficando cada vez mais paranoico com o Suburban desde a blitz na última viagem. Aquilo estava ficando chato demais... e depressa demais.

No entanto, Denny percebeu que ao mesmo tempo podia ser uma chance de acalmar Mitch um pouco. Ele precisava de seu garoto concentrado e a longo prazo isso poderia valer a pena.

– Tá, tudo bem – disse enfim. – Podemos desovar a maior parte dessa coisa. É lixo, afinal. O restante, podemos levar. Depois vamos fazer o que qualquer outro patriota americano que se dá ao respeito faria.

Mitch estava rindo para ele de orelha a orelha.

– O que, Denny?

– Subir de nível, malandro. Já fez ligação direta num veículo?

capítulo 73

QUANDO TERMINARAM DE FAZER a ligação direta, eles pararam para se lavar no banheiro de um posto de gasolina e roubaram um buquê de tulipas de um balde do lado de fora da loja de conveniência. Denny gostaria que eles estivessem usando gravatas também, mas estava ficando tarde.

De fato, já havia escurecido quando enfim pararam diante da casinha estilo Cape Cod no Bulevar Central em Brick Township. Era uma rua calma, com árvores grandes se arqueando dos dois lados para se encontrarem no meio, e dava para sentir a maresia na brisa.

– Você foi criado aqui? – perguntou Denny, olhando em volta. – Cara, por que você quis ir embora?

Mitch deu de ombros.

– Não sei, Denny. Só fui.

Quando chegaram à porta da frente, Denny desatarraxou a lâmpada da varanda e tocou a campainha. Uma mulher de meia-idade veio atender. Tinha a mesma corpulência e o mesmo rosto redondo de Mitch, e franziu os olhos na escuridão, tentando ver quem era.

– É o... Mitchell?

– Oi, mãe.

O pano de prato caiu da mão dela.

– Mitchell! – No segundo seguinte ela estava puxando-o para dentro e envolvendo-o com os braços gordos e flácidos. – Senhor, Senhor, trouxestes meu menino para uma visita ao lar. *Obrigada!*

– Corta essa, mãe. – Mitch se contorceu sob os beijos, mas estava sorrindo quando se desvencilhou dela com as tulipas meio esmagadas na mão. – Esse é o Denny – anunciou.

– Prazer em conhecê-la, senhora – disse Denny. – Lamento muito aparecermos desse jeito. Deveríamos ter avisado antes. Sei que deveríamos.

Bernice Talley descartou o pedido de desculpas abanando a mão no ar como se estivesse espantando uma mosca.

– Nem pense em dizer isso de novo. Entrem, entrem.

Ela entrou em casa atrás de Denny e, quando se virou para fechar a porta, seu olhar se fixou no Lexus ES parado junto ao meio-fio. Mas tudo o que disse foi:

– Aposto que estão com fome, rapazes.

– É, mãe – respondeu Mitch.

– Mitch está sempre com fome – disse Denny, e Bernice riu como se soubesse que era verdade. O lado direito do seu quadril se deslocava muito para cima quando ela andava, mas a mulher passou mancando direto pela bengala pendurada numa maçaneta do corredor.

– Mitchell, ofereça alguma coisa para o seu amigo beber. Vou ver o que tem na geladeira.

Denny ficou para trás enquanto passavam pela sala de estar. Todas as peças da mobília combinavam entre si, contudo eram velhas, do tipo que cabe no orçamento de um idoso. Ele poderia imaginar seu próprio pai naquele lugar tentando vender aspiradores de pó, facas ou o que quer que estivesse pagando suas garrafas de uísque na época. Mas ele não devia ser bom nisso. O filho da puta nunca bebia nada de boa qualidade.

Numa mesinha lateral a Sra. Talley tinha três porta-retratos com molduras douradas, arrumados numa linha curva perfeita. Um deles tinha uma imagem de Jesus, com os olhos erguidos para Deus. Outro continha uma foto de Mitch, parecendo jovem e pateta em seu terno e gravata. E o terceiro guardava uma fotografia militar de um negro de meia-idade, com o uniforme completo que contava com um belo mostruário de condecorações no peito.

Denny entrou na cozinha, onde a Sra. Talley estava se mantendo ocupada enquanto Mitch se sentava à velha mesa de fórmica com duas cervejas abertas à frente.

– Ei, aquele ali na foto é o Sr. Talley? – perguntou.

A velha parou abruptamente. Sua mão se dirigiu até o lado ruim do quadril, mas, antes de chegar até ele, ela interrompeu o movimento e abriu a geladeira.

– Perdemos o Sr. Talley há dois anos – respondeu ela sem olhar para eles. – Que Deus o tenha.

– Sinto muito, de verdade – disse Denny. – Então a senhora mora aqui sozinha, é? – Ele sabia que estava sendo um sacana, mas não podia evitar.

Ela confundiu isso com preocupação.

– Ah, mas eu estou bem. Tem um garoto que corta a grama e tira a neve, e meu vizinho Samuel sempre me ajuda quando eu preciso pegar alguma coisa pesada.

– Bom, desculpe ter puxado esse assunto, Sra. Talley. Eu não queria...

– Não, não. – Ela abanou a mão no ar de novo. – Não tem problema nenhum. Ele era um bom homem.

– Um bom homem que deixou um ótimo filho – acrescentou Denny.

O rosto da Sra. Talley se abriu num sorriso.

– Não precisa nem dizer – concordou ela, passando a mão sobre o ombro largo de Mitch enquanto ia da geladeira até a bancada com um saco de cebolas.

Denny podia ver que, embaixo da mesa, o joelho de Mitch estava começando a se balançar loucamente.

capítulo 74

MESMO SEM SABER QUE TERIA visitas, Bernice Talley conseguiu improvisar uma rápida sopa de mariscos, que serviu com um pão de boa qualidade, salada e algumas batatas recheadas de manteiga, creme azedo e até presunto canadense feitas no micro-ondas. Era o melhor jantar que Denny havia comido desde o começo daquilo tudo, passando a noite em abrigos e naquela porcaria de Suburban, de que estava feliz por ter se livrado. Encheu a pança, contente, enquanto a Sra. Talley conversava sobre pessoas de quem ele nunca ouvira falar. Mitch praticamente só ouvia.

Por fim, depois de repetir o sorvete de baunilha com montes de cobertura de chocolate, Denny empurrou a cadeira para trás e esticou os braços e as pernas.

– Minha senhora, isso foi espetacular – disse.

A Sra. Talley sorriu, satisfeita.

– Espere até experimentar minhas panquecas.

– Não vamos passar a noite, mãe – disse Mitch, prestando mais atenção à tigela de sorvete do que a ela.

A fisionomia da senhora mudou de imediato.

– Como assim? Aonde vocês vão às nove e meia da noite?

– Nós estávamos voltando de um congresso em Nova York – interveio Denny rapidamente. – Mitch achou que seria bom fazer uma visita, mas precisamos chegar a Cleveland até amanhã de manhã. Vamos viajar a noite toda só para estar a tempo no trabalho.

– Sei – disse ela baixinho, mas era difícil não perceber o sofrimento na voz.

– Quer saber de uma coisa? – Denny se levantou e começou a retirar os pratos. – Por que vocês dois não vão conversar um pouco na sala? Eu cuido disto aqui.

– Não, não – começou ela, mas Denny acabou conseguindo tirá-la da cozinha.

Quando ela saiu, ele calçou as luvas de látex amarelas dela e lavou todos os pratos. Limpou a pia, a bancada, a mesa, a geladeira e jogou fora as duas garrafas de cerveja que tinham bebido. Depois enfiou as luvas no bolso.

Meia hora mais tarde, ele e Mitch estavam saindo pela calçada da frente.

– Uma senhora simpática, gentil, grande cozinheira – afirmou Denny. – Uma pena a gente não poder ficar mais.

– Tudo bem. Temos o que fazer em Washington.

Denny deu-lhe um soco de leve ao ouvir isso. Parecia que Mitch estava se concentrando de novo, voltando ao seu antigo eu.

Assim que chegaram ao meio-fio, Denny parou de repente e estalou os dedos.

– Espere aí. Deixei minha carteira na bancada. Já volto.

– Eu pego – disse Mitch, mas Denny levantou a mão para impedi-lo.

– Nada disso, Mitchie. Você viu a cara da sua mãe. Não vai querer que ela chore de novo, vai?

– Acho que não.

– Claro que não. Agora entre no carro e não saia de lá. Eu volto num instante.

capítulo 75

EU ESTAVA FICANDO EM CASA o máximo possível, inclusive o tempo que deveria passar no escritório. Juntando Kyle Craig, o atirador Patriota e esses novos homicídios dos números, o sótão estava mais atulhado de coisas do trabalho do que nunca. Isso significava um monte de fotos das cenas de crime, por isso eu disse às crianças que era proibido entrar ali por enquanto, o que explicou o telefonema que recebi de Jannie naquela tarde.

– Alô, Alex, aqui é Janelle, a Exilada, ligando das terras longínquas do segundo andar.

Minha filha sempre foi muito espirituosa. Eu simplesmente tento ficar à altura.

– Saudações, ó Janelle. Como vão as coisas aí nas regiões das profundezas?

– Você tem visita, papai – disse ela, de volta à realidade. – Tem um homem chamado Sr. Siegel aí na porta. É agente do FBI.

A princípio achei que tinha ouvido mal. O que Max Siegel estaria fazendo na minha casa? A última vez que havíamos nos visto tinha sido a pior de todas.

– Papai?

– Estou descendo – respondi.

Quando cheguei ao segundo andar, Jannie ainda estava esperando ali. Desceu a escada atrás de mim, mas eu lhe disse para ficar dentro de casa.

Então saí e fechei a porta.

Siegel estava nos degraus da frente, usando calça jeans e uma jaqueta preta de motoqueiro. Além disso, tinha um capacete preto numa das mãos e um saco de papel pardo na outra.

Um dos nossos seguranças, David Brandabur, havia se posicionado na varanda, entre Max e a porta.

– Tudo bem, David – falei. – Eu o conheço.

Esperamos que David retornasse ao seu carro antes que qualquer um falasse.

– O que está fazendo aqui, Max? – perguntei.

Siegel subiu mais um degrau, apenas para que pudesse me entregar o saco. Pude ver de imediato em seu rosto que algo havia mudado.

– Eu não sabia direito do que você gosta – disse ele.

Tirei do saco uma garrafa de uísque 12 anos. Era uma espécie de oferta de paz, supus, mas quando se tratava de Siegel eu realmente não sabia o que pensar. Ele deu de ombros.

– Eu sei, eu sei. Agente Esquizofrênico, certo?

– Algo do tipo.

– Escute, Alex, sei como é trabalhar comigo. Eu levo tudo para o lado pessoal. Não deveria, mas levo. Sou muito passional. Talvez isso seja parte do que me torna bom no que eu faço, porém às vezes também posso ser um grande escroto.

Eu queria dizer: "Às vezes?", mas achei melhor ouvir o que ele tinha a dizer.

– De qualquer modo – continuou –, passei aqui para dizer que sei que você está bem atolado de trabalho e, se houver alguma coisa em que eu possa ajudar, me avise. Qualquer coisa no FBI ou até mesmo apoio na segurança aqui para a casa, alguém para fazer um turno à noite ou algo assim.

Ele olhou para meu rosto inexpressivo e enfim sorriu.

– Verdade. Sem truques. Sem babaquices.

Eu queria acreditar em Siegel. Sem dúvida isso tornaria as coisas mais fáceis. Mas meu instinto ainda era desconfiar dele. Não podia simplesmente afastar essa sensação só porque ele apareceu com uma oferta de paz.

Então a porta se abriu atrás de mim e de repente Bree estava ali.

– Tudo bem aí fora? – perguntou ela.

Siegel deu um risinho.

– Acho que minha reputação já me precedeu.

– Na verdade, temos um serviço de informações adolescente sentado na escada lá dentro – disse Bree. Ela estendeu a mão, sempre pacificadora. – Meu nome é Bree Stone.

– Detetive Stone – disse ele. – Claro. Prazer em conhecê-la. Sou Max Siegel. O pesadelo de Alex no FBI. Às vezes nós vemos as coisas de modo um pouco diferente.

– Foi o que ouvi dizer – respondeu ela, e os dois riram. Na verdade, foi meio surreal. Esse era um lado do Siegel que eu nunca tinha visto: o lado amigável, interessado em todo mundo, menos nele próprio. E parecia ter saído do nada.

– Max veio trazer isto – falei, mostrando a garrafa de uísque.

– Isso mesmo. – Siegel desceu um degrau em direção à calçada. – Bom, missão cumprida. Prazer em conhecê-la, detetive.

– Não quer ficar para um drinque? – ofereceu ela, e apertou minha mão. – O dia já está quase no fim. Tenho certeza de que todos podemos relaxar um pouco.

Não havia fingimento nisso; nós sabíamos o que ela estava tentando fazer. Siegel me olhou e deu de ombros. Era a minha vez de reagir e, honestamente, eu gostaria de ter dito não, mas parecia que acabaria criando mais problema do que o necessário.

– Entre – disse eu, abrindo caminho para ele. – *Mi casa es su casa*, Max.

Lá dentro, Jannie havia recuado até a mesa da cozinha. Nana e Ali também estavam em casa, no meio de um jogo de cartas. Era a última obsessão do Ali, mas todos pararam e levantaram a cabeça quando aparecemos.

– Pessoal, esse é o agente Siegel. Max, esses são Regina, Jannie e Ali.

Os olhos de Ali se arregalaram diante do capacete de motoqueiro e Siegel colocou-o diante dele.

– Vá em frente, baixinho. Pode experimentar.

– Tudo bem – falei ao Ali.

Peguei alguns copos e gelo e dois refrigerantes para as crianças. Nana foi abrir o armário em que guardamos os salgadinhos e biscoitos, mas balancei a cabeça dizendo que não, de uma forma que só ela visse.

– Você tem uma bela casa – disse Siegel, olhando pela janela para o quintal. – Uma paisagem linda no meio da cidade.

– Obrigado. – Entreguei-lhe uma dose pequena do uísque, depois servi uma para Bree, outra para mim e uma com água para Nana.

– Aos recomeços – disse Bree objetivamente, levantando seu copo.

– Ao verão que vem aí! – cantarolou Ali.

Siegel sorriu para ele e pôs a mão em seu ombro.

– E a esta boa família – disse ele. – É um grande prazer conhecer vocês todos.

capítulo 76

ÀS VEZES AS DESCOBERTAS num caso de assassinato vêm do nada – como um telefonema numa manhã de domingo, de um lugar que você jamais esperaria.

– Detetive Cross?

– Sim?

– Aqui é o detetive Scott Cowen, do Departamento de Polícia de Brick Township, Nova Jersey. Acho que podemos ter uma informação para o seu caso do atirador de elite.

A Polícia Metropolitana vinha recebendo literalmente centenas de dicas todas as semanas, através de uma linha telefônica especial dedicada ao caso do atirador. Mais de 99 por cento dessas dicas eram fruto da imaginação de quem ligava ou becos sem saída, mas o que quer que Cowen soubesse o havia feito passar pelo despachante. Agora ele tinha minha atenção.

Virei meu jornal de lado e comecei a escrever perto das palavras cruzadas. *Cowen. Brick Township.*

– Pode falar – disse eu.

– Ontem à tarde tiramos um Suburban branco 1992 do lago Turn Mill, aqui perto. As placas tinham sido arrancadas, o que não é nenhuma surpresa, mas não creio que quem o largou ali esperava que a gente o encontrasse, pelo menos não tão depressa. Acontece que tínhamos um show aéreo com ultraleves acontecendo no aeroporto nesse fim de semana e dois caras que passaram por cima do lago viram alguma coisa lá embaixo e ligaram avisando...

– Ah, é? – disse eu. Cowen falava sem fazer qualquer pausa para respirar.

– É, então acho que ele não podia estar na água há mais de 48 horas, porque ainda conseguimos umas digitais ótimas. Seis delas tinham 12 ou mais pontos de identificação cada, o que em teoria era ótimo, até que nenhuma delas apareceu na minha primeira passagem no banco de dados...

– Detetive, desculpe interromper, mas será que pode explicar como isso tem a ver com o meu caso?

– Bom, o negócio é o seguinte. Eu achava que estávamos em um beco sem saída aqui também, mas hoje cedo recebi um telefonema da polícia do estado. Parece que uma das seis digitais combina com a do seu desconhecido aí.

Agora estamos chegando a algum lugar. Levantei-me do sofá e fui quase correndo para o sótão. Precisava de meus gráficos e anotações imediatamente.

"Desconhecido" era mesmo a única designação que tínhamos para nosso atirador fantasma. A digital que ele havia deixado na noite do primeiro assassinato, e de novo no Memorial da Lei, fora deliberada, como um cartão de visita. Essa nova digital me parecia muito mais um passo errado e a essa altura eu adoraria um bom erro.

Imaginei se as outras digitais que havia no carro pertenceriam ao mesmo cara ou se conseguiríamos uma pista que levasse aos *dois* membros da nossa equipe de atiradores.

Por enquanto guardei esse pensamento para mim.

– Detetive Cowen de Brick Township, o senhor pode ter salvado o meu dia. Poderia me mandar tudo o que tem?

– Me dê o seu e-mail. Foi tudo escaneado e está pronto para ser enviado. Temos seis digitais inteiras, como eu disse, além de nove parciais. Foi realmente um golpe de sorte termos achado o tal veículo tão depressa...

Passei meu endereço eletrônico para ele e disse:

– Desculpe a pressa, mas estou meio ansioso para ver o que vocês conseguiram.

– Sem problema. – Ouvi-o digitar do outro lado da linha. – Pronto, acabei de mandar. Se precisar de mais alguma coisa ou se quiser vir aqui dar uma olhada, *ou qualquer outra coisa*, é só dizer.

– Pode deixar.

Na verdade, enquanto ele falava eu já havia mapeado o caminho para Brick Township, Nova Jersey, no meu laptop. Se isso fosse o que aparentava ser, eu iria me encontrar com o detetive Cowen pessoalmente antes do fim do dia, e ele e eu iríamos dar uma olhada – *ou qualquer outra coisa.*

capítulo 77

O PROBLEMA DESSAS NOVAS digitais de Nova Jersey era que eu não tinha nada com que compará-las. Nenhuma ficha criminal, pelo menos. Assim, não havia como saber se eram todas da mesma pessoa ou não.

Pensei na oferta de ajuda de Max Siegel no outro dia. Com os recursos do FBI, ele provavelmente poderia avançar mais com elas do que o detetive Cowen. Porém eu não estava pronto para lançar mão desse recurso.

Em vez disso, fiz outro pedido ao meu contato no Departamento de Investigações Criminais do Exército em Lagos, Carl Freelander. Achei melhor lidar com algo conhecido, mesmo que ele estivesse do outro lado do mundo e talvez ficando de saco cheio dos meus telefonemas.

– Duas vezes num mês, Alex? Assim vamos ter de arranjar um crachá para você. Como posso ajudá-lo?

– Enquanto isso, eu lhe devo mais uma bebida – disse eu. – E, só para constar, talvez eu esteja caçando o mesmo fantasma da outra vez, mas preciso ter certeza. Tenho mais seis digitais que quero passar no banco de dados civil. Talvez sejam todas da mesma pessoa, talvez não.

Cowen estava certo com relação à qualidade das digitais. O padrão da Polícia Metropolitana é de 13 pontos, que podem ser o lugar onde uma crista ou uma linha termina ou onde ela se cruza com outra crista ou linha. Se duas digitais tiverem 13 ou mais lugares assim, é uma combinação estatística, e eu tinha meia dúzia de imagens escaneadas de boa qualidade com as quais trabalhar.

Carl pediu que eu as mandasse e deixasse o telefone desocupado por cerca de uma hora.

Fiel à sua palavra, ele me ligou 15 minutos depois.

– Bom, tenho uma notícia boa e uma má – disse ele. – Três das seis digitais que você me mandou são de um militar. Você tem o indicador esquerdo e os dedos médios de um cara chamado Steven Hennessey, das Forças Armadas Especiais dos Estados Unidos, Destacamento Operacional Delta, de 1989 a 2002.

– Força delta? Isso é um sinal de perigo – disse eu.

– É, o cara esteve em ação no Panamá, na Tempestade no Deserto, na Somália. E saca só: comandou treinamentos de armas de longo alcance para forças terrestres em Kunduz. Para mim isso cheira muito a um atirador de elite.

Senti como se tivesse ganhado na loteria. Era quase certo que havíamos encontrado um dos nossos atiradores, e ele tinha um nome.

– Qual é o último endereço conhecido dele? – perguntei. – Sabemos onde Hennessey está agora?

– Bem, essa é a má notícia. No cemitério Cave Hill, em Louisville, Kentucky. Hennessey está morto há anos, Alex.

capítulo 78

As TRÊS HORAS E MEIA da viagem de carro até Nova Jersey passaram voando. Provavelmente porque minha mente estava a toda a velocidade o tempo inteiro. Era uma pena que eu estivesse sob tanta pressão, porque gostaria de ter visitado meu primo Jimmy Parker em seu restaurante à margem do rio Hudson, em Irvington. Meu Deus, eu precisava de uma parada e de uma boa refeição.

Talvez alguém estivesse enterrado lá em Louisville, mas eu podia apostar que não era o verdadeiro Steven Hennessey. Não com suas digitais naquele Suburban.

A questão era: quem Hennessey havia se tornado nos últimos anos? Além disso, onde ele estava agora? E o que ele e seu parceiro fantasma faziam em Nova Jersey?

Meu plano era me encontrar com o detetive Cowen no lago Turn Mill, onde o carro fora tirado da água. Queria ver o lugar enquanto o dia ainda estava claro, depois acompanhar Cowen de volta ao depósito para dar uma olhada no próprio veículo.

Mas, quando liguei para Cowen para dizer que já estava chegando, ele não atendeu.

O mesmo aconteceu quando cheguei ao ponto de encontro, na extremidade sul do lago. Fiquei irritado, mas não havia o que fazer além de sair do carro e dar uma olhada por ali.

O Turn Mill localizava-se na Área de Administração da Vida Selvagem de Collier Mills, que cobria milhares de hectares. Desse ponto, tudo o que eu podia ver eram árvores, água e a estrada de terra por onde tinha acabado de chegar.

Havia bastante privacidade para desovar um carro, pelo menos.

O terreno à beira do lago estava muito esburacado e pisoteado, provavelmente onde a polícia havia retirado o Suburban. Parecia que o veículo fora empurrado para a água da beira de uma ponte de madeira onde o lago se estreitava formando um canal.

Olhando de cima, a água parecia profunda o suficiente, mas era óbvio que não era. De qualquer modo, depois que o veículo fora jogado, não havia como voltar atrás.

Assim que captei tudo isso, voltei ao meu carro. Achei que não seria muito difícil achar a delegacia da cidade, mas foi então que vi uma radiopatrulha vindo *rápido* pela estrada.

Ela acelerou acompanhando o lago, virou para a floresta e depois voltou. Parou logo atrás de onde eu havia estacionado.

Uma policial loura uniformizada saiu da viatura e acenou enquanto eu me aproximava.

– Detetive Cross?

– Eu mesmo.

– Sou a policial Guadagno. O detetive Cowen pediu que eu o encontrasse aqui e o levasse à cidade o mais rápido possível. Houve um homicídio lá, de uma mulher chamada Bernice Talley.

Achei que ela só quisesse dizer que Cowen fora retirado do meu caso.

– Precisamos de outra pessoa para nos levar ao depósito de veículos ou você mesma pode fazer isso? – perguntei a Guadagno.

– Não – disse ela. – O senhor não entendeu. Cowen quer que o senhor vá ao local do crime. Ele acha que o assassinato da Sra. Talley pode estar relacionado.

– Com o Suburban? Com o meu caso do atirador de elite?

A policial remexeu na aba do chapéu. Parecia meio nervosa.

– Talvez com as duas coisas. Não é nada conclusivo, mas o marido dessa mesma mulher foi encontrado morto há dois anos bem ali. – Ela apontou para um trecho de floresta a uns 30 metros da margem. – Na época o legista considerou que havia sido um acidente durante uma caçada, mas até hoje ninguém se apresentou. Cowen acha que a pessoa que desovou o Suburban não veio aqui por acaso e, francamente, não temos muitos homicídios na região. Ele está dizendo que o filho, Mitchell Talley, se beneficiaria com as duas mortes.

Então ela parou, a mão na porta aberta do carro, e me olhou de modo mais direto do que antes.

– Detetive, isso pode não ser da minha conta, mas o senhor acha que esse cara pode ser o seu atirador lá de Washington? Eu estou acompanhando o caso desde que apareceu no noticiário.

Respondi cautelosamente.

– Vamos dar uma olhada no local do crime antes que eu possa dizer alguma coisa – falei.

Só que, na verdade, a resposta à pergunta dela era sim.

capítulo 79

AS VIATURAS POLICIAIS DIANTE da casa de Bernice Talley estavam paradas em fila dupla quando chegamos. Haviam posto um cordão de isolamento ao redor da casa, enquanto os vizinhos olhavam de fora. Eu não tinha dúvida de que todos iriam trancar as portas e janelas naquela noite e por muitos dias ainda.

A policial que me acompanhava me conduziu para dentro e me apresentou ao detetive Scott Cowen, que parecia comandar o espetáculo. Era um cara alto, troncudo, com uma careca brilhante que refletia a luz enquanto ele falava – e falava.

Como fez ao telefone, ele me colocou a par dos fatos com um monólogo comprido, embora bastante informativo.

A Sra. Talley fora encontrada morta no chão da cozinha pelo garoto que cortava a grama todo domingo. Havia levado um tiro à queima-roupa, na têmpora, com o que parecia ser uma 9mm. Ainda estavam tentando descobrir a hora da morte, mas teria sido nas últimas 72 horas.

Acreditava-se que a mulher morava sozinha desde que o filho, Mitchell, havia saído de casa, dois anos antes – pouco depois da morte do pai. Além disso, corriam boatos de que o velho Sr. Talley costumava espancar a esposa e que talvez batesse em Mitchell também.

– Isso poderia explicar o motivo, pelo menos, da morte do pai – acrescentou Cowen. – Quanto à razão para ele voltar aqui e matar a pobre mãe, eu gostaria muito de saber. E também, é claro, há tudo isso.

Ele me mostrou uma prateleira na sala atulhada de troféus e medalhas. Vi que eram todos prêmios de tiro – Clube de Fuzis e Pistolas de Nova Jersey, Campeonato Júnior da Associação Nacional de Armas, várias competições de 50 e 300 metros, prêmios de habilidade em tiro ao alvo. A maioria deles era de primeiro lugar, alguns de segundo e terceiro.

– O garoto é um craque – afirmou Cowen. – Uma espécie de prodígio, sei lá. Talvez também um pouco... você sabe. Estúpido.

Ele apontou para uma foto emoldurada numa das mesinhas laterais.

– Esse é ele, talvez há 10 anos. Estamos procurando algo mais recente que possamos usar.

O garoto da foto devia ter uns 16 anos. Tinha o rosto redondo, quase angelical, a não ser pela expressão opaca nos olhos e a tentativa desajeitada de manter um bigode. Era difícil imaginar alguém o levando muito a sério naquela idade.

As armas são seu poder, pensei. *Sempre foram.*

Olhei para todos aqueles troféus e prêmios. Talvez essa fosse a única coisa em que Mitchell Talley já tinha sido bom. A única coisa em sua vida que ele sabia como controlar. A julgar por aquilo tudo, parecia fazer sentido.

– Quando ele foi visto aqui pela última vez? – perguntei. – Ele costumava visitar a mãe?

Cowen deu de ombros, desculpando-se.

– Ainda não sabemos. Você pegou a gente bem no início da investigação. Nem temos digitais na casa por enquanto. Só encontramos a mãe. Você tem sorte por estar aqui.

– É, sou um cara de sorte.

Eu tinha a impressão de que o alto nível do caso do atirador de elite estava deixando as pessoas nervosas por ali também. Todo mundo parecia saber quem eu era e todos estavam me evitando.

– Não se preocupe. Vocês não estão muito longe do que eu esperaria – comentei com Cowen. – Mas tenho algumas ideias de como podemos agir daqui em diante.

capítulo 80

VÁRIAS COISAS ACONTECERAM bem rápido em Brick Township, em especial porque eu precisava disso.

Acionei meus contatos do Grupo de Informações de Campo em Washington e pedi que falassem com o coordenador do grupo em Newark. Como era domingo à noite, e como tínhamos motivo suficiente para achar que Mitchell Talley havia atravessado, ou atravessaria, fronteiras de jurisdição, conseguimos um mandado de busca temporário. Cowen teria então 48 horas para conseguir um mandado definitivo, assinado e expedido. Enquanto isso não acontecia, Newark podia avisar imediatamente às forças policiais por toda a costa leste.

A ideia inicial era deixar de fora qualquer menção a Steven Hennessey ou qualquer cúmplice. O documento especificava apenas que Mitchell Talley estava sendo procurado para interrogatório sobre as mortes de Bernice e Robert Talley. Onde quer que nossos supostos atiradores de elite estivessem, eu não queria que soubessem que havíamos conectado nenhuma dessas informações ao caso em Washington até que eu conseguisse reunir mais dados.

Cowen concordou em me dar alguma cobertura nesse sentido. Enquanto isso, coloquei seu pessoal em contato com o de Newark, na busca do suspeito. Alguém encontrou uma foto mais recente dele num álbum de fotos da mãe e a escanearam para veiculá-la num boletim de busca local e regional.

Em termos realistas, ninguém esperava que Talley estivesse na área. O esforço maior foi concentrado em pesquisar relatórios de carros roubados, monitorar eixos de transporte e rastrear fitas de vigilância em aeroportos e estações de trem e ônibus da região. Com sorte, alguém poderia conseguir uma testemunha ocular ou talvez até um trecho de vídeo relevante.

A coisa mais próxima de uma pista até agora viera de uma idosa que era vizinha da Sra. Talley. Ela vira um sedã parado na frente da casa algumas noites antes, mas não sabia dizer de que tipo era, nem de que cor, nem mesmo quanto tempo o carro ficara parado ali.

De qualquer modo, repassei a informação a Jerome Thurman, que estava rastreando pistas relacionadas a veículos desde o início do caso.

Nesse ponto, eu vinha começando a sentir que estava longe de Washington há tempo de mais. Talvez voltar à capital não estivesse nos planos de Talley e Hennessey, se é que tinham vindo de lá, para começar. Mas eu precisava presumir o contrário. Pelo que eu sabia, eles já poderiam estar na cidade planejando o próximo atentado.

No minuto em que deixei tudo combinado com o detetive Cowen, entrei no carro e fui para casa. E estava indo rápido, usando a sirene o tempo todo.

capítulo 81

ÀS OITO E MEIA DA MANHÃ seguinte Colleen Brophy saiu da Rua E e entrou no pátio da igreja, onde eu esperava do lado de fora do escritório do *True Press*. Ela estava com uma mochila volumosa nos ombros, uma braçada de jornais e um cigarro quase terminado no canto da boca.

– Ah, meu Deus – exclamou ela ao me ver. – Você de novo. O que quer agora?

– Eu não a procuraria se não fosse importante, Sra. Brophy. Sei muito bem como se sente com relação a tudo isto – respondi. Mesmo assim, depois do longo domingo na estrada, eu não estava muito no clima para a atitude dela.

A editora do *True Press* pousou sua carga de jornais e sentou-se no banco de pedra de onde eu tinha acabado de me levantar.

– Em que posso ajudá-lo? – perguntou ela, com o sarcasmo ainda intacto. – Se é que eu tenho escolha...

Mostrei-lhe a foto de Mitchell Talley.

– Já viu este homem?

– Ah, qual é? – disse ela de imediato. – Você acha que *esse* é o cara que me mandou aqueles e-mails?

– Vou interpretar isso como um sim. Obrigado. Quando foi a última vez que o viu?

Ela pegou outro cigarro, acendeu-o no anterior e só então respondeu.

– Você precisa mesmo que eu participe disso? A confiança que essas pessoas depositam em mim é muito frágil.

– Não estou atrás de um ladrão de lojas, Sra. Brophy.

– Entendo, mas é com os ladrões de lojas que estou preocupada. Muitos desses sem-teto com quem trabalho *precisam* violar a lei de vez em quando apenas para sobreviver. Se algum deles me vir falando com você...

– Esta conversa pode ser confidencial. Ninguém precisa saber dela. Quer dizer, presumindo que possamos continuar conversando. A senhora conhece esse homem?

Depois de outra pausa longa e mais algumas tragadas, ela disse:

– Acho que foi na semana passada. Eles pegaram os jornais na quarta-feira, como todos os outros.

– Eles? – perguntei.

– É. Mitch e Denny, o amigo dele. Os dois são como uma...

Então ela parou e se virou lentamente para me olhar. Parecia que tinha acabado de somar dois e dois com relação a alguma coisa. Ou talvez eu devesse dizer um e um.

– Ah, meu Deus – retomou ela. – Eles são como uma equipe. São eles, não é?

Pude sentir aquele estalo mental quando algo se encaixa. Será que tinha acabado de encontrar meu Steven Hennessey?

– Qual é o sobrenome do Denny? – perguntei a ela.

– Honestamente, não sei. Ele é branco, alto e magro. Está sempre com a barba por fazer e tem uma espécie de... – Ela balançou a mão embaixo do maxilar. – Uma espécie de queixo fundo, acho que se pode dizer assim. Ele meio que comanda o Mitch.

– E a senhora disse que eles pegam os jornais na quarta-feira?

Ela assentiu.

– Às vezes voltam para pegar mais quando vendem tudo, mas nos últimos tempos não os tenho visto. Juro. Agora sei que isso é sério.

– Acredito em você – respondi. Tudo em sua atitude havia mudado. Agora ela parecia mais triste do que qualquer coisa. – Tem alguma ideia de onde eu poderia procurar os dois?

– Por aí. Denny tem um Suburban branco e velho, que ele dirige quando consegue gasolina. Sei que eles dormem no carro às vezes. – Agora o veículo era uma pista que não daria em nada, mas não falei nada disso à Sra. Brophy.

– E você pode tentar nos abrigos. Há uma lista deles na última página do jornal. – Ela pegou um exemplar no topo da pilha e me entregou. – Nossa, eu me odeio por estar lhe dizendo tudo isso.

– Não precisa – falei e paguei um dólar pelo jornal. – A senhora está fazendo a coisa certa.

Finalmente.

capítulo 82

DEPOIS DE UM LONGO DIA percorrendo abrigos e centros de distribuição de sopa para sem-teto, eu não tinha avançado nada em relação àquela manhã. Pelo que sabia, Talley e Hennessey ainda podiam estar em Nova Jersey. Ou ter ido para o Canadá. Ou ter virado fumaça.

Mas quando voltei ao escritório para pegar algumas pastas e levar para casa, Jerome Thurman me alcançou no elevador com uma novidade.

– Alex! Está saindo?

– Estava.

– Talvez não mais.

Ele me estendeu uma folha impressa.

– Acho que podemos ter conseguido alguma coisa aqui. Pode ser boa.

Em geral, Jerome trabalha no Primeiro Distrito, mas eu havia conseguido um espaço para ele na Unidade de Roubo de Automóveis, no fim do corredor, onde ele poderia monitorar pistas sobre veículos para mim. E, quando digo "espaço", quero dizer uma pilha de caixotes na sala de arquivos nas quais ele podia apoiar o laptop, mas Jerome nunca foi de reclamar.

O que ele estava segurando era uma lista de números de placas de um banco de dados do Centro Nacional de Informações Criminais. Um deles estava circulado com tinta azul.

NJ - DCY 488.

– É um Lexus ES, supostamente roubado de um complexo de apartamentos em Colliers Mills, Nova Jersey – disse ele. – Isso fica a no máximo 5 quilômetros de onde o seu Suburban branco foi desovado.

Arrisquei um meio sorriso.

– Diga que há mais, Jerome. Há mais, não é?

– Na verdade, há a melhor parte. Uma câmera do Departamento de Trânsito registrou um veículo com a mesma placa entrando num estacionamento mensal no Aeroporto Nacional, às 4h45 da madrugada de sábado.

Esse tipo de câmera usa um software de escaneamento ótico para ler os números das placas dos carros que passam e depois os compara com listas de veículos procurados e roubados. É uma tecnologia incrível, ainda que nem todos seus problemas já tenham sido resolvidos.

– Há algum motivo para só estarmos sabendo disso agora? – perguntei. – Foi há bem mais de 48 horas. Qual foi o problema?

– O sistema do aeroporto não é em tempo real – respondeu Jerome. – É feita uma captura de dados manual uma vez por dia, de segunda a sexta. Só recebi isso há alguns minutos. Mas o importante, Alex, é que acho que os seus passarinhos voltaram para o ninho.

– É, acho que você tem razão – respondi, retornando à minha sala.

Contudo, antes mesmo de chegar à mesa, minha empolgação começou a se transformar em outra coisa. Essa era, na melhor das hipóteses, uma faca de dois gumes. Considerando a procura intensa a Talley e Hennessey, eu não podia imaginar muitos motivos para eles voltarem a Washington. Havia chances de que, se não encontrássemos pelo menos um deles logo, outra raposa no galinheiro recebesse uma bala no cérebro.

Nada mais útil do que uma pressãozinha para ajudar a gente a trabalhar melhor, não é?

capítulo 83

ERA POUCO MAIS DE MEIA-NOITE quando Denny se aproximou do Lincoln Town Car preto estacionado na Avenida Vermont e entrou. O homem que ele só conhecia como Zachary o esperava. Seu motorista/capanga anônimo de sempre estava ao volante.

– O relógio está correndo – disse Denny de imediato. – Precisamos resolver logo isso, antes que tudo venha à tona.

– Nós concordamos – respondeu Zachary. Como se a decisão fosse dele. Como se o figurão na torre de marfim, quem quer que ele fosse, não mexesse os pauzinhos, assinasse os cheques e desse as ordens.

Zachary pegou um envelope pardo no porta-volumes preso atrás do banco e entregou a ele.

– Este será nosso último acordo – informou. – Vamos lá, pegue.

Acordo. O cara era de mais.

No envelope havia dois dossiês, se é que se podia chamar assim: duas fotos, alguns parágrafos e uns mapas do Google colados em papel de rascunho, como um trabalho escolar malfeito. Onde quer que o chefão gastasse seus bilhões, com certeza não era na preparação de documentos.

Mas e quanto aos nomes nos dossiês? *Esses* eram impressionantes.

– Ora, ora – disse Denny. – Parece que o seu cara quer sair de cena com tiros de canhão. Não literalmente, foi só uma piadinha. Está incluída no preço.

Zachary empurrou seus óculos com armação de chifre mais para cima.

– Só... se concentre no material – disse.

Seria bom poder dar umas porradas nesse sujeito uma hora dessas. Nada excessivamente violento, só para ver alguma expressão na cara dele. Qualquer mudança já seria uma grande melhoria.

Mas não estava na hora de começar a vacilar. Por isso Denny manteve a boca fechada e ficou alguns minutos absorvendo as informações. Depois enfiou o envelope pardo de volta no lugar e se recostou de novo.

Agora essa parte já estava decorada. Zachary passou o braço por cima do banco, pegou a bolsa de lona com o Sr. Personalidade e a colocou no braço da poltrona. Denny pegou-a.

Pôde sentir na mesma hora que estava leve.

– Que diabo é isto? – disse e largou a bolsa de volta entre os dois.

– Isso – respondeu Zachary – é um terço do dinheiro. Você vai receber o restante depois. Desta vez vamos fazer as coisas de modo um pouco diferente.

– De jeito nenhum! – disse Denny, e num instante o motorista havia levantado e se virado por cima do banco com um gordo .45 enfiado na sua cara. Dava até para sentir o cheiro da pólvora. A arma fora usada havia pouco tempo.

– Agora escute – disse Zachary. Ou melhor, ronronou Zachary. – Você vai ser pago integralmente. A única mudança são nossos termos de entrega.

– Isso é babaquice! Vocês não deveriam estar me sacaneando agora.

– Só escute. Sua incompetência em Nova Jersey não foi apreciada, *Steven.* Agora que as autoridades sabem quem você é, isto aqui não passa de instinto de preservação empresarial. Portanto, vamos ter um final tranquilo para esta história ou não?

Não era uma pergunta de verdade, e Denny não respondeu. O que fez foi abaixar a mão e pegar de volta a bolsa de lona. Sua reação falava por si. O .45 foi tirado de sua cara e o motorista recuou, mas não se virou.

– Viu o carro parado atrás de nós? – perguntou Zachary baixinho, como se estivessem sentados batendo um papo amigável o tempo todo.

Sim, Denny tinha visto uma velha perua Subaru azul com placa da Virgínia. Seu radar de observador não era algo que ele ligasse ou desligasse quando quisesse.

– O que é que tem?

– Vocês precisam sair da cidade. Estão expostos demais aqui. Leve o Mitch para algum lugar discreto: Virgínia Ocidental ou onde você achar melhor.

– Assim? E o que vou dizer a ele? Ele já está fazendo perguntas de mais.

– Tenho certeza de que você vai pensar em alguma coisa. E leve isto. – Zachary entregou-lhe um celular Nokia prateado, supostamente criptografado. – Mantenha-o desligado, mas verifique pelo menos a cada seis horas. E esteja pronto para agir quando nós mandarmos.

– Só por curiosidade – disse Denny. – Que merda de "nós" é essa, afinal? *Você* ao menos sabe para quem está trabalhando?

Zachary passou a mão pela frente dele e abriu a porta do carro. A conversa estava encerrada.

– Esse é o seu grande pagamento, Denny – disse ele. – Não estrague tudo. E também não cometa mais nenhum erro.

capítulo 84

NO SEGUNDO DIA PERCORRENDO os abrigos de sem-teto eu fiz o que já deveria ter feito e acionei mais gente da minha equipe, inclusive Sampson. Até cobrei aquele favor de Max Siegel, para ver se ele poderia contribuir com qualquer pessoa.

Max me surpreendeu aparecendo com dois jovens assistentes ansiosos. Nós dividimos a lista e concordamos em nos encontrar no fim do dia para verificar a hora da distribuição de comida e a entrada noturna num dos abrigos maiores.

Às cinco da tarde estávamos todos no Lindholm Family Services quando eles abriram as portas para o jantar. O lugar servia mais de mil refeições por dia para uma clientela que era tudo o que você poderia esperar e mais alguma coisa.

Havia famílias com crianças e pessoas que falavam sozinhas, além de gente que parecia ter acabado de sair de algum escritório, todas comendo lado a lado em longas mesas do refeitório.

A primeira hora foi mais ou menos uma repetição frustrante do dia anterior. Ninguém que se dispusera a me dar atenção reconheceu a foto de Mitch ou a velha imagem de Steven Hennessey, vulgo Denny, que eu havia conseguido. E algumas pessoas simplesmente não falavam com a polícia.

Um cara, em particular, parecia viver num mundo próprio. Estava sentado na ponta de uma mesa, longe de todos, com a bandeja equilibrada no canto. Murmurava consigo mesmo quando me aproximei.

– Eu poderia falar com você um segundo? – perguntei.

Seus lábios pararam de se mexer, mas ele não levantou os olhos, por isso segurei a foto baixo, onde ele pudesse ver.

– Estamos tentando falar com esse cara, Mitch Talley. Morreu alguém da família dele e ele precisa ser avisado. Você o viu?

Esse é o tipo de meia-verdade com o qual a gente às vezes precisa se sentir confortável para conseguir agir. Hoje, também, estávamos todos usando roupas casuais. Paletós e gravatas podem ser contraproducentes num lugar assim.

O sujeito balançou a cabeça.

– Não – disse depressa demais. – Não. Desculpe. Não o vi. – Ele tinha um sotaque forte que parecia ser da Europa oriental.

– Dê mais uma olhada – pedi. – O nome dele é Mitch Talley. Costuma andar com um cara chamado Denny. Isso o faz lembrar alguma coisa? Sua ajuda seria muito bem-vinda.

Ele olhou por um pouco mais de tempo e passou a mão distraidamente pela barba grisalha, que da metade para baixo era toda embolada, formando dreadlocks.

– Não – repetiu ele, sem ao menos levantar a cabeça. – Desculpe. Não o conheço.

Não pressionei.

– Certo. Vou dar uma volta por aí, para o caso de você pensar em alguma coisa.

Assim que me afastei ele voltou a murmurar de imediato e, seguindo uma intuição, fiquei de olho no sujeito.

Como era de se esperar, eu mal havia começado a falar com outra pessoa quando o murmurador se levantou para ir embora. Quando olhei, sua bandeja continuava lá – junto com a maior parte da comida.

– Com licença, senhor? – chamei alto o bastante para que algumas pessoas em volta dele também virassem a cabeça.

Mas ele não atendeu. Simplesmente continuou andando.

– *Senhor?*

Agora eu estava em movimento e isso atraiu a atenção de Sampson. O cara dos murmúrios estava traçando uma reta em direção à saída. Quando enfim olhou para trás, ao perceber que o estávamos seguindo, começou a correr. Passou direto pela porta dupla e chegou à Rua 2 à nossa frente.

capítulo 85

O CARA ESTAVA A MEIO CAMINHO da esquina quando Sampson e eu chegamos ao lado de fora. Ele aparentava ter 50 e poucos anos, mas pelo visto estava em boa forma.

– Droga, droga, droga...

Perseguição a pé é um saco. Simplesmente um saco. Além de todos os motivos óbvios, não é algo que você queira fazer no fim de um longo dia. Mas ali estávamos, Sampson e eu, arrebentando os pulmões pela Rua 2 atrás de um maluco.

Gritei algumas vezes para ele parar, mas estava claro que essa não era sua intenção.

O trânsito da hora do rush na Rua D estava engarrafado o bastante para ele atravessá-la com bastante facilidade.

Cruzei-a logo atrás dele, passando entre um táxi e um caminhão de uma companhia de energia, enquanto alguns caras sentados em cadeiras dobráveis do lado de fora do abrigo gritavam em nossa direção.

– Vai lá, meu chapa! Vai nessa!

– Corre, corre, corre!

Acho que não estavam falando comigo.

Ele continuou em frente e entrou no parquinho perto do Departamento do Trabalho. O parque fazia uma diagonal entre os edifícios altos, indo na direção da Avenida Indiana, mas ele não chegou tão longe.

Ali o chão era aterrado e, quando ele se esforçou para passar sobre o primeiro muro de arrimo, isso o fez diminuir a velocidade o suficiente para que eu o alcançasse. Coloquei um dos pés no muro e as duas mãos nos ombros dele e nos estatelamos num trecho de grama. Pelo menos não estávamos mais na calçada.

Na mesma hora ele começou a me arranhar, querendo se libertar, depois tentou me morder. Sampson chegou e pôs um joelho em suas costas enquanto eu me levantava.

– Senhor, pare de se mexer! – gritou John enquanto eu começava a revistá-lo rapidamente.

– Não! Não! Por favor! – gritava ele no chão. – Não fiz nada! Sou inocente!

– O que é *isto*?

Eu havia tirado uma faca do bolso lateral de seu casaco imundo. Estava enfiada num rolo de papel higiênico e tinha uma fita adesiva enrolada no cabo.

– Vocês não podem pegar isso! – disse ele. – Por favor! É minha propriedade!

– Não vou pegar – respondi. – Só estou segurando por enquanto.

Nós o ajudamos a ficar de pé e o fizemos sentar-se no muro de arrimo.

– O senhor precisa de atendimento médico? – perguntei. Sua testa estava esfolada por causa da queda. Eu me sentia um pouco mal com isso. Tremendo ali à minha frente, ele parecia meio patético. Não importava que um minuto atrás estivesse se saindo muito bem ao tentar arrancar meus dedos a mordidas.

– Não – respondeu ele. – Não.

– Tem certeza?

– Não tenho necessidade de falar com vocês. Vocês não têm motivo para me prender.

Ele falava bem nosso idioma, ainda que de forma um pouco empolada. E era óbvio que ele não era tão maluco quanto eu pensara, se bem que ainda não nos olhava.

– E quanto a isto? – perguntei, mostrando a faca. Entreguei-a a Sampson. – Olhe, o senhor simplesmente fugiu do seu jantar. Quer um cachorro-quente? Alguma coisa para beber?

– Não tenho necessidade de falar com vocês – repetiu ele.

– É, entendi. Quer uma Coca?

Ele assentiu olhando para o chão.

– Um cachorro-quente e uma Coca – disse Sampson, indo na direção das barraquinhas na Rua D. Dava para ver Siegel e os homens dele na calçada, esperando para descobrir o que havia acontecido. Pelo menos ele estava mantendo distância; essa era uma mudança bem-vinda.

– Escute – falei. – O senhor notou que não perguntei seu nome, certo? Só estou interessado no cara da foto e acho que o senhor sabe de alguma coisa que não está dizendo.

– Não – insistiu ele. – Não. Não. Sou só um homem pobre.

– Então por que saiu correndo? – perguntei.

Mas ele não quis responder e eu não podia obrigá-lo. Quanto a isso ele estava certo. Minha intuição não bastava para detê-lo.

Além do mais, havia outros modos de obter informação.

Quando Sampson voltou com o cachorro-quente, o cara comeu o sanduíche em três mordidas, engoliu o refrigerante e se levantou.

– Estou livre para ir embora, não é? – disse.

– Fique com o meu cartão – respondi. – Para o caso de mudar de ideia.

Entreguei-o a ele e Sampson devolveu a faca na bainha de papelão.

– O senhor não precisa de dinheiro para me ligar – falei. – Basta dizer a qualquer policial na rua que quer falar comigo. E fique longe de encrencas com essa faca, certo?

Não houve despedida, claro. Ele enfiou a faca no bolso e seguiu direto pela Rua D enquanto ficávamos ali parados, olhando-o.

– Pode falar, Sampson – disse eu. – Você está pensando a mesma coisa que eu?

– Acho que sim. Ele sabe de alguma coisa. Vou só deixá-lo virar a esquina primeiro.

– Beleza. Vou pedir para o Siegel terminar o trabalho lá no abrigo. Depois quero levar essa lata de Coca ao laboratório e ver se ela nos diz alguma coisa.

Nosso homem misterioso havia acabado de chegar à Rua 1. Virou à esquerda e continuou, sumindo de vista.

– Certo, esta é a minha deixa – afirmou Sampson. – Ligo se descobrir alguma coisa.

– Eu também – respondi, e nos separamos.

capítulo 86

ENQUANTO SE AFASTAVA dos detetives, Stanislaw Wajda podia sentir o coração ainda martelando no peito. Isso ainda não havia acabado. *Não. Não. De jeito nenhum.*

De fato, quando chegou à esquina e se arriscou a uma rápida olhada para trás, eles ainda estavam observando-o. Provavelmente iriam segui-lo.

Tinha sido um erro correr daquele jeito. Só tinha piorado as coisas. Agora não podia fazer nada a não ser continuar andando. *É.* Daria um jeito mais tarde. *É.*

O carrinho de supermercado estava onde ele o deixara, numa alcova nos fundos do abrigo. Ninguém ali usava a porta dos fundos. Na verdade, muito pouca gente parecia saber ao menos que ela existia.

A alcova tinha tamanho suficiente apenas para esconder o carrinho – fora das vistas da rua – quando ele não podia ficar de olho nele. Puxou-o agora e foi andando pela rua, devagar e cautelosamente, mas pronto para correr de novo, se necessário.

Era bom estar em movimento. A caminhada distraía a mente. E o som do carrinho chacoalhando bambo na calçada era uma espécie de interferência que bloqueava todos os outros sons da cidade. Criava um espaço onde ele podia pensar com clareza e se concentrar no trabalho, assim como no que fazer em seguida.

Bom, se ao menos pudesse se lembrar de onde havia parado...

Mersenne 44, era isso? *Era.* Era isso. Mersenne 44.

O número voltou lentamente, tremeluzindo no pensamento como se saísse das sombras, até que ele o visse com clareza.

Visse e falasse.

As palavras rolaram para fora quando chegaram, porém baixinho, nada além de um murmúrio. Nada que ninguém fosse ouvir, só o bastante para ajudar a tornar o número verdadeiro de novo.

– Dois elevado a 32.582.657 – disse.

É. Era isso, exatamente. Mersenne 44. *Isso. Isso. Isso.*

Agora ele acelerou e continuou pela rua, sem olhar para trás de novo.

capítulo 87

O DEPARTAMENTO DE ANÁLISE de Digitais estava silencioso quando entrei. A única pessoa no laboratório era um dos funcionários civis, um analista chamado Bernie Stringer, que atendia pelo apelido de "Strings". Eu podia ouvir o heavy metal berrando em seu iPod enquanto ele trabalhava.

– Espero que não seja urgente! – gritou ele, tirando um dos fones. – O pessoal da Narcóticos já está pegando no meu pé. – Havia duas caixas cheias de slides na bancada junto dele.

– Só preciso tirar umas digitais disto – respondi, segurando a lata de Coca pela borda.

– Hoje?

– É. Na verdade, agora.

– Pode ficar à vontade, cara. O cianoacrilato está na gaveta perto da câmara de vapor.

Por mim, tudo bem. Gosto de trabalhar no laboratório de vez em quando. Faz com que eu me sinta mais inteligente, ainda que recolher digitais seja o básico do básico da perícia.

Fui até a câmara de vapor e coloquei a lata lá dentro, de cabeça para baixo. Depois pinguei num prato algumas gotas de cianoacrilato, que na verdade não passa de uma cola superpotente, e lacrei tudo para esquentar durante um tempo.

Em cerca de 15 minutos eu tinha um belo conjunto de quatro digitais na superfície da lata. A digital gigante de Sampson também estava ali, mas era bem fácil diferenciá-la, pelo tamanho.

Borrifei o pó preto nas que eu queria e tirei algumas fotos, só para garantir.

Depois disso foi só retirá-las com fita adesiva transparente e colocá-las num cartão para serem escaneadas.

– Ei, Strings! – gritei. – Posso usar o seu sistema?

– Vá em frente! A senha é B-U-N-D-A-G-R-A-N-D-E.

– Não diga.

– Hein? O quê?

– Nada.

Assim que joguei as digitais no computador, o sistema levou cerca de meia hora para cuspir quatro possibilidades de correspondência. Muitas vezes a comparação final é feita a olho, o que é bom. Ajuda a manter o fator humano no processo.

E não demorei muito para confirmar uma das quatro.

O padrão em arco no indicador do nosso cara era bem característico, mesmo para aqueles pequenos quebra-cabeças.

Depois de apertar algumas teclas, eu tinha seu nome e sua ficha bem ali, à minha frente.

Stanislaw Wajda.

Isso explicava o sotaque. Ele só fora preso uma vez, acusado de agressão doméstica em College Park, Maryland, um ano e meio antes. Não parecia muito para ir em frente.

Mas, na verdade, eu havia acabado de tropeçar num assassino.

capítulo 88

UMA PRIMEIRA BUSCA por "Stanislaw Wajda" na internet trouxe todo tipo de resultados diferentes. Quando filtrei buscando informes de noticiários, recebi um monte de matérias de um ano atrás, sobre um caso de pessoa desaparecida.

Isso parecia promissor, e eu cliquei na primeira, do *Baltimore Sun*.

Persistem dúvidas sobre desaparecimento de professor

12 de abril, College Park - Continua a busca ao professor Stanislaw Wajda, da Universidade de Maryland, 51 anos, que foi visto pela última vez saindo do Edifício A. V. Williams, no campus da universidade, na tarde de 7 de abril.

O estado mental de Wajda na época do seu desaparecimento se tornou fonte de inúmeras especulações. Ainda que a polícia local e as autoridades universitárias tenham se recusado a comentar, o comportamento instável do professor nos últimos seis meses é assunto de conhecimento público.

Em outubro, a polícia foi chamada à casa de Wajda, na Radcliffe Drive, por causa de distúrbios domésticos. Wajda, que não tinha ficha criminal, foi acusado de agressão e mantido na cadeia até o dia seguinte, quando as acusações foram retiradas.

No campus, o acadêmico foi chamado ao gabinete do reitor da universidade duas vezes no ano passado: a primeira por comportamento agressivo não especificado com relação a um estudante de graduação e a segunda depois do episódio na biblioteca da instituição que uma testemunha descreveu como explosivo, devido a um periódico desaparecido.

Wajda, professor de matemática, veio da Polônia para os Estados Unidos em 1983 para estudar na Universidade de Boston, onde recebeu vários prêmios acadêmicos importantes em seu campo de estudo. Há pouco tempo apareceu no documentário Gênios promissores, da TV estatal, devido ao seu estudo dos números primos e especificamente à sua busca de uma prova para o que muitos consideram o Santo Graal da matemática atual: a hipótese de Riemann. ...

Parei de ler aí mesmo, levantei-me e liguei para Sampson enquanto me dirigia à saída.

– Strings, muito obrigado.

– Sem problema. O prazer foi meu.

capítulo 89

– ONDE VOCÊ ESTÁ, John?

– Do lado de fora da porcaria daquele abrigo, acredite se quiser. Eu não acredito. O cara empurrou um carrinho de compras em volta do quarteirão algumas vezes e depois entrou de novo para pegar uma cama, antes mesmo que Siegel e os outros fossem embora. Pedi ao Donny Burke para me substituir durante a noite.

– Precisamos tirar o cara daí.

– Por que parece que você está correndo?

– Ele é professor de matemática, John. Especialista em números primos. E na hipótese de Riemann.

– *O quê?*

– É. O nome dele é Stanislaw Wajda, e está desaparecido há um ano. Espere por mim. Já estou chegando.

Era mais rápido correr até o abrigo do que pegar meu carro. Eu já estava descendo pela escada dos fundos e atravessando a Praça do Judiciário.

– Entendi – disse Sampson. – Vou pegá-lo e esperar por você com ele do lado de fora.

– John, não...

Mas ele já havia desligado. Às vezes Sampson pode ser tão teimoso e cabeça-dura quanto eu, motivo pelo qual é difícil censurá-lo.

Corri mais rápido.

Da Praça do Judiciário saí na Rua 4 e dei a volta no quarteirão em direção à 2. Mas antes que chegasse vi Sampson vindo na minha direção como se tivesse acabado de dar a volta nos fundos do prédio.

– Ele sumiu, Alex! O carrinho dele não está mais lá, e tem uma porcaria de porta nos fundos. Ele me enganou! Fugiu! – Sampson se virou e chutou um saco de lixo no meio-fio, lançando uma chuva de sujeira na rua.

Antes que ele pudesse dar outro chute, puxei-o de volta.

– Calma aí, John. Uma coisa de cada vez. Ainda não temos certeza de nada.

– Nem me venha com essa. É ele. Eu coloquei a porcaria da faca de volta na mão dele e deixei que ele fosse embora.

– Nós dois fizemos isso, John. Nós *dois*.

Mas ele não queria me ouvir. Dava para ver que iria continuar se culpando, não importava o que eu dissesse, por isso parei de tentar e passei a agir.

– Ele não pode estar longe. Não deve ter simplesmente entrado num táxi ou algo assim. Vamos percorrer o bairro a noite toda, se for necessário. Vou avisar o Sistema de Polícia de Washington agora mesmo. Para colocar mais alguns informantes na rua. Talvez conseguir alguém do Esquadrão de Mandados de manhã, se for preciso. Aqueles caras são cães de caça. Vamos pegá-lo.

Sampson assentiu e foi andando pela rua sem dizer mais nada. Só restava fazer o que devia ser feito.

– Como você disse que era o nome dele? – perguntou quando o alcancei.

– Stanislaw Wajda.

– Stanislaw...?

– Wajda.

– Dane-se. Aprendo a pronunciar depois que encontrarmos o desgraçado.

capítulo 90

SOMENTE TRÊS DIAS DEPOIS fizemos um avanço mínimo. Até então nada de Talley. Nem de Hennessey. Nem de Wajda.

E então aconteceu o pior.

Sexta-feira, pela terceira vez naquele mês, recebi um telefonema de Sampson de manhã cedo, falando de um corpo. Outro viciado sem-teto fora espancado até a morte, com mais daqueles números entalhados a faca na testa e nas costas.

Mas desta vez havia uma diferença, e isso mudou tudo.

– Encontraram o carrinho de Stanislaw ao lado do corpo – disse Sampson. – Pelo menos tenho quase certeza de que é dele. Todos esses carrinhos são iguais, não é? – Sua voz estava rouca. Eu não sabia quanto ele havia dormido desde o desaparecimento de Wajda. – Esse coitado não parece ter muito mais de 18 anos, Alex.

– Sampson, você vai ficar bem? – perguntei. – Parece meio abalado.

– Espero que fique.

– Isso não é culpa sua, John. Você sabe disso, não é?

Ele ainda não estava pronto para responder. Só disse:

– Você não precisa vir.

– Claro que preciso. Estou a caminho.

capítulo 91

A CENA NA FARRAGUT SQUARE era de uma familiaridade deprimente. Nunca sei bem o que é pior: o choque de ver algo que jamais vi ou o peso de ver essa mesma coisa vezes de mais.

– O carrinho é dele, sem dúvida – disse Sampson. – Acabamos de encontrar *isto*.

Ele estendeu uma sacola de provas que tinha dentro meu cartão de visitas manchado. A sensação foi de um chute na cabeça. Que confusão!

– Também há uma mancha de sangue visível no metal e uma marreta com o cabo serrado dentro do carrinho. É provável que seja a arma do crime.

– Estive pensando nisso – falei. – Há uma longa passagem subterrânea bem ali na Lindholm. Os sem-teto dormem ali o tempo todo. Pode ser onde ele andava caçando as vítimas.

– Pode ser – respondeu John. – Mas então por que o carrinho está aqui? Não estou entendendo. Por que na Rua K?

Sem contar a imitação feita por Kyle Craig com Anjali Patel, todas as três vítimas do caso haviam sido deixadas em algum lugar ao longo da Rua K, cada uma delas perto do cruzamento com uma rua de número primo: Vinte e Três, Treze e agora Dezessete. Com dois incidentes era mais difícil ver isso, mas com três o padrão saltava aos olhos. Imaginei se a letra "K" representava algo específico em matemática, mas não tinha certeza. E, além disso...

– O sujeito é maluco, Sampson. Essa é a constante. Podemos não chegar muito longe procurando uma motivação.

– Ou procurando por ele – disse John, e apontou para o carrinho. – O que quer que o tenha feito deixar suas coisas para trás, algo mudou, Alex. Não sei o que é, mas tenho a sensação de que talvez nunca mais vejamos o cara. Acho que ele já era.

capítulo 92

STANISLAW WAJDA PISCOU, acordando. Para ele era difícil enxergar, a princípio. Uma penumbra de formas vagas preenchia sua visão. Então, aos poucos, as coisas começaram a se distinguir. Uma parede. Blocos de concreto. Um velho aquecedor num piso de cimento rachado.

A última coisa da qual se lembrava era de ter estado no parque. *Isso.* Do rapaz. Teria sido ontem à noite?

– Olá – disse alguém, e Stanislaw deu um pulo. Seu coração disparou num galope enquanto ele de repente se dava conta do suficiente para ficar apavorado.

Havia um homem ali. Cabelo escuro. Vagamente familiar.

– Onde estou? – perguntou Stanislaw.

– Em Washington.

– Quero dizer...

– Entendi o que você quer dizer.

Ele percebeu que suas mãos estavam desamarradas. Os pés também. Sem correntes, sem algemas. Quase havia esperado o contrário. Olhou para baixo e viu que estava sentado, meio encurvado, numa cadeira velha.

– Não se levante – disse o homem. – Você ainda vai se sentir meio grogue.

Ele já vira aquele rosto. No abrigo. *Isso*. Com os dois detetives negros. *Isso. Isso.*

– Você é da polícia? – perguntou. – Estou preso?

O homem deu um riso baixinho, o que era muito esquisito.

– Não, professor. Posso chamá-lo de Stanislaw?

Mesmo agora que a situação começava a tomar corpo, nada daquilo fazia sentido para ele.

– Como você sabe o meu nome? – perguntou ele.

– Digamos que sou admirador de sua obra – respondeu o homem. – Vi o que você fez na Farragut Square ontem à noite e preciso dizer que foi empolgante. Definitivamente valeu o esforço de ir até lá.

O estômago de Wajda se revirou. Sentiu que poderia vomitar. Ou até desmaiar.

– *Ah Jezu...*

– Não se preocupe. Seu segredo está a salvo comigo. – O homem puxou outra cadeira e sentou-se de frente para ele. – Mas me diga uma coisa, Stanislaw. Qual é a dos números primos? Os relatórios da polícia dizem algo sobre a hipótese de Riemann. É isso mesmo?

Então ele sabia. Esse sujeito estranho sabia o que ele havia feito. Stanislaw podia sentir lágrimas esquentando os cantos de seus olhos.

– É – respondeu. – Riemann. Sim.

– Mas e daí? Isso quer dizer especificamente o quê? Explique-me, professor. Estou morrendo de curiosidade.

Fazia muito tempo que Stanislaw não via curiosidade nos olhos de uma pessoa jovem. Anos e anos. Uma vida atrás...

– A função zeta zero de Riemann, como você sabe, fica na linha crítica com a parte real entre zero e um, se a função zeta é igual a zero...

– Não – disse o homem. – Escute com atenção. Por que você mata por causa disso? O que significa para você?

– *Tudo*. Entender isso é captar o infinito, você não entende? Conceber uma estrutura vasta a ponto de transcender noções de tamanho ou mesmo de limitação...

O homem deu-lhe um tapa com força no rosto.

– Não quero uma porcaria de palestra, professor. Quero saber por que você mata aqueles rapazes daquele jeito. Você pode me responder isso ou não? Você é inteligente, isso deveria ser simples.

Ele podia, percebeu Stanislaw de repente. *Isso. Isso.* O resultado fora tirado de suas mãos. Não havia mais espaço para nada além da verdade.

– Aqueles rapazes estão melhores mortos – disse. – Para eles não existe nada aqui além de miséria e sofrimento. Você não entende? Não vê?

– Vejo.

– Eles ficaram fora do alcance de Deus, mas eu ainda posso ajudá-los. Posso lhes dar o que é infinito. Posso entregá-los de volta a Deus, entendeu?

– Acho que sim – respondeu o homem, levantando-se. – Isso é muito decepcionante. Nós poderíamos ter tido... – Ele fez uma pausa e sorriu. – Bom, não importa o que poderia ter sido. Obrigado, professor. Foi uma aula e tanto.

– Não – disse Stanislaw. – Obrigado a *você*.

Ele viu o furador de gelo e o acompanhou com os olhos enquanto o homem o levantava na diagonal até que ele desaparecesse na silhueta de uma lâmpada nua no teto. Então Stanislaw levantou seu queixo bem alto para que, não importava o que acontecesse, o homem tivesse certeza de que não erraria.

capítulo 93

ESTOU TÃO ACOSTUMADO a ouvir meu telefone a qualquer hora que estava estendendo a mão para a mesinha de cabeceira antes de perceber que era o celular de Bree que tocava, não o meu. O relógio ao lado da cama marcava 4h21. *Ah, Deus Todo-poderoso. O que é agora?*

– Detetive Stone – ouvi-a dizer no escuro. – Quem é?

Ela sentou-se de imediato. Quando acendeu a luz ao lado da cama, o aparelho estava apertado contra seu peito e ela falou tão baixo que quase não se podia ouvi-la.

– *Kyle Craig* – disse ela.

Agora eu também estava sentado. Quando peguei o telefone, escutei Kyle ainda falando.

– Bree, querida? Você está aí?

Se ele estivesse na minha frente, acredito sinceramente que eu poderia matá-lo sem pensar duas vezes. Mas mantive a cabeça no lugar o máximo que pude. Controlei as emoções.

– Kyle, é o Alex. Nunca mais ligue para este número – respondi e desliguei.

O queixo de Bree caiu.

– Que negócio foi esse? – perguntou ela. – Por que você fez isso?

– Estou determinando o limite. Não é nada bom deixar que ele estabeleça as regras.

– Você acha que ele vai ligar de novo?

– Bom, se não ligar, nós dois vamos dormir mais um pouquinho.

Algo havia mudado em mim. Eu não entraria no jogo dele para sempre. Não podia.

E, de qualquer modo, meu próprio celular tocou alguns segundos depois.

– *O que é?* – falei quando atendi.

– Bree não respondeu à minha pergunta – disse Kyle. – Sobre como andam os planos de casamento. Achei que ela estivesse mais por dentro desse assunto do que você.

– Não. Você queria parecer mais ameaçador.

Ele deu um riso quase afável.

– Deu certo?

– Vou desligar, Kyle.

– Espere! – disse ele. – Tem outra coisa. É importante, caso contrário eu não ligaria tão cedo.

Não perguntei o que era e já estava realmente desligando quando ele continuou.

– Tenho um presente de noivado para você. Só uma bobeirinha. Já que estou permitindo que você se case e tal. Uma coisinha para deixar seus horários um pouco mais livres, para que você possa se concentrar nessa sua noivinha linda.

Ao ouvir isso meu coração se encolheu. Eu precisava saber.

– Kyle? O que você fez?

– Bom, se eu dissesse estragaria a surpresa, não é? Esquina da 29 com a K. *E talvez seja bom você correr.*

capítulo 94

AO AMANHECER TÍNHAMOS uma equipe tática inteira na esquina da 29 com a K. Poucas coisas que Kyle poderia fazer seriam capazes de me deixar surpreso, e, ainda que aparecer quando e onde ele tinha especificado provavelmente fosse um erro, eu não poderia ignorar o telefonema. Por isso tomamos precauções, o máximo possível.

O local ficava no final do Rock Creek Park, com a via expressa Whitehurst passando acima. Colocamos policiais com fuzis MP5 no elevado e uma barreira de furgões blindados da SWAT cercando a esquina, para bloquear o máximo de linhas de visão possível.

Nosso centro de comando era um café na Rua K, onde o comandante da unidade da SWAT, Tom Ogilvy, podia ficar em contato pelo rádio com sua equipe. Sampson e eu escutávamos em fones de ouvido.

Os paramédicos estavam a postos e havia unidades de patrulha isolando a rua a um quarteirão de distância nas duas direções. Todo o pessoal usava capacetes e coletes à prova de balas.

E talvez tudo isso fosse por nada. Será que Kyle estaria mesmo olhando? Estaria armado? Teria algo na manga? Ou nenhuma das opções anteriores? Acho que eram exatamente essas dúvidas que ele queria suscitar em mim.

De qualquer modo, não demorou muito para que a primeira equipe a agir descobrisse alguma coisa. Menos de cinco minutos depois de terem se esgueirado no parque vindo da 29, o líder do grupo falou pelo rádio:

– Temos um corpo aqui. Homem, branco, de meia-idade. Pode ser um sem-teto.

– Prossiga com cautela – respondeu Ogilvy pelo rádio. Já havíamos colocado todo mundo a par das possibilidades. – Quero uma verificação visual completa ao redor do corpo antes que alguém encoste nele. Equipe B, preciso de vocês em alerta máximo.

Mais três minutos de silêncio se passaram até que o "caminho livre" fosse anunciado. Quando cheguei à porta do café, Sampson agarrou meu braço.

– Deixe isso comigo, Alex. Se o Kyle estiver aí, ele pode estar esperando você.

– De jeito nenhum – respondi. – Além disso, se o Kyle vier atrás de mim, será um confronto cara a cara, não a distância.

– Ah, porque você sabe tudo o que há para saber sobre aquele maníaco?

– Pelo menos disso eu sei – respondi e saí.

Antes mesmo de chegarmos perto do corpo no parque, reconheci o casaco imundo de Stanislaw Wajda. Ele fora deixado de lado, largado sob alguns arbustos, como suas próprias vítimas.

Desta vez não havia nenhum número entalhado. O único ferimento visível era um furo na garganta, semelhante ao que tínhamos visto em Anjali Patel.

Seu pescoço tinha uma grande mancha de sangue seco, que descia pela camisa. Isso significava que era provável que ele estivesse sentado quando recebeu o golpe. E quando morreu também.

Já havíamos recolhido digitais do carrinho de compras e da marreta deixados na Farragut Square. Não havia mais dúvida de que Wajda era o nosso Assassino dos Números. Mesmo assim, independentemente do que ele havia feito quando estava vivo, senti um pouco de pena.

– O que é isso? – Sampson apontou para algo na mão de Wajda. Calcei luvas e me ajoelhei para pegar o que havia entre seus dedos apertados.

Era um pequeno cartão de visita – do tipo que, em geral, era mandado com flores. Tinha a foto de um bolo de casamento na frente, com uma noiva e um noivo afro-americanos em cima.

– É o meu presente de noivado – falei. Sentia um certo enjoo.

Quando abri o cartão, no mesmo momento reconheci as letras de forma precisas, típicas de Kyle.

Para Alex:

De nada.

K.C.

capítulo 95

APÓS CINCO DIAS ESCONDIDO com Mitch nas florestas da Virgínia Ocidental, Denny recebeu o telefonema que estava esperando. Depois disso seguiram-se vários dias de trabalho de reconhecimento de terreno em Washington antes que estivessem em condições de agir. Agora faltava pouco para ele ser um homem livre. Um homem livre muito *rico*.

A porta se abriu atrás dele com um estrondo após ele ter colocado os pés no telhado do National Building Museum.

Virou-se e Mitch levantou a mão.

– Foi mal – disse ele.

– Feche essa porcaria e venha logo – ordenou Denny, com mais rispidez do que pretendia.

Não que fazer barulho realmente importasse. O museu fechava à noite e a ameaça mais próxima era o panaca de 20 e poucos anos sentado a uma mesa da segurança lá embaixo, no térreo, assistindo a filmes de terror em seu laptop. A irritação tinha mais a ver com o fato de ter passado muitas noites dormindo grudado em Mitch no velho Subaru, vivendo de comida enlatada e ouvindo-o falar sem parar sobre a "missão".

Acalmou-se e foi até o canto sudoeste do telhado para observar.

O tráfego na Rua F estava tranquilo para uma sexta-feira. Havia uma brisa suave, com a promessa de chuva mais tarde, mas até agora tudo se encontrava sossegado. As primeiras limusines começariam a chegar diante do Sidney Harman Hall – ou apenas "Harman", para os moradores locais – em cerca de 15 ou 20 minutos.

Mitch se aproximou e esperou em silêncio atrás de Denny, que desenrolava a lona. Então Mitch arrumou seu equipamento e começou a montar o M110.

– Está bravo comigo, Denny? – perguntou ele, enfim. – Estamos com algum problema?

– Não, cara – respondeu Denny de imediato. Não havia sentido em deixá-lo tenso esta noite. *Em especial* esta noite. – Você está se saindo maravilhosamente bem. Só estou querendo acabar logo com isso, sacou? Meio ansioso demais. Foi mal digo *eu*.

Isso pareceu satisfazer Mitch. Ele assentiu e voltou na mesma hora ao serviço. Desdobrou o suporte, pousou o fuzil no parapeito e encostou o olho na mira telescópica. Assim que ajustasse a culatra de encontro à bochecha poderia começar a ajustar a mira.

– Esta noite estamos trabalhando a uma boa distância – disse Denny, mantendo a voz afável e calma. – Os carros vão parar por todo o quarteirão.

Mitch girou à esquerda e à direita algumas vezes, observando a calçada diante do teatro.

– Você disse que esses sacanas são dois juízes?

– Isso mesmo – respondeu Denny. – Dois dos escrotos mais poderosos do país.

– O que eles fazem?

– Você sabe o que é um juiz ativista?

– Na verdade, não. O que é?

– Bom, digamos apenas que os bons e velhos Estados Unidos da América vão ficar melhores sem eles. Eu identifico e você derruba, Mitchie, mas vai ser rápido. Você precisa estar preparado, certo? Um, dois, e aí a gente se manda.

Mitch manteve a posição, como sempre, porém os cantos de sua boca se levantaram minimamente. Era a coisa mais próxima de um sorrisinho presunçoso que Denny via nele em um bom tempo.

– Não se preocupe, Denny. Não vou errar.

capítulo 96

Às SETE E MEIA DA NOITE havia uma longa fila de carros pretos na Rua F.

O evento era o "Will on the Hill", que acontecia uma vez por ano e era destinado a levantar verba para as artes e a educação em Washington. Mais de 20 figurões do Capitólio iriam representar uma versão de *Noite de reis*, de Shakespeare, para uma plateia de pessoas do mesmo nível que eles: congressistas, senadores, altos funcionários do Capitólio e metade da Rua K, provavelmente.

Denny observava a rua através de sua luneta.

– Esta noite não faltam raposas no galinheiro, certo?

– É, acho que não – respondeu Mitch, ainda olhando a multidão. – Achei que ia ser um monte de gente famosa, mas não reconheço ninguém lá embaixo.

– É, bem, agora você também é meio famoso e ninguém sabe como você é.

Mitch sorriu.

– Tem razão.

Rahm Emanuel e sua esposa estavam chegando nesse momento. O líder da minoria da Câmara dos Representantes e o presidente interino do Senado haviam aparecido juntos um minuto antes, aproveitando uma oportunidade para fotos muito bem-vinda no meio de uma sessão disputada no Legislativo.

Cada um saiu de seu próprio carro e atravessou a calçada de tijolos vermelhos, talvez seis passos, até estar sob o toldo de vidro que ficava inclinado acima da entrada principal do teatro. Sem dúvida ia ser difícil quando chegasse a hora.

Enfim, às 19h50, Denny localizou quem estava procurando. Uma limusine Mercedes parou junto ao meio-fio.

O motorista saiu e deu a volta para abrir a porta, e a juíza Cornelia Summers apareceu.

– Vamos lá, Mitch. Logo ali. Vestido longo azul, saindo do Mercedes.

Logo atrás dela, o juiz George Ponti se levantou. Eles pararam apenas a fim de acenar sem graça para a imprensa e os curiosos reunidos atrás do cordão de isolamento policial na calçada. Mesmo a distância, Denny notou que os dois pareciam peixes fora d'água ali.

– O número dois é o de smoking, cabelo grisalho.

Mitch já estava posicionado.

– Estão na mira.

– Atirador preparado?

Summers pegou o braço de Ponti e eles se viraram para entrar; agora só faltavam alguns passos.

– Preparado – disse Mitch.

– Manda ver.

O M110 soltou um estalo agudo e familiar enquanto a bala passava pelo supressor a 900 metros por segundo. Praticamente no mesmo instante, Cornelia Summers despencou no chão com uma pequena flor vermelha logo acima da orelha esquerda.

O juiz Ponti tropeçou quando ela se soltou do seu braço e o segundo tiro passou direto por ele. Uma porta de vidro a uns 3 metros da cabeça do sujeito se despedaçou em um milhão de pedaços.

– *De novo* – disse Denny. – Agora.

O juiz da Suprema Corte havia se virado de volta para o carro. Já estava com uma das mãos na porta.

– Anda, Mitchie.

– Peguei – disse Mitch, e houve outro estalo agudo.

Desta vez Ponti caiu de verdade e todo o quarteirão diante do Harman foi lançado num pandemônio completo.

capítulo 97

DENNY VIGIAVA A RUA ENQUANTO Mitch desmontava tudo. Uma chuva constante havia começado a cair, mas isso não impediu que centenas de pessoas em trajes de gala muito bonitos se espalhassem como baratas para todos os lados do quarteirão.

– O que está acontecendo, Denny? – Mitch já havia guardado a mira, o cano e o pente.

Denny sinalizou chamando Mitch.

– Venha cá. Você tem que ver isso. É incrível o que você fez.

Mitch parecia indeciso, mas quando Denny o chamou de novo ele pousou seu equipamento e foi andando agachado em direção ao parapeito. Então deu uma olhada em sua obra.

O Harman parecia uma espécie de asilo de loucos com fachada de vidro. Carros da polícia já percorriam a rua com as luzes piscando e as únicas pessoas que não se moviam lá embaixo eram os dois corpos caídos na calçada

– Sabe como isso se chama? – perguntou Denny. – Missão cumprida. Não poderia ter sido melhor.

Mitch balançou a cabeça.

– Eu vacilei, Denny. O segundo tiro...

– Agora isso não tem nenhuma importância. Simplesmente olhe para o que você fez durante um minuto e curta o momento. Vou arrumar as coisas para sairmos daqui.

Denny recuou e começou a prender os fechos da mochila de Mitch enquanto ele olhava para baixo, hipnotizado.

– Nada mau para uma noite de trabalho, hein, Mitchie?

– É – respondeu Mitch bem baixinho, mais para ele próprio do que qualquer coisa. – É meio incrível, mesmo.

– E quem é o herói desta história, meu irmão?

– A gente, Denny.

– Isso mesmo. Heróis americanos da vida real. Ninguém pode tirar isso de você, não importa o que aconteça. Entendeu?

Dessa vez Mitch não respondeu, apenas assentiu. Agora que tinha tido um vislumbre da cena, não conseguia mais parar de olhar.

Um segundo depois ele estava morto – com uma bala na cabeça.

O pobre coitado provavelmente nem ouviu a Walther com silenciador de Denny disparar, de tão rápido que aconteceu. Tudo bem. Às vezes a vida era uma merda mesmo; o mínimo que Denny podia fazer por ele era agir de modo rápido e profissional.

– Desculpe, Mitchie. Não tive escolha.

Em seguida pegou a mochila de Mitch, largou todo o resto lá e se dirigiu à escada, sem olhar para trás, para o terceiro homicídio da noite.

capítulo 98

EU ESTAVA TRABALHANDO no Edifício Daly quando chegou o primeiro informe terrível, e dessa vez eu estava no local do crime minutos depois dos tiros. Esforcei-me ao máximo para ignorar o caos na rua, tentei não pensar nas vítimas – por enquanto – e me concentrei na coisa que mais precisava saber.

De onde vieram os tiros? Será possível que desta vez eles tenham cometido um erro?

Um sargento da Polícia Metropolitana na calçada fez um relato inicial segundo o qual Cornelia Summers havia caído primeiro e que ela estava à esquerda de George Ponti enquanto eles se dirigiam ao Harman. Dois juízes da Suprema Corte – mesmo agora parecia inconcebível!

Olhei para a esquerda, ao longo da Rua F. O Edifício Jackson Graham era uma possibilidade, no entanto, se eu fosse o atirador, teria escolhido o National Building Museum. Ficava dois quarteirões à frente, bem longe do local, e tinha um teto plano com bastante cobertura.

– Reúna três policiais uniformizados – pedi ao sargento. – Agora mesmo. Vou àquele prédio: o National.

Em alguns minutos estávamos lá na frente, batendo na porta do museu. Um segurança muito alarmado veio correndo para nos deixar entrar. O Serviço de Proteção Federal tinha jurisdição ali, mas haviam me dito que demoraria cerca de meia hora até que eles colocassem uma equipe no local.

– Precisamos ir ao telhado – disse eu ao guarda. Em seu crachá estava escrito DAVID HALE. – Qual é o caminho mais rápido?

Um dos patrulheiros não nos acompanhou, ficando para trás a fim de pedir por rádio um isolamento completo do prédio, e eu e os dois outros policiais seguimos Hale pelo corredor central do museu. Era um enorme espaço aberto de vários andares de altura, com colunas coríntias que iam até o teto. Era para lá que precisávamos ir.

Hale nos levou a uma saída de emergência no canto mais distante.

– É só subir – informou ele.

Nós o deixamos ali e seguimos pela escada, mantendo uma boa distância entre um integrante do grupo e outro, avançando um lance de cada vez, com lanternas e armas nas mãos.

No topo, chegamos a uma porta corta-fogo.

Ela deveria ter um alarme, mas a armação de metal estava no chão e o mecanismo em si pendia preso por alguns fios.

Meu coração já martelava devido à corrida. Agora acelerou de novo. Tínhamos chegado ao lugar certo.

Quando abri a porta, o amplo terraço estava diante de mim, com a cobertura do Escritório de Contabilidade visível do outro lado da Rua G. A chuva caía forte, mas mesmo assim dava para ouvir as sirenes e os gritos vindos do Harman.

Fiz sinal para que um dos policiais seguisse pela direita e o outro me acompanhasse na direção do barulho da rua.

Quando demos a volta em direção ao canto sudeste, uma fileira de claraboias bloqueava nossa visão.

Vi a sombra de algo nos arredores da mais distante delas – uma mochila de equipamentos ou talvez só um saco de lixo – e indiquei-a para o policial ao meu lado. Eu não sabia nem o nome do cara.

Seguimos ao longo do telhado abaixados e com as lanternas apagadas, só por via das dúvidas.

Quando chegamos mais perto vi que ainda havia alguém ali. A pessoa estava de joelhos, virada para o Harman e imóvel.

Minha Glock estava erguida.

– Polícia! Parado! – Mirei baixo, na direção das pernas, mas não havia necessidade. Assim que o outro policial o iluminou com sua lanterna vimos claramente o buraco escuro na nuca, lavado pela chuva. Seu corpo havia se alojado no canto da mureta que rodeava o telhado e ele ficou suspenso desse modo.

Bastou olhar seu rosto para que eu reconhecesse Mitch Talley. Agora, de repente, minhas pernas pareciam feitas de gelatina. Isso era assustador demais. Mitch Talley estava morto? Como?

– Meu Deus. – O patrulheiro que estava comigo se inclinou para ver melhor. – O que foi isso, uma nove milímetros?

– Emita um boletim de busca para Steven Hennessey, conhecido como Denny Humboldt. Ele não pode ter ido longe. Vou ligar para o Centro de Informações Criminais. Precisamos isolar este bairro imediatamente. Cada segundo faz diferença.

A não ser que meus instintos estivessem muito errados, Hennessey havia acabado de desfazer a equipe Patriota de atiradores de elite, qualquer que fosse seu motivo.

Se eu fosse ele, estaria correndo feito louco. Já estaria fora de Washington e nunca mais olharia para trás.

Mas eu não era Hennessey, certo?

capítulo 99

DENNY RODOU DE CARRO durante horas. Manteve-se na direção norte e parou em duas mercearias diferentes em Maryland. Comprou um boné de um time de futebol americano, um kit de barbear, óculos de leitura de grau fraco e uma caixa de tintura de cabelos castanha. *Isso deve bastar.*

Depois de mais uma parada no banheiro de um posto de gasolina em Chevy Chase, pegou o caminho de volta para a cidade. Estacionou em Logan Circle e andou dois quarteirões até a Avenida Vermont, onde o familiar Town Car preto o esperava.

Zachary sorriu abertamente, o que era raro, quando Denny se sentou no banco de trás.

– Veja só você – disse ele. – Prontinho para desaparecer do mapa. Aposto que você é bom nisso também.

– Pois é – respondeu Denny. – Vamos acabar logo com isso. Para que eu possa desaparecer, como você mesmo disse.

– Parece que as coisas correram muito bem, presumindo que possamos acreditar no noticiário.

– É isso aí.

Zachary permaneceu imóvel.

– Mas eles não disseram nada sobre um cúmplice. Nada sobre o Mitch.

– Eu ficaria surpreso se dissessem. Esse tal investigador, o Cross, gosta de esconder o jogo. Porém, acredite, a situação foi resolvida. E, na verdade, não quero mais falar sobre o Mitch. Ele fez bem o serviço.

O contato examinou o rosto de Denny um pouco mais. Enfim estendeu o braço por cima do banco da frente e pegou a bolsa com o motorista. Dessa vez o peso parecia certo, mas Denny a abriu e verificou, só para ter certeza.

Zachary se recostou e pareceu relaxar um pouquinho.

– Diga uma coisa, Denny. O que vai fazer com todo esse dinheiro? Quero dizer, além de arranjar um nome novo.

Denny sorriu para ele.

– Colocar em algum lugar seguro, para começar. – Enfiou a bolsa na jaqueta, como para ilustrar o argumento. – E depois disso...

Não houve o restante da frase. A Walther disparou de dentro de seu bolso e pegou o motorista na nuca. Um jorro de sangue e massa cinzenta acertou o para-brisa.

O segundo tiro deu conta de Zachary, bem através daqueles seus pretensiosos óculos de armação de chifre. Ele nem conseguiu estender a mão para a porta. A ação acabou em segundos – os dois tiros mais satisfatórios que Denny já dera.

Só que ele não era Denny, é claro. Não mais. Essa também era uma sensação bastante boa. Deixar tudo isso para trás.

Porém, não havia tempo para comemorações. O carro mal havia ficado em silêncio quando ele saiu para a calçada e voltou a fazer o que sempre fizera melhor. Manter-se em movimento.

capítulo 100

As 24 HORAS SEGUINTES AO atentado no Harman foram de esforço máximo, como eu raras vezes vira em Washington. Nosso Centro de Informações de Comando efetuou batidas de trânsito durante toda a noite; a Divisão de Casos Especiais colocou as duas unidades nas ruas; e a Divisão de Narcóticos e Investigações Especiais recebeu ordem de deixar de lado todas as tarefas que não fossem essenciais, e isso somente dentro da Polícia Metropolitana.

Equipes atuavam no Departamento de Polícia do Capitólio, no Escritório de Álcool, Tabaco, Armas de Fogo e Explosivos e até no Serviço Secreto.

De manhã, a caçada a Steven Hennessey passara de regional a nacional e em seguida a internacional. O FBI tinha sido convocado em sua totalidade e estava procurando-o em toda parte. A CIA também estava envolvida.

A importância daqueles assassinatos começara a ficar de fato evidente. Os juízes Summers e Ponti eram a esquerda não oficial na Suprema Corte, amados por metade do país e vistos como *raposas no galinheiro*, basicamente, pela outra metade.

Na Polícia Metropolitana, todos os que participaram da nossa reunião do fim da tarde pareciam zumbis. Ninguém dormira muito durante a noite e havia uma espécie de tensão palpável no ar.

O chefe Perkins comandou a reunião. Não houve observações introdutórias.

– O que temos até agora? – perguntou ele de imediato. A maior parte dos comandantes do departamento estava ali também. Todos os lugares foram ocupados e havia pessoas de pé ao longo da sala inteira, remexendo-se. – Podem falar – continuou. – Qualquer um.

– A linha telefônica especial e o site estão pegando fogo – informou Gerry Hockney, um dos comandantes de distrito. – Todo mundo acha que tem alguma informação. Dizem que Hennessey é agente do governo. Que está escondido numa instalação em Ohio. Que está na Flórida. Que está em Toronto...

Perkins interrompeu-o.

– Alguma coisa digna de crédito? Preciso saber o que *temos*, não um monte de baboseiras.

– É cedo demais para dizer, para ter certeza de qualquer coisa. Estamos sobrecarregados, senhor.

– Não posso fazer nada. Alguém mais? Alex?

Acenei de onde estava.

– Estou esperando um relatório de armas daquele homicídio duplo na Avenida Vermont ontem à noite. Dois desconhecidos foram encontrados mortos à bala num carro, com dinheiro mas sem documentos. Foi definitivamente uma 9mm, mas ainda não sabemos se é a mesma arma que matou Mitch Talley.

Um zum-zum enorme agitou a sala e eu tive de gritar para recuperar a atenção de todos.

– *Mesmo que tenha sido* – continuei –, o máximo que isso pode dizer sobre Hennessey a curto prazo é que ele estava na cidade em algum momento entre a meia-noite e as quatro da madrugada.

– O que significa que agora ele pode estar em qualquer lugar – disse Sampson, resumindo a história. – O que significa que a gente deveria encerrar esta merda aqui e voltar para lá.

– Vocês acham que Hennessey estava trabalhando para os dois mortos no carro? – perguntou alguém mesmo assim.

– Não sabemos – respondi. – Ainda estamos tentando descobrir quem são eles. Mas parece que Hennessey está eliminando qualquer coisa ou pessoa que possa nos levar a ele. Se terminou ou não é outra questão para a qual não temos resposta.

Um tenente que estava na primeira fila disse:

– Quer dizer: terminou de eliminar os vestígios ou terminou com os atentados?

As perguntas eram naturais, mas estavam começando a me dar nos nervos. Levantei as mãos, dando de ombros.

– Você escolhe.

– Então, em outras palavras – interveio o chefe Perkins –, já se passaram quase 24 horas e sabemos menos do que antes sobre esses assassinatos, não é?

Ninguém queria responder. Houve um longo silêncio na sala.

– É por aí – respondi finalmente.

capítulo 101

MAIS DOIS DIAS DE SILÊNCIO enervante se passaram sem muito progresso ou qualquer sinal de Steven Hennessey ou mesmo de alguém que pudesse conhecê-lo. Então, enfim, houve algum avanço no FBI. O próprio Max Siegel me ligou para contar.

– Recebemos algo pela internet – disse ele. – Uma pista anônima, mas que levou a algum lugar. Existe um cara que usa o nome de Frances Moulton e que supostamente corresponde à descrição de Hennessey dos pés à cabeça. Tem um apartamento na Rua 12, só que ninguém o via há uns dois meses. Então, hoje de manhã, alguém o viu saindo de lá.

– Alguém... quem? – perguntei.

– A tal testemunha "anônima". Mas o zelador do prédio confirmou. Ele não via o tal de Moulton havia meses, contudo identificou positivamente a foto de Hennessey quando lhe mostrei.

Ou isso era fantástico mesmo ou só parecia fantástico por causa de todas as vezes que tínhamos nadado, nadado e morrido na praia até agora. Quando estamos desesperados, é difícil saber a diferença.

– O que você pretende fazer com essa informação? – perguntei. O que quer que significasse, a pista ainda era de Siegel, não nossa.

– Acho que você e eu poderíamos fazer uma tocaia nesse tal lugar, para ver o que acontece – respondeu ele. – Se você quiser, eu topo. Está vendo? Eu posso mudar.

Não era a resposta que eu esperava e minha pausa falou por si mesma.

– Não corte o meu barato – disse Siegel. – Estou tentando ser legal.

Na verdade, parecia que sim. Eu adorava a ideia de passar as próximas oito horas ou mais num carro com Max Siegel? Não! Porém, mais do que isso, não queria ficar nem um segundo fora dessa investigação.

– Tá, tudo bem – concordei. – Eu topo. Onde podemos nos encontrar?

capítulo 102

ATÉ LEVEI CAFÉ.

Siegel também levou um pouco, então havia bastante cafeína disponível. Estacionamos um Crown Vic do FBI na Rua 12, entre a M e a N. Era um quarteirão estreito, ladeado de árvores, com diversas obras acontecendo, mas não no Edifício Midlands. Ali ficava a casa de Frances Moulton, assim como – se estivéssemos na pista certa – o endereço de Steven Hennessey.

O apartamento em questão ficava no oitavo piso de um prédio de 10 andares, com duas janelas grandes viradas para a rua. Ambas estavam escuras quando chegamos. Max e eu nos acomodamos para a longa espera.

Assim que dissemos tudo o que havia a dizer sobre o caso, a situação ficou meio incômoda – longos silêncios se instaurando. Porém finalmente a conversa engrenou de novo. Siegel me lançou uma bola fácil, o tipo de coisa que os caras do FBI perguntam quando não têm algo melhor a dizer.

– E aí, por que você entrou para a polícia? Se é que não se incomoda com a pergunta.

Sorri, olhando para baixo. Ele estava se esforçando demais para bancar o amiguinho, isso para dizer o mínimo.

– Não consegui nada em Hollywood. Nem no basquete profissional – respondi na maior cara de pau. – E você?

– Você sabe. Viagens exóticas. Diversão garantida.

Pela primeira vez ele me arrancou uma gargalhada. Antes de vir, eu havia decidido que não iria ficar sentado ali odiando-o a noite toda. Seria uma tortura.

– Vou lhe contar uma coisa – disse ele. – Se as coisas tivessem sido diferentes, acho que eu poderia ser um bandido excelente, também.

– Deixe-me adivinhar. Você tem o assassinato perfeito na cabeça.

– Você não tem? – perguntou Siegel.

– Sem comentários. – Abri a tampa do meu segundo copo de café. – Mas a maioria dos policiais tem. O crime perfeito, pelo menos.

Depois de outra pausa longa, ele disse:

– Digamos que você pudesse matar alguém, alguém que realmente merecesse, e soubesse que poderia se livrar da condenação. Ficaria dividido?

– Não – respondi. – Na minha opinião essa situação é muito complicada. Já pensei nisso.

– Qual é! – Siegel gargalhou e se recostou na porta do carro para me olhar. – Digamos que você e Kyle Craig estivessem sozinhos num beco escuro. Sem testemunhas. Ele está sem munição e você ainda tem a sua Glock. Está dizendo que não puxaria o gatilho primeiro e faria perguntas depois?

– Isso mesmo – falei. A referência a Kyle era meio esquisita, mas deixei para lá. – Eu poderia sentir vontade de matá-lo, mas não faria isso. Iria prendê-lo. Adoraria levá-lo de volta para a penitenciária de segurança máxima de Florence.

Ele me olhou, rindo como se estivesse esperando que eu mostrasse algum sinal de indecisão.

– Sério? – perguntou.

– Sério.

– Não sei se acredito em você.

Dei de ombros.

– O que você quer que eu diga?

– Que você é um ser humano. Qual é, Alex? Você não pode se dar bem nesse negócio sem ao menos um passeiozinho pelo lado negro.

– Sem dúvida – falei. – Já estou careca de saber disso. Só estou dizendo que não puxaria o gatilho. – Se era verdade ou não, eu não tinha certeza. Só não queria entrar nesse papo com Siegel.

– Interessante. – Ele se virou de novo para olhar a porta da frente do Midlands. – Muito interessante.

capítulo 103

ALEX ESTAVA MENTINDO DE forma descarada. Era um bom mentiroso, mas *estava* mentindo. Se tivesse alguma ideia de que estava sentado ao lado de Kyle

Craig, aquela Glock seria sacada num instante e uma bala sairia dela um segundo depois.

Mas esse era o ponto, certo? Cross não fazia a mínima ideia. Isso estava longe de passar pela cabeça dele. A situação poderia ser mais deliciosa? Não, não poderia.

Kyle bebericou seu café e continuou:

– É disso que trata essa história toda, não é? – disse ele de repente. *Interessante*, agora a fala e o tom de voz de Siegel eram mais naturais para ele do que os seus próprios.

– Como assim? – perguntou Alex.

– O negócio das "raposas no galinheiro". Os mocinhos e os bandidos, todos misturados no mesmo saco. O limite entre o bem e o mal não é mais tão claro.

– É verdade. Só que mais para o FBI do que para o Departamento de Polícia.

– Acho que é assim em toda parte – disse Kyle. – O congressista corrupto. O empresário filho da puta que simplesmente não consegue se dar por satisfeito com aqueles primeiros 10 milhões. Diabos, células terroristas escondidas. Qual é a diferença? Todos eles estão aí, bem embaixo do nosso nariz, morando na casa ao lado. É como se antes o mundo fosse em preto e branco e agora, se você olhar de relance, estivesse cinza.

Alex o encarava. Bem nos olhos. Será que enfim estava se ligando?

– Max, você está falando do Steven Hennessey? Ou de você mesmo?

– Uau! – respondeu Kyle-Max, balançando um dedo para ele. – Muito sagaz, Dr. Cross.

E Alex começou a gargalhar. Era incrível, de fato. Kyle conseguira fazer com que Cross odiasse Max Siegel e agora, apenas ajustando alguns parafusos, Kyle estava a caminho de tornar Alex um verdadeiro fã do inteligente porém insuportável agente.

No ritmo em que estava indo, Siegel poderia até ter chegado a conseguir um convite para o jantar ou algo do tipo. Mas então aconteceu uma coisa que nem mesmo Kyle esperava.

Uma bala atravessou o para-brisa.

capítulo 104

SIEGEL E EU SAÍMOS DO CARRO ao mesmo tempo, cada um por seu lado, e ficamos atrás das portas do veículo, na calçada. Ouvi outro tiro acertar a grade do radiador e depois um ruído surdo quando uma bala acertou a lataria do lado em que Siegel estava.

– Max?

– Estou bem. Não me acertaram.

– De onde os tiros estão vindo?

Eu já tinha pegado minha Glock, mas nem sabia para onde apontá-la. Com a outra mão, eu ligava para a emergência enquanto meus olhos examinavam os prédios ao redor.

– De um daqueles dois prédios – respondeu Max, apontando para o Midlands e o edifício ao lado dele.

Olhei de novo para o apartamento de Hennessey – ainda escuro, com as janelas fechadas. De qualquer modo, telhados eram sua especialidade. Não eram?

– Alô? Tem alguém aí? – disse alguém do outro lado da linha no meu celular. – Aqui é a emergência. Está ouvindo?

– Aqui é o detetive Cross, da Polícia Metropolitana. Tem um atirador disparando na Rua 12, perto do número 1221. Preciso de apoio imediato, todas as unidades disponíveis!

Outro tiro fez uma jardineira e uma janela do segundo andar que estavam na minha direção explodirem, uma depois da outra. Ouvi um grito vindo de dentro de um apartamento.

– Polícia! – gritei para quem pudesse ouvir. – Fiquem abaixados! – Pelo menos meia dúzia de pessoas continuava na calçada procurando abrigo e não havia como impedir que outras surgissem da rua principal.

– Precisamos fazer alguma coisa. Não podemos ficar aqui. Alguém vai acabar levando um tiro – disse Max.

Olhei para ele por cima do banco do motorista.

– Se ele estiver usando mira telescópica e nós formos rápidos, talvez ele não consiga nos acompanhar.

– Nós dois ao mesmo tempo, pelo menos, ele não vai conseguir – disse ele, sério. – Vá para o Midlands. Eu vou para o outro.

Isso era completamente fora das normas. Nós deveríamos esperar o apoio, mas, com a possibilidade de tantas pessoas inocentes serem atingidas, não estávamos dispostos a demorar nem mais um minuto para fazer alguma coisa.

Sem mais uma palavra, Siegel se levantou e atravessou a rua correndo. Eu não imaginaria que ele tivesse coragem para isso.

Contei até três para dar algum espaço entre nós dois, depois comecei a correr de cabeça baixa. Outra janela se despedaçou em algum lugar atrás de mim. Mal notei. Meu único foco no momento era conseguir entrar naquele prédio – e depois procurar por Hennessey.

capítulo 105

ASSIM QUE ENTREI, ME DIRIGI à escada. Eram 10 lances até o telhado, mas estou em ótima forma e a adrenalina também ajudou.

Alguns minutos depois saí no topo do Edifício Midlands. Era um estranho déjà-vu – bem parecido com a outra noite no museu.

Apontei minha arma para a esquerda e depois para a direita. Nada. Ninguém atrás da porta também.

Eu havia passado através de um depósito e as paredes bloqueavam minha visão do lado do prédio virado para a Rua 12. Era dali que Hennessey estaria atirando, se estivesse presente.

Sirenes uivavam a distância; com sorte, viriam na minha direção.

Pressionei as costas contra a parede e me encaminhei lentamente para o canto, com a arma à frente do corpo.

A parte do telhado que dava para a rua, ainda que mal iluminada, parecia deserta. Havia apenas duas cadeiras dobráveis e um barril de aço tombado.

Mas nenhum sinal de Hennessey.

Cheguei ao parapeito e olhei para baixo. A Rua 12 estava silenciosa. Além do carro do FBI com as portas abertas e uma trilha de cacos de vidro no chão, não havia qualquer indicação do que tinha acabado de acontecer.

Algumas pessoas estavam até mesmo passando por ali, sem notar os danos.

Então, quando me inclinei para olhar melhor, meu pé acertou alguma coisa que fez um som baixo, metálico. Peguei minha lanterna e a apontei para o chão para ver o que era.

Cápsulas de bala. Várias.

Minha pulsação acelerou e eu me virei, dando de cara com o cano de uma Walther 9mm.

O homem com o dedo no gatilho, que devia ser Steven Hennessey, segurava a pistola a uns 3 centímetros da minha testa.

– Não se mexa – disse ele. – Nenhum músculo. Dessa distância, é impossível que eu erre.

capítulo 106

HENNESSEY HAVIA FEITO um ótimo trabalho mudando sua aparência – óculos, cabelo escuro, barba benfeita. Isso bastava para que ele pudesse circular pela cidade.

E provavelmente era o suficiente para ir embora dali sem ser reconhecido, também, conforme percebi. Tudo estava começando a se encaixar.

– Hennessey?

– Depende de quem quer saber – respondeu ele.

– Foi você mesmo que deu aquela dica anônima ao FBI, não foi?

Eu tinha certeza de que aquilo tudo tinha sido uma armadilha e nós havíamos feito exatamente o que ele queria: uma ação discreta de vigilância por parte das pessoas que tinham mais conhecimento sobre ele. Eu ainda não sabia se ele tentara nos matar no carro ou nos atrair mais para perto.

– E olhe o que eu consegui – disse ele. – Agora quero que você estique a mão para trás lentamente e jogue essa Glock lá embaixo.

Balancei a cabeça.

– Vou jogar ali. Não posso largar essa coisa na rua.

– Claro que pode. – A ponta de sua arma estava fria quando ele a pressionou contra minha testa. Devia ter usado um equipamento maior alguns minutos atrás.

Estiquei a mão para trás e deixei a Glock cair. Quando ela bateu no concreto lá embaixo meu estômago se contraiu.

Então ele recuou um passo, ficando fora do alcance do meu braço.

– Para dizer a verdade, eu só queria você morto e fora do caminho. Mas, agora que está aqui, vou lhe dar 30 segundos para contar o que sabe sobre mim. E não estou falando do que já saiu nos jornais.

– É, imagino que não. Você quer saber até que ponto precisa ir antes de desaparecer de novo.

– Vinte segundos. Posso até deixar você vivo. Comece a falar.

– Você é Steven Hennessey, também conhecido como Frances Moulton ou Denny Humboldt. Esteve nas Forças Especiais do Exército Americano até 2002, mais recentemente no Afeganistão. Existe uma sepultura em Kentucky com o seu nome e imagino que desde então você esteja trabalhando por conta própria, fora de circulação.

– E o FBI? Onde mais eles estão procurando por mim?

– Em todos os lugares.

Ele ajustou a mira e firmou os cotovelos.

– Também sei quem você é, Cross. Você mora na Rua 5. Não há nada que me impeça de dar uma passada lá hoje. Entendeu?

Senti um jorro de raiva.

– Não estou enganando você. Nós não estávamos em nenhuma grande ação aqui. Por que acha que não temos uma equipe inteira lá embaixo?

– Não têm por enquanto – disse ele. As sirenes realmente estavam chegando cada vez mais perto. – O que mais? Você ainda está vivo. Continue falando.

– Você matou seu parceiro, Mitch.

– Não é isso que estou perguntando. Me dê alguma informação que eu possa usar. É sua única chance, caso contrário você não vai ser o único Cross a morrer hoje.

– Pelo amor de Deus, se soubesse alguma coisa, eu diria!

A primeira radiopatrulha chegou berrando à rua lá embaixo.

– Parece que o nosso tempo acabou.

Uma arma disparou – e eu me encolhi antes de perceber que não tinha sido a de Hennessey. Seus olhos se arregalaram. Uma linha de sangue rolou para o seu lábio superior e ele desmoronou à minha frente, como se fosse uma marionete e alguém tivesse acabado de soltar seus fios.

– Alex?

Olhei à direita. Max Siegel estava parado no telhado do prédio ao lado, iluminado por trás por um pequeno facho de luz que vinha do poço da escada. Sua Beretta ainda estava levantada e apontando na minha direção, mas ele a abaixou quando me virei para ele.

– Você está bem? – gritou Siegel.

Pisei no pulso de Hennessey e tirei a Walther de sua mão. Não havia pulsação no pescoço e seus olhos pareciam vazios. Ele estava morto. Max Siegel o havia matado e salvado minha vida.

Quando me levantei, a rua estava se enchendo depressa. Além das sirenes, dava para ouvir portas batendo e os guinchos dos rádios da polícia. O quarteirão estava isolado, mas eu ainda precisava encontrar minha Glock.

Siegel parecia estar me encarando enquanto eu me dirigia à porta. Eu lhe devia um agradecimento, para dizer o mínimo, porém o barulho da rua teria engolido minhas palavras, por isso me limitei, por enquanto, a levantar o polegar em sinal de que estava tudo bem.

Tudo bem.

capítulo 107

CHOVIA NA MANHÃ SEGUINTE. Tínhamos planejado fazer nossa grande coletiva de imprensa ao ar livre, mas ela acabou sendo transferida para a sala de identificações do Edifício Daly. Uma centena de repórteres, talvez mais, havia aparecido para isso e nós colocamos uma aparelhagem de som no saguão para quem não conseguisse entrar no prédio e para os que chegassem atrasados.

Max e eu nos sentamos a uma mesa na frente, com o chefe Perkins e Jim Heekin, da Diretoria. O som das máquinas fotográficas disparando soava por toda parte, a maioria delas apontada para Max e para mim.

Esse foi um dos meus momentos de fama. Eu já tivera alguns antes. Seguiriam-se duas semanas de pedidos constantes de entrevistas, talvez uma ou duas ofertas para publicar um livro e com certeza vários repórteres esperando do lado de fora da minha casa quando eu chegasse esta noite.

A coletiva começou com uma declaração do prefeito, que ficou uns 10 minutos explicando por que toda essa história significava que deveríamos votar nele na próxima eleição. Depois o chefe fez um resumo do caso antes de abrirmos espaço para as perguntas.

– Detetive Cross – começou um repórter da Fox –, pode nos relatar passo a passo o que ocorreu naquele telhado ontem à noite? Só *o senhor* pode contar a história como ela realmente aconteceu.

Essa era a parte atraente do caso – a que vende jornais e espaços para anúncios. Dei uma resposta curta, para manter a dinâmica da coletiva, mas forneci detalhes suficientes para evitar que os jornalistas passassem a hora seguinte querendo saber *qual é a sensação de estar cara a cara com um assassino de sangue-frio.*

– Então o senhor diria que o agente Siegel salvou a sua vida? – perguntou alguém.

Siegel se inclinou para seu microfone.

– Isso mesmo – disse ele. – Ninguém pode acabar com esse cara, só eu. – Todos deram boas gargalhadas. – Mas, falando sério – continuou –, nós podemos ter passado por alguns acidentes de percurso, porém esta investigação é um exemplo perfeito de como as autoridades federais e locais podem trabalhar juntas diante de uma grande ameaça. Tenho orgulho do que o detetive Cross e eu realizamos e espero que a cidade também se sinta assim a nosso respeito.

Pelo jeito, até mesmo o lado bom de Siegel tinha um ego gigantesco. Mas eu não estava no clima de ser exigente ou mesquinho. Se ele queria a fama, podia ficar com ela.

Nas perguntas seguintes fiquei de lado, até que inevitavelmente alguém questionou:

– E a motivação? Os senhores podem dizer com certeza, neste ponto, que Talley e Hennessey atuavam por conta própria? E por que motivo?

– Estamos examinando todas as possibilidades – respondi de imediato. – O que posso dizer é que os dois atiradores conhecidos como a equipe Patriota estão mortos. A cidade deve retornar ao normal. Quanto a qualquer outro aspecto da investigação, não temos comentários no momento.

Siegel me olhou mas ficou de boca fechada e prosseguimos com nossa encenação.

A verdade total, que jamais diríamos à imprensa, era que tínhamos muitos motivos para achar que Talley e Hennessey agiam seguindo as ordens de outra pessoa. Talvez descobríssemos quem era, talvez não. Naquela manhã, se eu tivesse que dar um palpite, diria que esse caso não se resolveria nunca.

Acontece. Boa parte do trabalho da polícia é pegar os bandidos que ficam na base da pirâmide do crime, sem jamais conseguir chegar ao topo. De fato, é com isso que as pessoas no topo contam. Quem trabalha para elas – os pistoleiros de aluguel, os capangas, os bandidos de rua – é que corre a maior parte dos riscos e em geral é a única parcela que se dá mal.

Algo sobre "raposas no galinheiro" me veio à mente.

capítulo 108

DEPOIS DE MAIS DOIS DIAS exaustivos e tediosos lidando com questões burocráticas, tirei um fim de semana prolongado e passei algum tempo com as crianças. Na maior parte desse período eu simplesmente deixava o celular desligado e ficava com elas o máximo possível, ainda que Bree e eu tenhamos conseguido algumas horas abençoadas a sós na tarde de domingo.

Fomos a um lugar chamado Tregaron, em Cleveland Heights. É uma gigantesca mansão neogeorgiana dentro da propriedade da Washington International School, disponível para aluguel no verão. Fizemos um tour guiados pela diretora de relações públicas, Mimi Bento.

– E aqui é a Sala Terraço – disse ela, entrando à nossa frente no grande salão.

Era um saguão com piso de parquê e lustres de cobre que levava a um pátio coberto com cúpula nos fundos. Depois disso ficava o jardim impecável com vista para o vale Klingle. Nada mau. Na verdade, era lindo. E cheio de classe.

A Sra. Bento verificou sua pasta com capa de couro.

– Temos vaga em 11 e 25 de agosto, ou então... só no ano que vem, claro. Em quantos convidados vocês estão pensando?

Bree e eu nos entreolhamos. Parecia estranho não termos pensado nisso em detalhes, mas não tínhamos. Estávamos considerando que seria algo pequeno, acho. Isso tudo era meio novo para nós.

– Ainda não sabemos direito – respondeu Bree, e o rosto da mulher assumiu uma expressão quase imperceptível de desdém. – Mas definitivamente queremos que a cerimônia e a recepção sejam no mesmo lugar. Na medida do possível, gostaríamos de algo simples.

– Claro – disse ela. Dava para ver os cifrões diminuindo de tamanho em seus olhos. – Bom, por que vocês não dão mais uma olhada por aí? Estarei no escritório se tiverem alguma pergunta.

Assim que ela saiu, fomos ver o terraço. Era um dia perfeito de primavera e ficava fácil imaginar um casamento acontecendo ali.

– Alguma pergunta? – disse Bree.

– Sim. – Segurei sua mão e a puxei para perto. – É aqui que teremos nossa primeira dança como marido e mulher?

Começamos a nos balançar ali mesmo enquanto eu cantarolava uma música de George Gershwin em seu ouvido. *No, no, they can't take that away from me...*

– Sabe de uma coisa? – disse Bree de repente. – Este lugar é absolutamente sensacional. Adorei.

– Então está resolvido.

– Só que eu acho que a gente deveria deixar passar.

Parei de dançar e olhei para ela.

– Não quero ficar os próximos meses pensando na cor dos convites ou em quem vai se sentar perto de quem – explicou ela. – Isso não é para mim. Não é para nós. A única coisa que quero é me casar com você. Tipo agora.

– Agora? Tipo... *agora*?

Ela riu e me puxou para me dar um beijo.

– Em breve, pelo menos. Depois que o Damon voltar da escola. O que você acha?

Eu não precisava pensar. A única coisa que eu queria com relação a esse casamento era que fosse exatamente como Bree desejava: se numa mansão chique ou num tribunal em Washington, não me importava, desde que ela estivesse lá.

– Depois que o Damon voltar para casa, então – respondi, e selei o trato com outro beijo. – Próxima pergunta: você acha que podemos sair escondidos pelos fundos ou temos que nos despedir da Mimi?

capítulo 109

O QUINTAL ESTAVA LINDO, todo enfeitado para nós. Sampson, Billie e as crianças tinham pendurado pequenas luzes brancas nas árvores e colocado velas em todos os lugares. No som estava tocando jazz e havia uma dúzia de cadeiras de encosto alto disponíveis para os amigos e parentes que tínhamos convidado em cima da hora.

As crianças se levantaram junto conosco para a cerimônia: Ali, com as alianças; Jannie, sorrindo luminosa no lindo vestido branco que a deixamos ostentar; e Damon, parecendo uma versão mais alta e muito mais segura de si do garoto que havia ido para Cushing no outono passado.

Bree, como era de se esperar, estava maravilhosa com um tomara que caia branco e simples. Simples e perfeito, na minha opinião. Ela e Jannie usavam as mesmas florezinhas brancas no cabelo, e Nana estava sentada orgulhosa na primeira fila, com um hibisco enfeitando sua cabeça e um brilho nos olhos que eu não presenciava havia anos.

Às seis e meia em ponto, o pastor da igreja de St. Anthony, Gerry O'Connor, balançou a cabeça para Nana indicando que estava na hora de começar a cerimônia. Ela tinha feito um pedido para o dia de hoje que pudesse fazer um discurso.

– Eu acredito no casamento – disse ela, levantando-se. Já dava para ouvir o tom religioso em sua voz. – Mais especificamente, acredito *neste* casamento.

Ela veio até onde Bree e eu estávamos de pé e segurou nossas mãos.

– Vocês não me pediram, mas eu entrego um ao outro hoje e me sinto muito honrada com isso.

Respirou fundo antes de continuar:

– Bree, não conheci seus pais, que Deus os tenha, mas acredito que eles ficariam felicíssimos vendo você se casar com meu neto. Este homem é bom – disse ela, e pude ver algumas raras lágrimas se juntando em seus olhos. – É o único que tenho e para mim não é fácil dividi-lo com ninguém. E você – continuou, virando-se para mim. – Você tirou a sorte grande, moço.

– Nem precisa dizer – respondi.

– Não, mas quando foi que isso me impediu? Essa mulher é o amor, Alex. Posso ver isso no rosto dela quando ela olha para você e para as crianças. Posso ver até quando ela olha para mim, essa velha faladeira e boba. Jamais conheci uma mulher com espírito mais generoso. Vocês já? – perguntou ela aos convidados, e todos responderam com um "Não!" decidido ou, em alguns casos, com um "Não, senhora!". – Isso mesmo – continuou ela, e apontou um dedo ossudo para mim. – Portanto, jamais estrague isso!

Nana sentou-se enquanto todo mundo ainda ria, muitos de nós em meio às lágrimas. Eram somente algumas palavras, mas ela parecia ter resumido tudo maravilhosamente.

– São todos seus, pastor – falou ela.

Quando o pastor O'Connor abriu seu livro para começar a cerimônia, eu olhei para aquele círculo de rostos sorridentes ao redor – meu melhor amigo, John Sampson; minha avó; meus lindos filhos; e essa mulher incrível, Bree, sem a qual eu jamais poderia viver – e soube que suas duas primeiras palavras não poderiam ter expressado com mais perfeição tudo o que estava em meu coração e em minha mente naquele exato momento.

Essas palavras foram:

– Meus amados.

capítulo 110

A MELHOR FESTA DE TODOS os tempos foi até tarde da noite. Não economizamos na comida e o bufê de um amigo serviu uma quantidade enorme de carne-seca, arroz com coco, banana frita e um drinque que Sampson batizara de Breelex, em homenagem ao casal: uma mistura de dois tipos de rum, abacaxi, gengibre e uma cereja. Havia também uma versão sem álcool para as crianças, embora eu saiba que Damon provou o dos adultos uma vez.

Jerome Thurman tocou com seu grupo, o Fusion, no quintal, onde todos dançaram sob as estrelas. Depois de um ou dois Breelex – ou três –, eu até arrisquei cantar algumas músicas, desafinando totalmente. As crianças disseram que eu estava "pavoroso".

Mas na manhã seguinte todos acordamos cedo e animados. Um táxi nos deixou no aeroporto, onde pegamos um voo para as Bahamas com conexão em Miami. Quando chegamos lá, uma limusine nos levou para o resort One&Only Ocean Club.

Bree e eu tínhamos visto esse lugar no meu filme predileto do James Bond, *Casino Royale*, e eu jurei que um dia a levaria lá. As piadas com o agente 007 começaram assim que chegamos à familiar entrada de veículos em forma de gota, que tinha carros maravilhosos para onde quer que olhássemos.

– Cross – disse ela enquanto eu a ajudava a sair da limusine. – *Bree* Cross.

Acho que ela havia surpreendido muita gente ao assumir meu sobrenome. A decisão foi totalmente dela, mas eu adorei. Gostava tanto de ouvir quanto de dizer.

– Somos o *Dr. e a Sra. Cross* – disse eu à graciosa e afável recepcionista no balcão. Bree apertou minha mão e nós rimos como duas crianças. Ou talvez apenas como dois recém-casados. – Daqui a quanto tempo você acha que poderemos estar naquele oceano ali atrás?

– Eu diria que em três minutos e meio – respondeu ela, empurrando as chaves por cima do balcão. – Já está tudo pronto para vocês: uma suíte dupla na Ala Crescente e um chalé com vista para o mar. Aproveitem a estada.

– Ah, vamos aproveitar! – Jannie tinha acabado de entrar, atrás de nós. Nana, Damon e Ali ainda estavam lá fora, olhando estupefatos para a praia de areia branca e água turquesa.

– Aqui está, Srta. J. – Entreguei a ela a chave da suíte. – Estou deixando-a oficialmente responsável pelo quarto. Encontramos vocês no almoço amanhã.

– Pai, ainda acho que vocês são malucos por terem trazido a gente – disse ela, e se inclinou como se fosse contar um segredo. – Mas fico feliz porque trouxeram.

– Eu também – sussurrei em resposta.

Além disso, ainda seria uma lua de mel. É para isso que servem os avisos de NÃO PERTURBE.

capítulo 111

NOSSO CHALÉ ERA A MELHOR parte da viagem. De cinema, como dizem. Havia uma parede inteira de portas deslizantes que se abriam para um terraço e uma piscina que se fundia com o infinito, além de uma escada levando à praia. Os funcionários tinham colocado flores frescas em toda parte e só aquela cama gigante, feita de mogno californiano, provavelmente havia custado o equivalente a um ano do meu salário.

– É, vai dar para o gasto – disse eu, fechando a porta para o mundo lá fora. – James Bond ficaria satisfeito e tal.

– Ah, James, James – brincou Bree, puxando-me para a cama. – Arrebate-me, James, como só você sabe fazer.

E foi o que fiz. Uma coisa levou muito rápido à outra e nossos planos de ir imediatamente à praia foram adiados. Quando enfim nos levantamos outra vez, o sol quase já tinha se posto e estávamos com apetite suficiente para uma grande refeição.

Não sei o que foi melhor naquela noite: a comida franco-caribenha, a incrível garrafa de vinho que pedimos ou só a sensação de não ter nenhum compromisso, para variar, e de não querer estar em nenhum outro lugar a não ser ali.

Depois do jantar demos uma esticadinha no cassino do Atlantis Resort para tentar a sorte. Saímos de lá por volta da meia-noite alguns dólares mais pobres. Mas quem se importava com isso? Nós com certeza não.

Voltamos de mãos dadas pela praia, pelo caminho mais longo.

– Feliz? – perguntei a Bree.

– Casada – respondeu ela. – Muito bem casada. Nem parece verdade ainda. Mas isso *é* o mundo real, não é? Não estou sonhando, estou, Alex?

Parei para envolvê-la com os braços e ficamos admirando o reflexo da lua no oceano.

– Sabe, ainda não entramos naquela água cristalina – falei. Meus dedos começaram a abrir os botões de cima de sua blusa. – Está a fim de dar um mergulho, Sra. Cross?

Bree olhou em volta.

– Isso é um desafio?

– É só um convite. Mas eu me sentiria meio idiota pelado e sozinho lá. – Ela já estava tirando minha calça.

Deixamos nossas roupas na areia e entramos na água. Eu podia ouvir o som de tambores de aço vindo de algum lugar no hotel, mas era como se tivéssemos todo o oceano para nós. Ficamos nos beijando na água durante algum tempo e depois acabamos fazendo amor de novo, bem ali, na praia. Era meio arriscado e cheio de areia, mas esse era o tipo de risco que eu não me importaria em correr a qualquer momento.

capítulo 112

NA MANHÃ SEGUINTE ACORDAMOS tarde e começamos a nos arrumar sem pressa para mais um dia. Bree estava no banheiro se preparando para entrar no banho e eu colocava uma camiseta quando o telefone tocou. Ainda era cedo para as crianças ligarem, mas não me importei. Na verdade, estava ansioso para ouvi-las zombando de nós.

– Bom dia! – disse eu.

– É, o dia está bom, sim. – A voz inconfundível de Kyle Craig penetrou no meu ouvido. – E como foi o casamento?

Eu já deveria esperar por isso. Podia ter tomado mais precauções. Esses telefonemas haviam se tornado a marca registrada de Kyle.

Antes que eu dissesse mais qualquer coisa, um avião passou rugindo no céu – e eu percebi com um tremor súbito que podia ouvi-lo também pelo telefone.

Corri para olhar pela janela da frente.

– Kyle? Onde você está? O que está acontecendo?

– Notou que eu cumpri minha promessa? Eu disse que deixaria você se casar, e deixei.

– Deixou?

Não havia sinal dele lá fora, porém isso não significava nada. Ele poderia se esconder em qualquer lugar. Sem dúvida estava ali. E perto.

– E quer saber por quê? – perguntou ele.

Minha respiração estava pesada enquanto eu continuava a verificar os arredores.

– Não, não quero.

– Porque *eu acredito no casamento* – respondeu ele, imitando a voz de Nana. – Foi o que ela disse na grande noite, não foi?

De repente eu não conseguia mais respirar.

– E além do mais – continuou –, é muito mais divertido tirar a esposa de um homem do que a namorada. Eu fui paciente, Alex, mas é hora de seguir com o planejamento.

– Seguir com o planejamento? De que diabos você está falando? – perguntei, mas infelizmente já sabia.

– Primeiro deixe-me esclarecer uma coisa, meu amigo. Olhe na direção da água e veja por si mesmo.

Abri a porta de vidro e olhei para fora. Demorei um segundo, mas então os vi.

Jannie e Ali estavam na praia, acenando na minha direção. Alguns passos atrás deles, inacreditavelmente, estava Max Siegel. Usava óculos escuros e uma camisa espalhafatosa, com uma toalha de praia cobrindo a mão direita e um celular na outra. Sorriu ao me ver, então sua boca se mexeu e eu escutei a voz de Kyle Craig em meu ouvido.

– Surpresa – disse ele.

capítulo 113

ERA COMO SE MEU CORAÇÃO tivesse parado e depois começado a bater de novo. Minha mente trabalhava a toda a velocidade. Kyle devia ter feito algum tipo radical de plástica. *Seu rosto não tinha nada a ver com o de Kyle.*

– É isso mesmo – disse ele. – Tudo o que você está pensando agora é verdade. Menos a parte em que você salva todo mundo. Isso não vai acontecer.

Nana encontrava-se um pouco mais afastada, embaixo de uma barraca, olhando a cena. Damon, o único que não conhecera Max Siegel, estava numa espreguiçadeira ao lado dela, ouvindo seu iPod.

– O que acham, crianças? – disse Kyle, voltando à voz de Siegel. – Querem dar um beijo de bom-dia no seu pai?

Ele enfiou o celular no bolso e pegou a mao de Ali, certificando-se de que eu pudesse vislumbrar o que quer que havia embaixo da toalha. Era algum tipo de arma.

Meu Deus, não. Isso não está acontecendo.

Nós tínhamos decidido deixar nossas armas em Washington. Agora isso parecia ter sido um erro terrível. Eu teria de improvisar. Mas como? Usando o que como arma?

Enquanto eles vinham pela praia, sussurrei rapidamente o que estava acontecendo para Bree, sem desviar os olhos deles. Não havia tempo para pensar nas opções. Só me restava seguir meu instinto e rezar para resolvermos aquilo.

– Oi, papai! – gritou Ali enquanto eles se dirigiam para a escada do terraço. Ele tentou correr à frente, mas Siegel – Kyle! – continuou segurando sua mão. Eu não podia fazer nada a não ser permanecer onde estava.

Jannie correu à frente deles.

– Dá para acreditar que o Sr. Siegel está hospedado aqui também? – disse ela, e me deu um beijo no rosto. – Isso não é *muito doido*?

– Inacreditável – respondi. Nem ela nem Ali pareceram notar como minha voz estava forçada.

– Desculpe aparecer assim – disse Kyle, no papel de Max. Estava rindo para mim, desafiando-me com os olhos, obviamente querendo que eu tomasse alguma atitude. E a voz... não era a de Kyle mas *era* a de Kyle. Como pude não notar as semelhanças antes? É incrível como o cérebro está condicionado ao que os olhos veem, ou não veem.

– Sem problema – respondi. Mantive a farsa em nome da segurança das crianças e voltei para dentro. – Entrem. Bree está tomando banho, mas já vai sair.

Kyle pôs a mão no ombro de Ali e meu estômago se revirou.

– Por que não vai chamá-la? – sugeriu ele, sorrindo. – Eu espero aqui com as crianças. Tenho certeza de que ela vai querer saber que estou aqui. Que coincidência! Não é uma loucura?

Algo parecido com uma corrente elétrica passou entre nós – algo muito parecido com ódio.

– Bree? – gritei. Fui na direção do banheiro com os olhos ainda fixos em Kyle. – Vai demorar muito? – Enfiei a cabeça lá dentro por apenas um segundo. – Max Siegel está aqui – falei, suficientemente alto para ele ouvir.

Bree estava com a cabeça embaixo do chuveiro enquanto nos olhamos desamparados.

– Já estou indo! – gritou ela de volta.

Virei-me de novo para Kyle. Ele continuava segurando Ali.

Jannie estava sentada na beira da cama desfeita, mas agora me olhava com atenção. Acho que tinha começado a sentir que havia algo errado.

– Ela já vem – informei, da forma mais natural que consegui.

– Ótimo – respondeu Kyle. – Vou levar vocês todos para um passeio de carro. Crianças, estão a fim de um pouco de aventura?

– Claro! – exclamou Ali. Jannie permaneceu quieta. O tempo todo Kyle mantinha a mão direita coberta pela toalha, com a arma escondida.

Quando voltou para o quarto, Bree estava descalça e usando um roupão do hotel. Olhando-a, jamais daria para saber que ela estava tão apavorada e nervosa quanto eu.

– Max, que prazer vê-lo aqui – falou e foi na direção dele estendendo a mão.

– O prazer é todo meu – respondeu ele, sem esconder mais o deleite que estava sentindo.

Mas então, quando iam se cumprimentar, a mão livre de Bree tirou uma latinha do bolso do roupão – o spray de cabelo do kit oferecido pelo hotel – e o espirrou nos olhos de Kyle. Enquanto ele gritava de dor, ela o acertou na virilha.

Ao mesmo tempo, eu peguei uma jarra de vidro no bar, onde havia me posicionado. Atravessei o quarto em três passos rápidos e o golpeei com o máximo de força que consegui. O recipiente pesado se despedaçou no queixo e no nariz de Kyle, fazendo-o desmoronar no chão. Cacos de vidro voaram por toda parte.

Ali gritou, mas não havia tempo para explicações. Bree pegou-o no colo como se ele não pesasse nada, agarrou o braço de Jannie e saiu com eles pela porta.

E eu fui com tudo para cima de Kyle.

capítulo 114

KYLE GIROU O PUNHO E ME acertou bem no queixo. Um choque atravessou minha cabeça, mas eu não podia golpear de volta porque estava com uma das mãos em seu pulso e a outra na arma que ele segurava.

Em vez disso, dei-lhe uma forte cabeçada no lugar onde ele já tinha sido ferido pela jarra. Isso bastou para que soltasse a arma. *Uma Beretta 9mm. A arma de Max Siegel.*

Arrastei-me para trás no piso, mirando entre seus olhos, que ele esfregava furiosamente para tentar enxergar.

Vire-se! – falei, levantando-me. – Rosto no chão, mãos longe do corpo!

Kyle sorriu. Seus olhos estavam vermelhos, com lágrimas escorrendo, mas eu sabia que ele podia me ver de novo.

– Isso não é irônico? – perguntou ele. – Eu poderia jurar que você estava mentindo naquela noite no carro, mas você realmente não consegue apertar esse gatilho, não é?

– Não sem um motivo. Portanto, me dê um motivo ou vire-se para baixo e beije o chão. Agora! Obedeça!

– Você sabe que eu não costumo dizer isso, Cross, mas vá se foder.

De repente ele rolou, depressa demais, e um caco de vidro que estava em sua mão atravessou o espaço entre nós. Senti o músculo da minha panturrilha se rasgar. Meu joelho se dobrou. Eu já estava a meio caminho do chão antes de saber o que havia acontecido.

E Kyle estava de pé.

Ele cambaleou para fora do quarto e isso provavelmente salvou sua vida. O único tiro que consegui dar despedaçou a porta deslizante em vez de sua cabeça, logo antes de ele pular no terraço e desaparecer.

capítulo 115

DEI UM TIRO PARA O ALTO quando cheguei à praia. Todas as pessoas que já não estivessem saindo do caminho de Kyle começaram a se espalhar nesse momento.

Ele estava correndo com dificuldade. Era possível que tivesse uma concussão, mas minha panturrilha também não estava ajudando em nada. Eu nunca vira uma perseguição assim.

Alguns hóspedes gritavam, outros tiravam as crianças da água. Então, sem linha de tiro livre, só pude assistir enquanto Kyle se abaixava e pegava um menininho de 2 ou 3 anos antes que a mãe pudesse chegar a ele.

A mulher correu direto em sua direção, mas Kyle apertou o filho dela na frente do corpo, como um escudo.

– Para trás! – gritou ele. – Para trás ou eu...

– Me leve! – A mãe estava de joelhos, incapaz de chegar mais perto ou de se afastar. – Me leve no lugar dele.

– Kyle, ponha-o no chão!

Então ele se virou para me olhar e eu estava perto o suficiente para ver a calma retornando aos seus olhos. Ele tinha a moeda de troca de que precisava e sabia disso.

– Você veio por causa de mim, não desse garoto – falei. – Solte-o! *Me leve.*

A pobre criança estava soluçando e estendendo a mão para a mãe, mas Kyle ergueu-a um pouco mais alto e a segurou com mais força ainda.

– Primeiro vou precisar dessa arma de volta – disse ele. – Chega de papo. Só ponha a arma no chão e se afaste. Vou contar até três...

– Certo. – Comecei a me ajoelhar devagar. Minha perna estava muito ferida, e eu mal conseguia movê-la agora. – Estou colocando-a no chão.

Mas não confiaria a vida daquele menino à palavra de Kyle. Por isso, aproveitei a única chance que tinha. Virei a arma no último segundo e disparei baixo. O garoto não era grande o suficiente para proteger o corpo inteiro de Kyle. Meu tiro o acertou logo abaixo do joelho.

Ele uivou como um animal selvagem. O menino caiu na areia e correu para a mãe. Kyle tentou se levantar, porém só conseguiu se firmar numa das pernas – e mesmo assim só até eu atirar na outra também.

Ele voou para trás na areia, o peito arfando de dor. Suas pernas eram uma massa sangrenta, e eu me sentia ótimo por isso. Tê-lo derrubado com sua própria arma teve um gostinho especial.

Nesse momento vi Bree correndo em nossa direção com dois policiais uniformizados. Ela apontou Kyle para eles e então veio direto para mim.

– Ah, meu Deus. – Ela me envolveu com o braço, para aliviar parte do peso da minha perna. – Você está bem?

Assenti.

– Ele vai precisar de uma ambulância – disse ela para os oficiais.

– Já está a caminho – respondeu um deles.

Os olhos de Kyle estavam fechados, porém ele os abriu quando passei na sua frente.

– Acabou, Kyle – disse eu. – Para sempre.

– Defina "acabou" – respondeu ele num chiado. Sua respiração estava entrecortada e ele tremia de dor. – Você acha que ganhou alguma coisa?

– Não estou falando de ganhar. Estou falando de mandar você para um lugar onde nunca mais vai poder machucar ninguém.

Ele tentou sorrir.

– Da última vez isso não me impediu.

– Bom, você sabe o que dizem: a única coisa pior do que ir para a solitária é voltar para lá. Mas pode ser só um boato.

Talvez pela primeira vez na vida vi algo parecido com medo nos olhos de Kyle Craig. Durou apenas um segundo, antes que ele retornasse à mesma postura rígida.

– Isso não acabou! – grasnou ele, mas eu já tinha me virado.

A ambulância acabara de chegar e eu queria alertar os paramédicos.

– Cuidem dele primeiro – disse eu. – Mas tenham muito cuidado. Esse homem é extremamente perigoso.

– Entendido, senhor – afirmou um deles. – Preciso que me entregue essa arma.

Obedeci com certa relutância e, com a ajuda de Bree, acomodei-me em uma espreguiçadeira, de onde eu ainda podia ficar de olho nas coisas. Ela pegou uma toalha e enrolou com força na minha perna.

Kyle não criou nenhuma resistência quando os paramédicos o acomodaram numa maca, depois o colocaram no soro, puseram-lhe uma máscara de oxigênio e, por fim, cortaram as pernas da sua calça. Ele havia perdido muito sangue. Seu rosto estava branco feito papel. Acho que a realidade de voltar à penitenciária de segurança máxima de Florence estava começando mesmo a penetrar em sua mente.

Quando finalmente empurraram a maca para dentro da ambulância, fiquei tenso.

– Vocês precisam algemá-lo! – gritei para os policiais. – E não deixem os paramédicos irem sozinhos!

– Calma, senhor – disse um deles com raiva.

– Sou policial e sei do que estou falando. Esse homem é procurado pelo FBI e vocês precisam algemá-lo. *Agora!*

– Certo, certo. – Ele fez um gesto para o colega e os dois foram na direção de Kyle.

Quase em câmera lenta, vi o primeiro policial entrar na traseira da ambulância. Quando ele pegou as algemas, Kyle estendeu a mão para elas, com o tipo de força concentrada que só um psicopata como ele pode demonstrar naquelas condições. Ele usou as algemas para puxar o policial para baixo e num segundo estava segurando a arma do sujeito.

Bree se levantou instintivamente para ajudar, mas eu rolei da espreguiçadeira e puxei-a para baixo.

Houve um tiro, depois outro.

Então o primeiro de dois estouros altos. Mais tarde descobriríamos que uma bala havia acertado o tanque de oxigênio de Kyle, que explodiu numa bola de fogo dentro da ambulância, seguido de imediato pelo tanque de combustível.

Todo o veículo foi pelos ares com um estrondo que atordoou meus tímpanos. Vidro e metal voaram mais para cima do que para os lados e uma chuva de areia caiu sobre nós. As pessoas estavam gritando de novo.

Quando levantei a cabeça, vi que não havia sobreviventes. A ambulância tinha se transformado em uma carcaça preta, com chamas e fumaça escura ainda subindo para o céu. Os dois policiais e os dois paramédicos estavam mortos.

Assim como Kyle. Quando o fogo foi apagado e chegamos perto o suficiente para ver seu corpo, percebemos que estava completamente carbonizado.

O rosto em que ele investira tanto dinheiro tinha ficado irreconhecível: uma máscara preta e disforme ocupava o lugar onde antes existia o homem. Na verdade, não havia restado muita coisa dele.

Não tenho como saber se Kyle disparou de propósito naquele tanque de oxigênio, mas talvez o retorno à solitária fosse mais do que ele conseguiria suportar. A prisão poderia acabar matando-o, e talvez Kyle soubesse disso.

É possível que ele até estivesse tentando me levar junto – um último esforço para terminar o que, por algum motivo, havia se transformado no objetivo de sua vida.

Na verdade, acho que sei as respostas a todas essas perguntas, mas é claro que nunca terei certeza. E talvez algum dia isso nem importe mais.

EPÍLOGO

VERÃO

capítulo 116

O ATAQUE EM MASSA DA imprensa que sofri quando cheguei em casa foi mais implacável do que aquilo por que eu havia passado, se é que isso era possível. Kyle Craig fora o bandido procurado mais famoso do país e todo mundo clamava por um pedaço da história. Precisei contratar o serviço de segurança de Rakeem Powell por vários dias a mais, só para manter os curiosos a distância e dar alguma privacidade à minha família.

Achei que Nana fosse ter um ataque de nervos pelo que acontecera nas Bahamas, mas não. Todos voltamos à nossa vida calmamente, da melhor forma que conseguimos.

Ao longo dos dias seguintes comecei o processo lento e constante de conversar com as crianças, juntas e em separado. Queria que soubessem que, apesar de o ocorrido ter sido muito real, também fora o ponto final de uma história.

Acho que cada um entendeu isso ao seu modo. Quando minhas duas semanas de férias chegaram ao fim, todos estavam muito bem.

Mas eu também havia tomado uma decisão. Precisava ser mais presente do que antes, pelo menos durante algum tempo. Solicitei uma licença não remunerada até o fim do verão e torci para que aceitassem. Se não, paciência. Arranjaria outra coisa para fazer.

Na verdade, estava pensando seriamente em escrever outro livro, sobre Kyle Craig e o caso do Estrategista. Não somente Kyle fora o desafio mais difícil da minha carreira como também fora meu amigo – um dia. Eu sentia que tinha uma história a contar, e que seria uma história poderosa.

Enquanto isso, havia girassóis a plantar e filmes a assistir. Aulas de boxe para pôr em dia no porão, jogos de beisebol, idas ao museu. Jantares sem hora para acabar, com um bom papo ou jogos de cartas. Havia minha nova esposa para cobrir com todo o amor que eu podia dar.

E, claro, uma vida nova para começarmos juntos.

capítulo 117

SE AO MENOS AS COISAS pudessem ter continuado daquele jeito, como um verão sem fim...

Foi logo depois do Quatro de Julho que recebi o tal telefonema da Polícia Metropolitana, a ligação que todo mundo por lá jurava que não daria, não importando as circunstâncias.

Um detetive de Austin, Texas, havia ligado me procurando. Ele estava investigando uma ocorrência desconcertante e horrível de assassinato múltiplo. Acontece que o caso estava começando a mostrar uma semelhança espantosa com um dos meus – algo que eu pensara que havia resolvido anos antes.

Mesmo assim, indiquei a ele um detetive com quem eu havia trabalhado em Dallas e fiquei na minha. No momento eu não era policial. Pelo menos até setembro.

Mas então veio o telefonema seguinte, cerca de duas semanas depois, de uma detetive de São Francisco chamada Lindsay Boxer. Ela estava com um caso estranho nas mãos que também era muito similar aos assassinatos cometidos por um louco conhecido como "Sr. Smith". Eu havia capturado Smith e o vira morrer. Pelo menos foi o que pensei.

Mas essa história fica para outro dia.

Sobre o autor

JAMES PATTERSON entrou para o *Guinness* como o escritor com mais best-sellers na lista do *The New York Times* do mundo. Desde que seu primeiro romance ganhou o prêmio Edgar Allan Poe, em 1977, suas obras venderam mais de 205 milhões de exemplares. Ele é autor da série Alex Cross, a trama policial mais popular dos últimos 25 anos, que inclui os livros *Kiss the Girls* e *Along Came a Spider*. Além disso, escreve a série Clube das Mulheres contra o Crime, ambientada em São Francisco, e a série policial que se passa em Nova York com a maior vendagem de todos os tempos, cujo personagem principal é o detetive Michael Bennett.

Patterson também lança histórias para jovens, como as premiadas séries Maximum Ride, Daniel X e Witch & Wizard. Na sua totalidade, esses livros passaram mais de 200 semanas nas listas de mais vendidos nos Estados Unidos e foram comprados por Hollywood.

A paixão que sempre dedicou aos livros e à leitura levou James Patterson a criar o site RealKiddoRead.com, que ajuda os adultos a localizarem facilmente as melhores obras para crianças. Ele escreve em tempo integral e mora na Flórida com sua família.

CONHEÇA OUTROS TÍTULOS DA EDITORA ARQUEIRO

Confie em mim

Harlan Coben

A vida no subúrbio de Livingston parece perfeita. Ao olhar para aquelas mansões, todos acreditam que as pessoas que vivem ali são completamente felizes. Mas a verdade é que, como em qualquer lugar do mundo, cada uma daquelas famílias tem a sua tragédia particular.

Mike e Tia Baye, preocupados com seu filho Adam, resolvem invadir a privacidade do garoto e espioná-lo.

Betsy Hill sente-se culpada por não ter percebido as mudanças no comportamento de seu filho Spencer e por não ter feito nada que pudesse evitar seu suicídio.

Guy Novak cria sozinho Yasmin, mas, embora seja um pai extremamente dedicado, não consegue impedir que um infeliz comentário de um professor torne a infância da menina um inferno.

Lucas Loriman está gravemente doente e precisa de um transplante de rim, mas sua mãe Susan guarda um segredo devastador que pode arruinar a família.

Enquanto acompanha as dores, preocupações e angústias de cada um desses personagens, você vai mergulhar numa aventura emocionante e cheia de mistérios, em que todas essas histórias, aparentemente independentes, se conectam num final surpreendente e arrebatador.

Em *Confie em mim*, Harlan Coben nos faz pensar sobre como pais desesperados são capazes de ultrapassar todos os limites na tentativa de proteger seus filhos.

Desaparecido para sempre

HARLAN COBEN

Will Klein levava uma vida tranquila num subúrbio rico de Nova Jersey até que seu irmão mais velho, Ken, some ao ser acusado de estuprar e assassinar sua vizinha Julie Miller. Para a polícia, Ken torna-se um foragido internacional. Mas sua família, que nunca mais teve notícias dele, prefere acreditar que ele morreu a aceitar que seja um criminoso.

Pelo menos era o que Will pensava até que, 11 anos depois, no leito de morte, a mãe lhe revela que seu irmão estaria vivo. Quando resolve investigar melhor o caso, Will sofre outro grande choque: sua namorada, Sheila – que sempre manteve seu passado em segredo –, desaparece e as impressões digitais dela são encontradas na cena de um crime no Novo México.

Será que essas tragédias poderiam ter algo em comum? Por seu envolvimento com os principais suspeitos dos dois casos de assassinato, Will se vê às voltas com o obstinado diretor-assistente Joseph Pistillo, um dos agentes mais poderosos do FBI.

Para tornar tudo ainda mais estranho e perturbador, ele passa também a ser perseguido por um psicopata implacável que ressurge enigmaticamente do seu passado.

Enquanto procura compreender esses acontecimentos com a ajuda de seu amigo Squares, um iogue ex-partidário do nazismo, e de Katy, a irmã mais nova de Julie, Will descobre que a verdade nem sempre é o que parece ser – e raramente é o que gostaríamos.

Denso, avassalador e surpreendente, esse thriller traz revelações e descobertas que se sucedem num turbilhão de emoções e não cessam até a última página.

Eliana

INFORMAÇÕES SOBRE A ARQUEIRO

Para saber mais sobre os títulos e autores
da EDITORA ARQUEIRO,
visite o site www.editoraarqueiro.com.br
e curta as nossas redes sociais.
Além de informações sobre os próximos lançamentos,
você terá acesso a conteúdos exclusivos e poderá participar
de promoções e sorteios.

www.editoraarqueiro.com.br

facebook.com/editora.arqueiro

twitter.com/editoraarqueiro

instagram.com/editoraarqueiro

skoob.com.br/editoraarqueiro

Se quiser receber informações por e-mail,
basta se cadastrar diretamente no nosso site
ou enviar uma mensagem para
atendimento@editoraarqueiro.com.br

Editora Arqueiro
Rua Funchal, 538 – conjuntos 52 e 54 – Vila Olímpia
04551-060 – São Paulo – SP
Tel.: (11) 3868-4492 – Fax: (11) 3862-5818
E-mail: atendimento@editoraarqueiro.com.br